ハヤカワ文庫JA
〈JA914〉

シュレディンガーのチョコパフェ

山本　弘

早川書房
6213

SCHRÖDINGER'S CHOCOLATE PARFAIT

by

Hiroshi YAMAMOTO

2008

Cover Design 岩郷重力＋WONDER WORKZ。
Cover Illustration 橋本晋

目次

シュレディンガーのチョコパフェ

シュレディンガーのチョコパフェ

「ん〜、もうっ、いい加減にしろ！」

びっくりして目を上げると、食べかけのチョコレートパフェの水仙形のグラスの向こうに、ぷんとむくれた裕美子の顔があった。口を成層火山（コニーデ）のようにとんがらせ、ラムネ玉のようなちっこい眼で、上目づかいに俺をにらみつけている。俺は猫背なので、座ると視線の高さが彼女と同じになる。

「えっ、何？」

いきなり怒られた理由が分からず、俺はうろたえた。

「その顔！」

彼女は耳かきみたいな形のスプーンの先っちょで、俺の鼻の頭をつついた。

「それがデートの時に見せる顔か!?」

「暗かった……かな？」

「暗い！　つーか、さっきからあたしのこと考えてない！」

そう言い切ると、裕美子はグラスに顔を埋め、再びパフェをむさぼりはじめた。気品のかけらもない食べ方だ。容姿はと言えば、ミスなんとかに応募すれば書類選考で落ちる確率九〇パーセント以上。安物のカーディガンに、ろくに手入れしていない髪。声は味噌汁みたいに濁っているし、もひとつおまけに口が悪い――ま、どれもたいした問題じゃないさ。俺は彼女の見映えに惚れたわけじゃないんだから。

隣のテーブルでは、空色のエプロンをした仏頂面のウェイトレスが、四人組の男女から注文を取っていた。四人とも俺たちと同じく、この界隈のマニアショップをめぐって食玩&ガチャポンあさりをしていたらしく、テーブルの上に戦果を広げていた。通称「マニア街」からひと筋入った喫茶店、しかも土曜の午後とあって、店内は見るからにそれっぽい風貌の客でほぼ満席である。BGMはヒット中の恋愛映画の主題歌。広いウィンドウの向こうでは、オレンジ色をした三月の夕陽を浴びて、おそらく今年最後の粉雪が、羽虫のように舞い、きらめいている。

「うー、コーンフレークが多い……」

裕美子は俺のせいだと言わんばかりにぼやいた。彼女は自称チョコパフェのオーソリティで、いつも理想のパフェを追い求めている。自分のHPの中にパフェのページまで作っているほどだ。俺もそれにつき合わされ、銀座ピエールマルコリーニの一時間待ちしないとありつけない超人気パフェから、火のついた花火を突き刺して持ってくるアジアンキッチンのびっくりビッグパフェまで、ずいぶん食べ歩いたものだ。

彼女は「コーンフレークの入ったパフェなんて認めない」という主義だ。今日はショッピング帰りにたまたま入った喫茶店で、衝動的に注文し、ハズレを引いてしまったのだ。店頭にサンプルを置いている店だったら、こんな初歩的ミスは犯さなかったのだが。

「そもそも、何でみんなコーンフレークを入れたがるかなあ？」

「それはウエハースと同じで、食感に変化をつけるためと、アイスクリームの冷たさに慣れた舌を休めるため。それに体積を増やして単価を安く上げるためだろ？」

俺は鼻の頭についたクリームをぬぐいながら、いつだったか彼女に講義されたトリビアを返した。他にも、「パフェの語源はフランス語のパルフェで、英語のパーフェクトと同じ意味」とか、「六月二八日はパフェの日。一九五〇年のこの日、巨人軍の藤本英雄投手が日本プロ野球史上初のパーフェクトゲームを達成したことにちなんで」などという、唐沢俊一ぐらいしか喜ばないようなこともいろいろ教わった。

「でも、コーンフレークって基本的に、ミルクが染みこんで少しフニャっとなったのがおいしいんじゃない？　乾いたのをそのまま食べる人はいないでしょ？」

「まあね」

「だけど、コーンフレークは柔らかくなるのに時間がかかる」彼女はグラスの底に堆積したコーンフレークの層を、スプーンでさくさくとつついた。「上のアイスが溶けてフレークの層に浸透するのをのんびり待ってるわけにいかないから、どうしても最後にぱさぱさしたフレークを食べなくちゃいけない。これは大きな欠点だよね。いいかげん、みんなそれに気がつくべきだわ」

「フレーク以外のものを入れるとか？」

「デニーズのチョコパフェはキャラメルコーンを入れてたね。どうせ入れるなら、シュークリームの皮をちぎって入れたらいいと思う。あれならチョコレートソースやクリームと合うはずだし。パイ皮とか、クロワッサンの皮とかも面白いかも」

「かもね」

俺はいいかげんな相槌を打ったが、クロワッサンの入ったチョコパフェの味なんて想像できなかった。

「あくまでアイデアよ。チョコパフェにはまだまだ改良の余地がある。無限の可能性があると思うの。問題は情熱ね。喫茶店や食堂でパフェを作ってる人のほとんどが、意味のない慣習に従ってコーンフレークを入れることに何の疑問も抱いてない。そこを糾弾したいのよ、あたしは！」

俺に向かって糾弾されても困ってしまうんだが。

「そう思うなら、自分で店、開けば？」

「冗談！　あたしにとってチョコパフェはあくまで趣味だもん。あなただって、おもちゃやフィギュアを本業にしたい？」

「したくないな」

「同じよ。他の誰かが夢を実現してくれるのを期待してるのよ、あたしは」彼女は遠い目でため息をついた。「日本のどこかに、あたしと同じく、理想のパフェを食べたい、作りたいと願ってる人がいるに違いない。もしかしたら、もうすでにその構想を完成させてるかもしれない。でも、きっとそういう人は、まだ自分の店を持てないのよ。夢を叶えられなくて悶々としてるんだろうね。店を持ってる人はというと、みんなパフェに対する情熱がない。うまくいかないものね、世の中は――ほら、あの人だってそう」

裕美子はスプーンで俺の背後を指し示した。振り返ると、少し離れたテーブルで、あの仏頂面のウェイトレスが、汚れた食器を面倒臭そうに片づけていた。

「いかにもウェイトレスなんて職業はいやいややってます、って感じじゃない？」

「あまり好きでやってる人はいないと思うがな」

「それは偏見ってもんよ。世の中にはウェイトレスという職業に誇りを持ってる人だっているはずよ。最高のフルーツパーラーで、最高のチョコパフェをお客にお出しすることが、子供の頃からの夢だって人が。もしかしたら、あの人だってそうかもよ。ただ、こんな三流の店で働いてるせいで、誇りが持てないだけなのかも」

「なるほど」

「これがこの世界の抱える大きな悩みよ。すべての人が正しい場所にいられるわけじゃないってことが」

文句を言いながらも、彼女はチョコパフェを食べ終えた。口を拭いながら、

「で、あなたの悩みは何なの？」

俺は意地を張るのをあきらめた。今さら「悩みなんてない」とつっぱねても、問題をややこしくするだけだ。今日、彼女に不快な思いをさせてしまったのは、俺の責任なんだから。

裕美子といっしょにこの街をめぐり歩くのは、いつでも心躍る体験だった。訪れるのは二か月に一度ぐらいだが、来るたびに大きな変化がある。いつでも何か新しいものが生まれていて、自分だけのお宝が何か見つかる。いわば街全体がワンダーランド、遊園地なんかよりずっと刺激的だ。

しかし、今日だけは違った。心を占めている暗雲のせいでついつい上の空になり、店頭の新作ゲームのデモも、海洋堂のショーケースに並ぶ大嶋優木の新作フィギュアも素直に楽しむこともできず、同人誌漁りもあまり熱が入らなかった。裕美子の言葉が耳に入っていなかったことも何度もあった。

「悩みと言っても、仕事とか人生とかについてじゃないんだ。君に相談してもどうにもならない問題だから黙ってたんだ」

「そんなの、聞いてみなくちゃ分かんないでしょ」

「いや、分かるさ——君は宇宙をどうにかできる？」

「宇宙？」彼女は小さな眼を精いっぱい見開いた。「ほう、そりゃまた大きく出たわね」

「この宇宙がちょっとしたことで崩れ去ってしまうような、とても危うい場所だって感覚、分かるかな？　ありえないことを恐れる感覚。いつもそれにびくびくしてるけど、逃げる方法がないし、あまりにも非現実的すぎて誰も真剣に聞いてくれない……」

「うーん、あれかな。子供の頃に『ウルトラQ』の再放送でケムール人の話見てさあ」

「あの、納豆みたいなのが人間消すやつ？」

「そうそう。事件が解決したと思ったら、最後に刑事が水たまり踏んで、すうっと消えちゃうじゃない？　あれからしばらく、水たまりが怖くて、避けて歩いてたな」

「あー、俺もそうだ」

「子供だからって、現実とドラマの区別がついてなかったわけじゃないのよ。ただのドラマだ、現実じゃないんだって、頭では分かってたの。水たまりを踏んだからって消えるはずなんかないって——でも、理性ではそう思ってても、感情が納得してくれないのよね。もしかしたらって、どうしても考えちゃうの」

裕美子が的確な比喩を持ち出してくれたおかげで、俺は話がしやすくなった。

「俺の今の状態がまさにそれなんだ。ありえないと思いたい。でも、そう信じることができない」

「ケムール人に狙われてるの？」

「ケムールでもバルタンでもメフィラスでもない。溝呂木隆一。高校時代の友達だ」

「ああ、アメリカでアンテナの研究してるっていう天才？」

「MIT（マサチューセッツ工科大学）だ。この前から日本に帰ってる。奴の研究テーマってのがすごくてね。まさにノーベル賞もんさ。もうネットではニュースが流れてるし、来月あたりの『ネイチャー』に論文が載るそうだ」

話のタイミングを取るため、俺はコップの水をひと口飲んだ。ろくな浄水器を使ってないのか、ひどくまずい。

「『動的電磁場モードのカタストロフ解析』って言ってね。分かりやすく言えば、アンテナの周囲の電磁場が、Aという状態からトポロジー的に異なるBという状態に変化する時に、何が起きるかをコンピュータで解析したんだ。その過程でとんでもないものを発見した。チョウチョみたいにねじれた電磁場がほどける際に、電波の位相がプラスになる点が存在することが数学的に証明されたんだ。そこでは電波が外に向かって広がるんじゃなく、内に向かって収束する」

「そんなにすごいことなの？」

「すごいも何も――これは先進波を放射する装置になるんだよ」

一八六四年に発表されたマクスウェルの電磁方程式によれば、電磁波の位相にはプラスとマイナスがある。だが、この世界に存在する電磁波はすべて位相がマイナスだ。プラスの電磁波は方程式の上の存在であって、現実には存在しないとされてきた。

通常の電磁波は「遅延波」、位相がプラスの電磁波は「先進波」と呼ばれている。通常の電磁波が発信された後で受信されるのに対し、先進波は発信されるより前に受信される。つまり時間的に逆転している。波が収束しているように見えるのは、実際には過去に向かって波が広がっているのを、逆回しで見ているためだ。

理論的予測から一四〇年以上も発見されなかったのは、エネルギー・ポテンシャルがマイナスであるという以外、通常の光や電波とまったく性質が同じであるため、この世界に満ちているプラスのエネルギーを持つ通常の波に埋もれ、打ち消されてしまうからだ。だが溝呂木は、アンテナの形状を工夫することにより、強力な先進波を選択的に放射する装置が作れることを示したのだ。それもきわめて安価に。

「ほう」裕美子のちっこい眼が好奇心で輝いた。「じゃあ、タイムマシンみたいに過去に通信を送れるんだ？　すごい」

彼女は俺の説明を即座に理解し、その重大さを認識していた。ＣＧアーティストの端くれだけあって、パソコンの知識が豊富で、理工系の大学を出てるんで科学の話題にもついてこれる。見かけによらぬ鋭い理解力と感性を秘めた女なのだ。その一端を垣間見るたびに、俺は驚きに打たれ、歓び、彼女を恋人にできたことを誇りに思った。無論、彼女より顔のきれいな女ならわんさかいるが、彼女ほど賢い女は他にいない。他人には理解できまいが、裕美子とつき合うことは、無尽蔵の貴金属鉱脈を掘り進むのにも似た心躍る体験なのだ。

「実用になりそうなの？」

「ああ。溝呂木は小規模な装置で予備実験をやって、確かに先進波の発生を確認した。ただ、実際に過去に向かってメッセージを送信することは、まだやってない。というのも、実験を危険視する声が上がっていて、大学側ともめてるんだ」

「危険って？」

「タイム・パラドックスの解明が不充分だからっていうんだ。ブラウンか誰かのショートショートで、過去を変えるような実験をやったとたん全宇宙が消滅するって話があった。そういうことが起きるかもしれないって」

「溝呂木さんって人はどう言ってんの？」

「奴も危険性があることは認めてる。先進波が大量に放射されれば、宇宙が消滅とまではいかなくても、世界は大変なことになるだろうって。ただ、パラドックスは回避できるし、ごく弱い出力のシグナルなら影響はないと主張してる」

「でも、実験の許可が下りない？」

「そう。おまけにその論文にしても、学内の力関係のせいで、ぜんぜん研究に関与していない教授との連名にさせられた。実際にはほとんど溝呂木一人の功績なのに、論文にはその教授の名前の方が先に書かれてるんだ。溝呂木にしてみれば、いい気分じゃない」

「そりゃそうだよね」

「だから、うちの雑誌の編集会議で『二一世紀を拓く日本の若き頭脳』って企画が上がった時に、真っ先に奴の名前が浮かんだんだ。せめて俺だけでも奴をプッシュして、世間に功績を認めさせてやろうってね。ちょうど先月から里帰りしてるって聞いてたし、インタビューがてら実家に会いに行ったわけさ。六年ぶりだったかな」

　再会の苦い記憶が胸を焼き、俺はため息をついた。高校時代から人づき合いが下手で、ろくに友達もなく、休み時間には教室のいちばん後ろの席でブルーバックスに読みふけっているような奴だった。親しくなったきっかけはよく思い出せないが、あるいは奴の中に俺と同じ孤独の匂いを嗅ぎつけたからかもしれない。

　自分でも信じられないことだが、当時の俺は奴に負けないぐらい暗かったのだ。

「奴は変わってなかった——いや、昔より悪くなったかもしれない。アメリカ(むこう)でも人間関係で苦労したらしい。大学側とのトラブルとか論文の一件なんかのせいもあって、すっかりひねくれちまってた。自分以外のあらゆる人間に敵意をむき出しにしてるって感じだった……」

裕美子は眉をひそめた。「うーむ、そういう人種はなるべくパスしたいな」

「そうも行くかよ。こっちはもう、膝のあたりまで関わっちまってるんだ」俺は天井の蛍光灯を見上げ、ぼやいた。「会わなきゃよかったと思うよ、つくづく。昔の友達のあんな姿は見たくないね……」

「……で、具体的に何が心配なの？」

「溝呂木が何を考えてるか分かるんだよ——奴はこの世界を破壊するつもりなんだ」

精算を済ませると、俺たちは厚いガラス扉を押し、黄昏（たそがれ）の街に足を踏み出した。雪はすでに止んでいた。まだ何も知らない幸せそうな人々が、きらびやかな街灯やネオンの反射を髪やコートの肩にまとい、それぞれの人生を背負って行き交っている。リュックを背負ってアニメ絵の紙袋を提げた太った男が、早足で俺たちを追い越していった。パソコンショップの前では、青いジャケットに青いミニスカート姿の女性が寒そうにしながら、こわばった笑顔で通行人にビラを配っていた。交差点ではサラリーマン風の男が携帯電話に向かって「そりゃ違うだろ！」と笑っていた。信号が変わると、堰（せ）き止められていたヘッドライトの洪水が、どっと溢れ出す。長い土曜の夜、街は光を装い、生き生きとしていた。

冬のサイクルが終わりを告げ、じきに春が訪れると、誰もが無邪気に信じている。だが、本当にそうだろうか？　今この瞬間にも、社会からはみ出した一人の男の歪んだ執念によって、世界が永遠の夜と冬に閉ざされてしまうかもしれないのだ。そう考えると、俺にはこの街のきらびやかさのすべてが、薄っぺらで危ういものに見えるのだった。

「どうもイマイチ、分かんないんだけど」裕美子が俺の肩に話しかけた。「その先進波って、どうして危険なの？」

「ウィンクラーの〝夢事象理論〟って知ってる？」

「ううん」

「じゃ、〝シュレディンガーの猫〟は？」

「あの、箱の中の猫が生きてるか死んでるかってやつ？」

「そう。量子のようなミクロの世界では、あらゆる現象は確率的で不確定だ。一個の粒子を小さなターゲットに向かって発射した時、何パーセントの確率で命中するかは予測できても、確実に当たるかどうかは断言できない。というのも、素粒子はぼんやり広がった雲みたいなものだからだ。たとえターゲットに命中しても、その粒子がどんなコースを飛んできたかは分からない。粒子はたったひとつのコースじゃなく、考えられるあらゆるコースを飛んできたと言えるんだ」

「不確定性原理ね。それぐらいなら学校で習ったよ」

「でも、学校じゃかんじんな点を教えてくれない。なぜ俺たちの目に見える世界は不確定じゃなく、何もかもかっちりしているように見えるのか？　不確定性原理を適用すれば、量子的な重ね合わせの状態にある猫——生きていると同時に死んでいる猫というものも、原理的には存在し得ることになる。でも、俺たちはそんなものを見ることはできない。箱を開けてみれば、猫は生きてるか死んでるかどっちかだ」

一九三五年にシュレディンガーが提唱して以来、このパラドックスは多くの物理学者を悩ませてきた。ミクロの現象だから日常生活には関係ないと片づけるわけにもいかない。これは狭い実験室の中だけではなく、世界全体に深く関係した問題だからだ。

一例を挙げると、進化という現象がそれだ。放射線の粒子が生物の遺伝子を傷つけると突然変異が起きる。だが、粒子が遺伝子のどの部分を傷つけ、どんな変異が生じるかは不確定だ。傷つけられる場所が少し違っただけで、有益な突然変異が起きたり起きなかったりする。人類が原生動物からここまで進化してくる間には、無数の突然変異の積み重ねがあったに違いない。その突然変異のいくつかがなかったとしたら、進化のルートはまったく違ったものになり、人類は存在していなかっただろう——つまり人類の存在そのものが〝シュレディンガーの猫〟と言えるのだ。

現実か理論か、どちらかが間違っているのだ——そして、量子力学が正しいことは証明されている。俺たちが普段お世話になっているコンピュータをはじめ、トランジスタを利用した電子機器はすべて、量子力学の原理で動作しているのだから、それを否定するわけにはいかない。

「じゃあ、この現実の方が間違ってるわけ？」

運ばれてきた京風ラーメンを前にして、裕美子はぱちんと割り箸を割った。

「そういうことになるんだよなあ」

首を傾げながら、俺はラーメンをずるずるとすすった。適度に腰のある麵に、青ネギと高菜がからみつき、絶妙の食感を醸し出している。あっさりしたしょうゆ味のスープが味蕾を刺激する。今どき七三五円でこれだけの味と分量があるのに、何の不満があるものか。七〇〇〇円の超高級ステーキがこのラーメンの一〇倍うまいわけじゃないんだ。

俺は説明を一服し、小さな幸せを嚙みしめた。江戸時代の小料理屋風のインテリアで、女性客もけっこう多い。情報誌の穴場コーナーに紹介されたせいもあるのだろう、目立ちにくい立地条件なのに、店はまずまず繁盛しているようだった。

俺たちのデートはいつもこの手の安い店だ。高級レストランに入ることはあまりない。俺も裕美子も「一五〇〇円以上のメニューなんて決死的大散財だ」という点で見解が一致しているからだ。そのくせ、映画やビデオゲームやフィギュアあさりで、一晩に何万円も使ったりするのだが。

「物理学者はどう考えてるの？」

タケノコをぽりぽり齧りながら、裕美子は訊ねた。

「いくつかの考え方がある。たとえばヒュー・エバレットの〝多世界解釈〟――いわゆるパラレル・ワールドの理論だな。無数の世界が同時に存在していて、ある世界では猫は死に、別の世界では生きていると考えるんだ。無数の世界全体を見れば、猫は死んでいると同時に生きていることになる」

「理屈は合ってるよね」

「もっとも、すべての物理学者が同意してるわけじゃないけどね。それに対して、ここ数年、注目を集めてるのが、ウィンクラーの夢事象理論なんだ」

ウィンクラーによれば、この宇宙のすべての事象は本来、〝シュレディンガーの猫〟のように、波動関数で表わされる状態――イエスであると同時にノーであるような状態であるという。彼はそうした状態を〝夢（ドリーム）〟と名づけた。これは夜見る夢ではなく、クオークの〝色（カラー）〟や〝香り（フレーバー）〟や〝奇妙さ（ストレンジネス）〟と同じく、純粋な物理用語だ。

すべてが〝夢〟で構成された時空においては、猫は生きていると同時に死んでおり、車は走っていると同時に止まっており、紙には字が書いてあると同時に白紙である。真理と虚偽、実在と不在、現実とフィクションの境界はなく、物理的に可能なあらゆる状態が混沌となって共存しているのだ。

ウィンクラーは、我々の思考が真と偽のみからなる二値論理に慣れているために、〝夢〟の状態が想像できないのだと説く。たとえば「この文章は虚偽である」という文章は真でも偽でもないが、この文章自体が実在していることは否定できない。同様に、我々の日常的通念とは関係なく、夢時空は存在するのだ。

こうした概念はウィンクラーの創案ではなく、すでに一九四四年にライヘンバッハが従来の二値論理学を修正し、真でも偽でもない状態を想定した三値論理学を提唱している。ウィンクラーは三値論理が紙の上の概念ではなく、物理的な実在だと考えたのだ。

彼はこう唱える――我々が現実と呼んでいる二値論理の宇宙は、三値論理から構成された巨大な夢の海の中の、真理と虚偽の対称性が破れた小領域にすぎない。我々は現実を架空よりも優位なものと考えがちだが、宇宙には本来、現実と架空の絶対的な区別などあってはならないのだ。

「問題は何で対称性が破れたかってことだ」

目の前の銀色のドアが開き、背後からの人の圧力に押されて、俺たちは地下鉄の車両になだれこんだ。乗客はすし詰め状態だ。俺たちはドアにもたれかかり、自分たちのテリトリーを確保した。

電車が動き出した。車体を震わせるどくんどくんという脈動が、もたれかかった肩から伝わってくる。この街の巨大な生命を支える鼓動のよう、俺たちはその血流に乗って移動する赤血球のようだ。スピードが上がるにつれて、脈動は速く、リズミカルになってゆく。トンネルの壁面に並んだランプの列が、窓の外をパルス・ビームのように飛び過ぎてゆくのを見るのは、ＳＦ映画の一場面みたいで好きだった。

「さっきの進化の話に戻るけど、生物学者によれば、たまたま地球のような生命に適した星ができて、たまたまその表面に生命が発生して、たまたまそれが人類のような知的生物にまで進化する可能性は、一〇の何百乗分の一という小さい確率なんだそうだ。宇宙の中で知的生命の存在する星は地球だけだって説もある」

「じゃあ、あたしたちがここにいるのはすごい偶然なわけ？」

「そうでもないさ。だって人間がいなかったら、この宇宙を認識する者は誰もいないことになるだろ？　そうなると宇宙は存在しないのと同じだ。宇宙が存在するためには誰かに認識される必要があり、そのためには宇宙の中に意識ある存在が芽生えることが必要だ。つまり意識が存在する宇宙のみが存在できるんだから、人間が存在することは偶然じゃなく必然だ――これを〝人間原理〟って言うんだけどね」

俺はドアの冷たいガラスに息を吐きかけて曇らせ、二重の円を描いた。大きな円が世界、小さな円が意識だ。

「最近の形而上学では、宇宙と意識の間に〝規格化〟という関係を設定してる。宇宙は意識なしには存在できないし、意識も宇宙なしには存在できない。それだけじゃなく、宇宙と意識がお互いに相手の状態を束縛し合ってるんだ。たとえば君は二一世紀の日本に生きているからこそ、今の君としての知識なり考え方なりを持ってる。別の世界に生まれてたら、君は今の君じゃなかったはずだ。つまり君の意識がどんな状態を取り得るか、その範囲は宇宙によって定められている。その一方、君が二一世紀の日本人としての意識を持ってるってことは、君の存在する世界は一八世紀のヨーロッパではあり得ない。つまり意識の状態によって世界の状態が決まる」

宇宙全体の状態から個々の意識の状態が決定されることを〝内規格化〟と呼び、意識の状態から宇宙全体の状態が決定されることを〝外規格化〟と呼ぶ。古典的なニュートン力学においては、内規格化と外規格化の関係は直線的であった。宇宙は決定論的であり、ある時刻にはたったひとつの状態しか取り得ない。当然、宇宙によって内規格化される意識も、たったひとつの状態しか取り得ない。

規格化は宇宙を安定させている大きな力である。だが、量子力学的宇宙においては、規格化に不確定性が入ってくる。宇宙と意識は一対一の関係ではなくなってしまうのだ。

「うわ、臭い」

ドアを開けて室内に入ったとたん、裕美子は顔をしかめた。

「あー、すまん。出る前に三〇分ほど窓全開にして、換気したんだがな」

俺は本日の戦利品の入った袋を部屋の隅に放り出すと、急いでエアコンのスイッチを入れた。

「冬はプラモの塗装やめなよ」

「塗装じゃない。除光液でフィギュアの塗装落としてたんだ」

「似たようなもんでしょうが――あー、また増えたなー」

彼女はコートを脱ぎながら、本棚に顔を近づけた。本の前には食玩やガチャポンのフィギュアがぎっしり並んでいて、本棚本来の機能を著しく妨害している。ゴジラの横にボンデージリリス、一／七〇〇大和の横にCCさくら、わたおにシリーズの間にフレンジーと、我ながら見事なまでにエントロピーの大きい配列だ。ここまでデタラメだと、整理しようという気も起きない。

半分ぐらいは俺が改造したやつだ。バルディッシュを構えたフェイト、空中ブランコに乗るロゼッタ、二代目バルタンを八つ裂き光輪でぶった斬ってるウルトラマンなどなど。俺が欲しいと思っているフィギュアをメーカーが出してくれないので、しかたなく市販のフィギュアをばらして作り変えているのだが、出来ははっきり言ってあまり良くない。

「まーた魔改造やってやがんな」

裕美子は俺の新作、ダメージをくらって服が吹っ飛んでるアテナ（初代）を見て、にやにや笑った。「魔改造」とは、女の子フィギュアの服を削って裸に改造することを言う。言うは易しで、アセトンで塗装を落としたり、スピンヤスリでパーティングラインを消したり、破れた服をエポパテで表現する技術だけではなく、ポーズの組み替えにセンスや独創性を要求される。相当の熱意プラス邪心がないとできるものではない。ちなみに、今のような冬は、部屋を密閉している関係でアセトンやシンナーが使えず、苦労する。

「クリスマス・プレゼントのリューター、おかげで大活躍だよ」

「うーむ、役に立ってることを喜んでいいものやら」

彼女は視線を上げ、棚の上に載っているバーサークフューラーに気がついた。

「おー、お前さん、元気にしてたかい」

彼女は赤いリボンを首に巻いた恐竜型メカを手に取ると、ベッドにぶっ倒れ、がちゃがちゃといじり回しはじめた。こいつは彼女からの一昨年の誕生日プレゼントだ。本棚の上には、同じ年のクリスマス・プレゼントだったユニクロンや、去年の誕生日プレゼントだったクールガールのアストロノートなんかも並んでる。

ちなみに部屋の反対側にある棚は、ゲームソフトとDVDがぎっしりだ。

「いつ来ても思うけど、いい年した大人の部屋じゃないねえ」

「うん。預金がぜんぜん貯まらんと思ったら、これが原因だったんだな」

「ぎゃはは、将来性がまるでないぜ！」

裕美子は下品に笑ったが、自分だって他人のことは言えない。いい年して、部屋には一〇〇体以上のジェニーちゃんがいるし、最近はピンキーストリートにもハマってるのだ。

マンガだって俺よりたくさん持っている。『コータローまかりとおる!』を全巻揃えているのは、たいしたもんだと思う。

「さっきの話だけどさあ、規格化に不確定性があるってどういうこと?」

「世界はひとつの状態しかないと決まってるわけじゃないってことさ。たとえば君が自分を……そうだな、マリー・アントワネットだと思いこんでるとしよう。その場合、二つの可能性が考えられる。

A:『君は誇大妄想症患者であって、精神病院の中にいる』

B:『君は本当にマリー・アントワネットであって、ベルサイユ宮殿の中にいる』

君自身から見ると、このふたつの状態の区別はつかない。つまり、君の周囲にはふたつの世界が存在可能だ。外規格化はふたつの宇宙を許容する」

無論、許容される宇宙はふたつだけではない。ケネディ暗殺事件はオズワルドの単独犯か、そうでないのか。東洲斎写楽の正体は誰だったのか。邪馬台国はどこにあったのか。アフリカ奥地に怪獣モケーレ・ムベムベは実在するのか——真相がどうだろうと、この俺には関係ない。つまり俺の意識は、自らの状態と矛盾しない範囲において、あらゆる可能性を持つ宇宙を許容する。だが、知覚できるのはそのうちのひとつだけだ。

言うまでもなく、これは〝シュレディンガーの猫〟のパラドックスの裏返しだ。猫の代わりに自分が箱に閉じこもれば、自分以外の全宇宙を箱に閉じこめたのと同じことになる。箱の外の全世界は、自分にとって〝シュレディンガーの猫〟になる。

規格化に不確定性がある以上、規格化だけでは宇宙が安定している理由を説明できない。宇宙を不自然な二値論理状態にしている要因が、どこか別にあるはずなのだ。

ウィンクラーはそれを時間の不可逆性だと考えた。すべての物理法則は時間に対して対称であり、過去と未来の区別がつかない。相対性理論、量子力学、電磁方程式、ボイル＝シャルルの法則、キルヒホッフの法則……みんなそうだ。時間が未来から過去へ流れてはいけないという規則は、どこにもないのだ。

「夢時空では時間はどっちの方向にも流れる……」

俺は裕美子の左の乳房に頬ずりしながら、腋の下の性感帯に向けて話しかけた。宇宙の神秘についてぼそぼそと喋り続けながらも、指はいつものルーチンに従い、休みなく愛撫を続けている。

「……原因と結果の区別がないんだ。昼に猫が死んでから、朝に猫の死んだ原因が決定されることもある……」中指の先がほんのりと湿ってきたのを見計らって、俺は脇腹に沿ってゆっくりと下に移動していった。「過去がしょっちゅう改変され、常にタイム・パラドックスが生じてる……ふむむ……それに合わせて現在が変わる。あらゆるものが常に変化していて、宇宙が単純な二値論理的因果律に支配されることを妨げてる……」

「うん……うん、分かる」

裕美子はシャンプーする時のように、両手で俺の髪を優しくかき回した。俺は舌を使うためにしばらく沈黙しなくてはならなかった。ゆるやかに上下する白い腹の動きが、しだいに激しくなってくるのが分かる。

「……ある時、それが崩れた」

俺は顔を上げると、再び腹から胸へと這い登っていった。ふたつのなだらかな山の間を通過し、肩へと向かう。いつもなら、シュノーケル・カメラに見立てた視点で、未知の小惑星の表面すれすれを飛行する気分を味わうのだが、今日はそんなわくわくした心地にはなれそうにない。

「……夢時空の一画に、先進波がほとんど存在しない空間——時間が一方向にしか流れない異常な空間が生まれたんだ。そこにゆらめいていた意識と宇宙の間に規格化が作用して、互いに固く結びついた。過飽和の水溶液の中に結晶が生まれるように、夢の海の中に現実という泡が生まれた……」

「それが、あたしたちの世界……?」

「そうだ。安定してるように見えるのは幻想で、いつ夢に戻っても不思議じゃない。溝呂木はまさにその安定を崩そうとしてる。強力な先進波を放射するアンテナを使って、時間の流れを乱そうとしてるんだ……」

「……どうなるの？」

「先進波は未来から過去に信号を伝える。因果律を乱す……タイム・パラドックスが生じて、それが全世界に波及してゆく。二値論理が成り立たなくなる。現実はまた夢の海に還元されて、俺たちの意識も失われる……おしまいだよ！」

俺が少し強引に突入したので、裕美子は「あん……」という声を上げて俺の首筋にしがみついてきた。熱を帯びた唇が耳に触れる。

「でも、どうして？　なぜ世界を壊さなくちゃいけないの？　こんなに素敵な世界なのに……」

「奴にとっては違うんだよ。俺には奴の考えてることが分かる。俺の分身みたいな奴だからな……」

そう、溝呂木は俺によく似ている。高校時代、アニメやマンガやSFや特撮の話でさんざん盛り上がったのが懐かしい。俺たちの趣味はかなりのパーセンテージで一致していた。お互い、スポーツや芸能の話題には見向きもせず、宇宙だのタイムトラベルについてだの、現実離れした会話ばかりしていた。俺と違うのは、奴は勉強がよくできて、特に科学の才能があったことだ。

大学に入学したばかりの頃、奴が「もう子供っぽいことはやめる」と宣言し、大量のマンガ本やSF小説をみんな処分した時には、俺は意外に思い、そして寂しく感じた。奴だけはずっと俺と同じ道を歩んでくれるものと思っていたのだ。だが、奴は決意していた。物理学の世界に専念すること。大人になること。現実逃避をやめ、世界に適応して生きること——その決意をひるがえさせる権利は、俺にはなかった。

宮崎事件の少し後で、オタクであることが痛かった時代だった。奴にしてみれば、普通の人間として生きることの方が楽に思えたのだろう。しかし、俺には分かっていた。自分を偽る方が苦しいのだということを。

二四歳の時、溝呂木は見合いをして結婚した。相手はごく普通の娘さんだった。俺は危惧したが、案の定、一年も続かなかった。一般的な現代女性からすれば、奴は堅物で話題に乏しく、退屈きわまりない男でしかない。お互いに共通する趣味も、心を通わせ合える会話もなかったのだ。奴は離婚し、傷心でアメリカに渡った。

そして奴は夢を実現した。ノーベル賞級の大発見を成し遂げた——だが、その時になって、気づいてしまった。自分が欲していたのは名誉や成功なんかではなかったということに。本当の自分を偽って生きてきたということに。世界に適応したふりをしてきたが、世界の方はいっこうに奴を受け入れてはいなかったということに——世界は依然として自分の敵であるということに。

「あいつは……かわいそうな奴なんだ」

いつしか俺は、裕美子の中で萎えてゆくのを感じていた。

俺が奴と違うのは、裕美子に出会えたことだ。そして知った。フィギュアやＤＶＤをいくらたくさん集めても、満たされないものがあるということを。世界は一人で生きるより、二人で生きる方が素晴らしいということを。

俺たちは性格が違うし、考え方も違う。うっとうしく感じることもあるし、時には口論もする。でも、お互いに許容し合っている。俺の「魔改造」趣味を彼女は笑って許してくれる。誕生日にバーサークフューラーを買ってくれる――俺にとって最高の女。

そんな彼女のために、俺はプレミアのついたピンクハウスジェニーをネットオークションで競り落としてやったり、チョコレートパフェ探索につき合ってやったりする。彼女のマンションの水漏れで、コレクションしていたマンガ本が被害に遭った時など、古本屋を何軒も回って、『ファントム無頼』全巻を新たに買い揃えてやったものだ。

「俺は運が良かったんだ。君と出会えて」俺は急に泣き出したくなった。「一人で生きてた頃は、孤独なんてたいしたことないと思ってた。本物の女なんかいなくても、アニメとエロゲーで充分だって――でも、今は違う。孤独に戻りたくない」

「あたしもよ」俺の下から、裕美子は優しく微笑みかけた。「あなたはあたしのすべてを受け入れてくれた最初の人。ブスなところも、変なところも、ひっくるめてみんな……あなたの前では、あたし、ありのままの自分でいられる。女性誌読んで研究して、無理して

〝普通の女の子〟っぽく振る舞わなくていい」

「ああ、うん」俺はうなずいた。「君はそのままでいい」

「あなたもそのままでいい。あたしたち、お互いが存在するために、相手が必要なのよ。意識と意識の間にも規格化ってあるんじゃないかな？」

「ああ、そうだな」

俺は無性に裕美子が愛しくなった。萎えていたものがまた熱く、硬くなってくるのを感じる。

世界にはきっと、孤独な人が大勢いるに違いない。世界のどこかにいるはずの、自分にとって理想の相手――自分を必要とし、自分が必要としている相手が見つからず、空しくすれ違いながら、寂しいまま死んでゆく人たちが。裕美子の言う通り、すべての人が正しい場所にいられるわけじゃない。そう考えると、俺たちはどんなに幸運か。

「俺は君がいれば幸せだ」

「あたしも。だから今夜だけは忘れよ。その溝呂木って人のことは……ね？」

「了解。じゃ、行くぞ」

「ん」

世の中にはセーラー服や巫女装束や白衣やスクール水着に欲情する男もいるようだが、

俺の場合は男物のワイシャツである。無論、男が着たって面白くも何ともない。起きたばかりの女が、素っ裸の上にだぶだぶのワイシャツを羽織って歩き回っているところに、ぐっとくるのだ。

まさに今、彼女はそんな格好だ。モヘアのスリッパをつっかけ、キッチンで鼻歌まじりに朝食を作っている。尻が見えそうで見えないところがポイントが高い。この際、顔やスタイルの多少の悪さには目をつぶろう。何と言っても、俺がこの地上でいちばん好きな女が、俺のいちばん好きな格好をしてくれているのだ。何の不満があるものか。

「お・待・ち・ど・お♪」

朝食が運ばれてきた。と言っても、たいしたもんじゃない。ケチャップとスプレッドを塗りたくり、とろけるチーズとベーコンをばらまいただけの、簡単ピザトーストだ。コーヒーはネスカフェ。それでも俺には、裕美が作ってくれたというだけでご馳走だった。

「なあ、いっそ同棲しないか？」俺はピザトーストをばりばり頬張りながら言った。「大きな部屋に引っ越さなくちゃならないけど、家賃は浮くだろ？」

「何だそれ？　プロポーズのつもりか⁉」

彼女は腰に手を当ててむくれた。

「あれ、気ぃ悪くした？」

「当ったり前でしょ。一生を左右しようかっていう大事な言葉なんだからさ、考えて発しろよな。もっと気の利いた台詞がありそうなもんじゃない？」

「……いっしょに絵を描いてくれないか」

「だめだこりゃ」

携帯電話が鳴った。着メロは『約束の場所へ』だ。俺は電話を取った。

「へい、島本でっす」

『俺だ』溝呂木だった。

俺は息を詰まらせた。窓から差しこんでいた朝の陽射しが、急に衰えたように思えた。

「……何か用か？」

『今日、暇あるか？　来てほしいんだが』

「すぐにか？」

『なるべくなら』

溝呂木の勝ち誇ったような不敵な口調に、俺は不吉なものを感じた。電話の向こうで、奴が暗いうすら笑いを浮かべているのが想像できる。振り向くと、裕美はマグカップを持つ手を止めて、俺を不安そうに見つめていた。

「……分かった。すぐ行く」

『待ってる』

電話は切れた。裕美はたちまち不機嫌になって、上目づかいに俺をにらんだ。

「今日は映画観に行く約束なのにィ〜」

「ごめん。でも、そんなにかからないと思うから。午後から行こう。な？」

「遠いの？　その人の家」

「いや、バス停三つ分だ。歩いたって往復一時間もかからん——いっしょに来るか？」

「いや。そんな人、会いたくない」

　だろうな。

「ああ、でも、家に帰って出直すのも時間かかるよなあ——しばらくこの部屋で待っててくれるか？」時計を見ると午前九時だった。「昼までには戻るから。どこかで外食してから街に繰り出そう」

　俺は朝食の残りをかっこむと、服を着替えはじめた。裕美はぶすっと黙りこみ、ピザトーストをかじっていたが、俺が着替え終わった頃、あきらめたようにつぶやいた。

「……そうだよね。水たまりは踏まなくちゃいけないんだよね」

「え？」

「水たまりを怖がらなくなる方法」彼女は顔を上げて、子供のように微笑んだ。「思いきって水たまりを踏んでみるの。そうすりゃ、ただの水たまりだって分かるから。怖がって避けて通ってちゃ、いつまでも怖いままなのよ」

「そうだな……うん、そうだ」

俺は胸が熱くなるのを覚えた。こんな素晴らしい女と知り合えたことを宇宙に感謝するのは、これで何度目だろうか。

俺は素早く彼女にキスした。「暇つぶしに、何かDVDでも観ててくれ。終わる頃には帰る」

「何か新しいのある？」

「この前、中古セールでいろいろ見つけた。『火星人地球大襲撃』に『スタークラッシュ』、『北京原人の逆襲』、『トップ・シークレット』に『ダーククリスタル』……あっ、冬コミで買った『フランスファイブ』はけっこう楽しいぞ」

「『ダークリ』でも観てる」

俺は身をひるがえし、安物のコートに急いで袖を通しながら玄関に向かった。ドアを開けたところでふと立ち止まり、振り返る。

「……でもさあ？」

「何？」

「もし水たまり踏んづけて、ほんとに消えちまったらどうするんだ？」

彼女は笑って、手をひらひらさせた。

「遊園地のコーヒーカップのとこで待ってるよ」

溝呂木の家の門の前に立ち、チャイムを押した。黒板塀に囲まれた、平均的庶民感覚からすると割と大きな家だ。街はずれの古い住宅街でバスを降り、だらだら坂を上りきったところにある。背後には松林に覆われた山が横たわっている。

二階の窓ががらがらと開き、溝呂木が首を出した。

「遠慮なく上がってくれ。おふくろは一昨日から温泉に出かけてて、僕一人なんだ」

溝呂木の屈託のない笑顔を目にして、俺は少しほっとした。やはり思い過ごしだったのかもしれない。考えてみりゃ当然だ。いくらひねくれ者の天才科学者だからって、世界を破壊しようなんて考えるわけがない。それに、人里離れた屋敷（雷つき）や地下の秘密基地（自爆装置つき）ならまだしも、こんな平凡な民家は、世界を破壊する研究をする場にはふさわしくない。

「お邪魔しま……」

溝呂木の部屋の襖(ふすま)を開けたとたん、俺は凍りついた。

六畳間の半分以上を占拠して、奇怪な代物が鎮座していた。大人がすっぽり潜りこめるほどの大きさの、ブリキでできた巨大な角型メガホンのようなものが、アルミの枠によって宙に支えられている。大小二つの四角錐が頂点を接するくびれの部分は、ごつごつした不恰好なコイルに取り巻かれ、そこからツタのように垂れ下がった何本もの黒いケーブルや色とりどりのコードが、畳の上に散らばったトランスや可変抵抗器や電力計やオシレータやオシロスコープやパソコンや裸の基盤に接続している。オシロスコープの画面には、王冠のような形の安定したリサジュー図形が光っており、どこかでブゥーンというハム音がしていた。

俺は恐る恐る機械の周囲を半周した、街に面した方角の窓が開いており、メガホンの開口部は外を向いていた。四角錐の縁からそっと覗きこむと、メガホンの内部では銅の管が何重にもからみ合ってとぐろを巻き、針金細工の花のようだった。

「波を遮らない方がいいぞ。変化する」

俺は驚いて身を引いた。

「動いてる……のか？」

「昨夜からずっとね」溝呂木は一〇〇点のテストを親に見せる子供のように、にこにこしていた。「造るのはたいして難しくなかった。板を曲げるのにてこずったぐらいだ。古い無線機の部品とか、テレビのブラウン管のヨークとか、粗大ゴミから拾ってきた冷蔵庫の放熱パイプとかも再利用して……ま、材料費は全部で二〇万ぐらいかな。問題は電源だ。我が家のブレーカーを特別規格のやつと取り換えなくちゃならなかった」

「……来月の電気代の請求書が楽しみだな」

「来月が来れば、の話だけどね」

「もう何か変化は起きてるのか？」

「今朝のテレビ、観たか？」

　俺はかぶりを振った。「いいや」

「面白かったよ。今やってる『ライダー』シリーズに悪役で岸田森が出てた」

　俺の胸に冷たいしこりが生まれた。

「嘘だろ？　だったら何で俺たちの記憶は変化してないんだ？」

「変化してるさ。記憶だってしょせん脳の中の化学物質の配列にすぎないんだから、世界が変化すれば内規格化の影響を受ける。ウィンクラーによれば、もともと宇宙にはわずかだが先進波が存在していて、世界は絶えず微妙に揺らいでるんだが、記憶や記録もいっしょに変化してるんで、僕たちはそれを知覚できないんだそうだ。ただ、記憶は宇宙の内規格化の影響と同時に、意識による外規格化の影響も強く受けるから、他の事象より変化しにくい。世界の変化の幅があまりに大きくなると、記憶と事実が食い違ってしまうんだ。初めて来た場所なのに、前にも来たような印象を受けたことはないか？　昔観た映画で、確かにあったと思ってたシーンが、ビデオで観直してみたら無かったってことは？　がらくたを整理してたら、いつ買ったか思い出せないものが出てきたことは？――僕たちはそれを『記憶違いだ』と片づけるけど、本当は世界の方が変化してるのかもしれない。もっとも、規格化が作用するせいで、世界はなるべく矛盾のない状態に回帰しようとするんだけどね」

溝呂木はしゃがみこみ、緑色の輝きを放つオシロスコープを愛しそうに撫で回した。

「僕の概算によれば、昨夜から放出し続けた先進波の総量は、すでに地球全域の因果律を崩すのに充分な量に達している。規格化は一種のフィードバック・ループだ。小さな歪みは修正されるが、歪みがある限度を超えると、逆にそれを増幅しはじめる。ほんの小さなきっかけが連鎖反応的に拡がっていって、因果律はことごとく破壊される。世界は夢となって崩れ去る……」

「……人間はどうなる？」

「大半は消えるさ。世界の変化に流されて、自分が誰だか分からなくなる。鏡の国のアリスみたいに『なんでもないもの』になってしまう。夢の一部になってしまうんだ。ただ、きわめて強い意志を持つ人間なら、規格化によってアイデンティティを維持しながら、変化をくぐり抜けられるだろう」

彼が微笑みながら、さりげなく親指で自分の胸を指したのを、俺は見逃さなかった。

「先進波が減衰して世界が再び安定化すれば、その人物は外規格化によって宇宙を創造する。自分の好みの宇宙をだ。その宇宙による内規格化に適応した人間だけが、生きることを許される。それを拒否する者は――消えるしかない」

近所の野良猫の話でもするような淡々とした口調で喋る溝呂木を見るうち、最初のショックが覚めてきて、俺の中にしだいに怒りがこみ上げてきた――いや、怒りというより哀しみかもしれない。かつては親友だった男が、今や俺の愛するものすべてを奪い去ろうとする悪魔になってしまったのだ。俺は口惜しさに拳をぎゅっと握りしめた。

「何故(なぜ)だ!? 何でこんなにうまくいってる世界を壊さなくちゃいけないんだ!」

「うまくいってる？　どこを見てるんだ？　僕が何もしなくたって、どうせあと何十年かしたら世界は滅びてしまうさ」

「環境破壊のことか？」

「それもある。地球温暖化による異常気象。乱開発や過放牧による地球の砂漠化。食糧危機。資源の枯渇。局地戦やテロの果てしない拡大。長く続く不況……」

「それぐらい知ってる」俺はぶすっとして言った。「NHKスペシャルぐらい観てるんだ」

「だったら分かるだろ？　この世界はもうだめなんだよ。破滅への道を突っ走ってるんだ。止める方法はない。今から何十年か前のどこかの時点で、決定的に道を間違えたんだ。これをどうにかするには、この世界を一度バラバラにして、一から組み立て直すしかないじゃないか」

「積み木みたいに言うな！　何十億っていう人の命の問題だぞ！」

「どうしようもないだろ。このままでも、どうせみんな死ぬんだ。同じことさ」

「違う！　断じて違う！」

俺は力いっぱい畳を蹴りつけた。ずしんという大きな音がして、部屋が震えた。溝呂木は目を丸くしている。こいつの前ではいつも温和な人間として振る舞ってきた。俺が怒り狂うのを見るのが意外なのだろう。

こいつは、俺が賛同してくれると思ったのだろうか。親友ならば理解してくれると。

「お前の本音は分かってるぞ！」俺は声を嗄らして怒鳴った。「どうしようもない、だって？　正直に言えよ。本当はどうしたくもないんだろ⁉　お前はこの世界のどこにも居場所がない。何も愛するものがないし、愛してくれる人もいない。だからそんな身勝手が言えるんだ！　この世界に愛するものがひとつでもあるなら、それを失いたくないはずだ！　世界が破滅に向かってるなら、何としてでもそれを食い止めようと思うはずじゃないか⁉　そうだろ！」

溝呂木はしばらく、俺の剣幕に押されて呆然となっていたが、やがてその表情が変わった。口許を醜く歪め、うすら笑いを浮かべて、俺の視線をはねつける。まるで人としての仮面が剝がれ落ち、その下に隠れていた邪悪な顔があらわになったかのようだ。俺は息を飲んだ。

「……〝愛〟なんて言葉は聞き飽きた」

そいつは遙かな深みから響いてくるような暗い声で言った。

「だったら言うが、そもそも何で世界がこんな風になったと思う？　その愛のせいさ。みんなが自分の周囲のものだけを愛したからさ。自分の家族だけが安全であればいい。自分たちの暮らしだけが便利であればいい。そのためには、いくらゴミを出そうが、森林を伐採しようが、二酸化炭素を撒き散らそうが関係ない……みんながそう思ってるからさ。

戦争やテロだってそうだ。国家や同胞や神への愛が争いの火種になる。キリスト教徒にとってはイスラム教徒が存在しない世界がいい世界だろうし、イスラム教徒にとってはその逆だ。貧乏人は金持ちになろうとし、金持ちはもっと金持ちになろうとする――六十何億という人間それぞれが、矛盾し合う世界観を持ってるんだ。ひとつの世界に同居できるわけがない。

僕はそれを解放してやった。今や人間みんなが自分にとって最良の世界を手に入れようとしている。だが、何十億人もの外規格化がひとつの宇宙を共有することは不可能だ。だから世界は矛盾を起こし、崩壊する……分かるか？　この世界を破壊するのは、人間自身の心なんだ」

「違う！　俺は信じない！」

そう叫ぶなり、俺は機械に飛びかかり、ケーブルを引き抜こうとした。「よせ！」溝呂木が俺の腰に組みついてきた。二人とも体力の点ではさっぱりなので、ひどくぶざまな取っ組み合いになった。俺は奴の後頭部を何度も殴りつけた。少し力がゆるんだところで、奴の腕を振りほどき、窓の方に向けて突き飛ばした。奴の体はメガホンの開口部にぶち当たり、半回転して機械の向こう側に落ちた。

俺はケーブルをかたっぱしから引きちぎった。重たいトランスを叩きつけて緑色の基盤を砕く。さらにオシロスコープを持ち上げ、機械のコイル部分に力いっぱい投げつけた。派手に火花が散る。俺は慌てて頭を覆った。気がつくと、ブゥーンという音は途絶えており、室内には青い煙が漂っていた。

「溝呂木……!?」

俺は機械の向こうに駆け寄った。機械が壊れる前、奴の体がアンテナの開口部を遮ったのを見たのだ……。

そこに溝呂木の姿はなかった。窓際にあったのは、さっきまで確かにそこにはなかったはずの（と、俺は記憶している）古いパソコンだった。PC－9801――確か奴が高校時代に使っていた機種だ。

俺は混乱した頭を何度も振りながら、そろそろと近寄っていった。電源が入っており、すでに何かのプログラムがロードされているらしく、暗いモニター画面に四角いカーソルが点滅している。

俺は震える指でリターン・キーを押した。おかしなビープ音とともに、画面になぜかカタカナのメッセージがスクロールする。

『ムダナ　コトダ　セカイハ　モウ　ホウカイスル　オマエガ　ナニヲ　ショウト　テオクレダ　ナニモカモ　ジキ　ユメニ　ナル』

後は意味のない文字の羅列だった。俺は恐怖に襲われ、ピーピーと悲しげな音を立てるパソコンを残して、溝呂木の部屋を飛び出した。

（ぐずぐずするな！　早く帰るんだ！）

長い坂道を泣きそうな気分で駆け下りながら、俺は何度も自分をそう叱咤した。世界の破局が避けられない事実なら、こんなところでそれを迎えるのは嫌だ。せめて最後の瞬間だけは、愛する女と抱き合って過ごしたい。世界が終わりを告げる前に、何としてでもマンションに帰り着かねばならないのだ。

何よりも危険なのは、世界の変化に巻きこまれ、俺自身が真由美のことを忘れてしまうことだ。そうなったら俺の世界から彼女は消えてしまう。そうならないためにも、彼女の顔、彼女の声、彼女の体、彼女と過ごした数々の日々を、強く脳裏に念じ続け、一瞬たりとも忘れないようにしなくてはならないのだ。俺の世界の中に彼女が存在する限り、規格化が彼女の存在を保護してくれるはずだ。

だが、その確信も危うくなってきた。彼女の顔の細部が他の女の印象とごっちゃになり、奇妙に思い出しにくくなっていることに気づいたのだ。記憶が影響を受けはじめていると知り、俺は愕然となった。頰にホクロはあっただろうか？　目蓋は二重だったか？　そう言えば、前には彼女の名前は真由美じゃなかったような気もする……。

「ええい、そんなことはどうでもいい！」俺は走りながら怒鳴った。「俺は彼女の顔や名前に惚れたんじゃないぞ！」

道端で遊んでいた男の子が、びっくりして顔を上げた。顔にケロイド状の模様のある宇宙人のソフビ人形を持っている。俺は駆け足で通り過ぎ、深く考えることはしなかった。ようやくバス停のある通りに出た。立ち止まって乱れた呼吸を整えていると、ちょうどいいタイミングでバスがやってきた。

釣り竿のような長いポールが屋根から突き出したトロリーバスだった。静かにバス停に近づいてきて、なぜかチーンという音を立てて停車する。窓の中には古めかしいマントを着た、どこか死神博士のような風貌の老人の姿が見えた。俺は後ずさりした。こんなのに乗ったら、どんな時代に連れて行かれるか分かったもんじゃない。確かジャック・フィニイの小説にあったぞ。

バスはあきらめ、マラソンで行くことにした。街並みはまだ基本的に変わっていないようだったが、注意して見回すと、あちこちに記憶と食い違っている部分がある。あそこの中華料理屋が建っている場所には、確かガソリンスタンドがあったはずだ。角にあったT

SUTAYAも消えている。こんなところに銀行はなかった。老婆が立ち止まって建物を見上げ、しきりに首を傾げているのは、記憶との食い違いに気づいたからだろうか。

恐ろしい不安が脳裏をかすめた。もし俺のマンションごと彼女が消えてしまっていたら？――俺は携帯電話を取り出し、走りながらボタンをプッシュした。

『はい、嶋田です』

まぎれもない由香の声が聞こえたので、俺は地面にへたりこみそうになった。

「俺だ……俺」

『何だ。どうしたの、そんなに息切らせて？――ねえ、ちょっと変なの。『ダークリ』のDVD観てたんだけど、ストーリーが何か違うのよ。途中から変なドラゴンが出てきてさー』

どうやら『ドラゴンスレイヤー』あたりがごっちゃになってるらしい。

「テレビなんか切っちまえ！　時間も空間もがたがたになりはじめてるんだ。自分のことに目を向けてないと、消されちまうぞ」

俺は走りながら、由香に手早く事情を説明し、いくつかの注意を与えた。部屋から絶対に出ず、俺の帰りを待つこと。周囲に気を配り、危険な変化を見逃さぬこと。意志をしっかり保ち、規格化の力を信じること。俺の存在を絶対に忘れぬこと。

「追伸――愛してるぞ」

それだけ伝えると、俺は携帯を切って、ポケットにしまった。一〇〇メートルほど走ったところで、電話で安否を確認しながら走ってもよかったんだと気がつき、またポケットから取り出した。だが、それはすでにビデオのリモコンに変わってしまっていた。

どうやら変化は加速度的に進行しているようだった。道のあちこちで、立ち止まってきょろきょろ見回したり、何かを不思議そうに眺めている人が増えはじめた。通りかかったブティックのショーウィンドウの中には、大きな冷凍肉が吊るされていた。その数軒先の歯科医の門の前には、古いモノクロTVが置かれていて、治療の様子を通行人に見せていた。どちらも無視して走り続けると、今度は『川流れ』とか『月蝕』とか書かれた大小無数の段ボール箱が路上に散乱していた。それを乗り越え、かき分けながら進むと、後ろから「何しやがんでぇ！」と怒鳴られた。振り返ると、十手を振りかざした岡っ引きが追いかけてきていた。

轟音とともに、大きな黒い影が頭上を横切った。見ると、ツインマスタングのような双胴の飛行機が超低空飛行で遠ざかってゆくところだった。あらゆる可能性がめまぐるしくシャッフルされているため、論理的整合性が失われつつあるのだ。

横断歩道を渡ろうとして、竹馬のように二本足でがちゃがちゃ歩く機械に、危うく跳ねられそうになった。あちこちで悲鳴が上がりはじめている。救急車のサイレンも聞こえる。よほど鈍感な人間でない限り、何か異常な事態が進行していることに気がついてるはずだ。

だが、実際に何が起きているのか理解できるのは、ごく少数だろう。ほとんどの人間はなすすべもなく、おろおろするばかりだろう。

俺の胸は痛んだ。何て不条理な話だろう。誰もが争いよりも平和を好み、今より豊かな暮らしを、安全を、健康を、幸福を望んでいるだけなのに、そうした人それぞれの思いが世界を壊す力になるなんて。

だが、嘆いている余裕はない。ここにいる善良な人たちを救う力は、俺にはないのだ。それどころか、俺自身が生きのびられるかどうかも分からない。

まさに悪夢の世界だった。走り続ける俺の横を、数十頭のラクダが地響きを立てて追い抜いていった。いつの間にかアスファルトは消え、土が剝き出しになっていた。自転車の車輪だけがふらふらと転がってゆき、それを追ってエプロンドレスの金髪の少女が走ってゆくのを見た。信号機のランプがテトリスになっていた。お相撲さんの一団とすれ違った。どこかで櫓（やぐら）太鼓の音がしていた。そびえ立つビルの合間に、ツェッペリン飛行船がちらりと見えた。何かわけの分からない生物が路上でぐちゃぐちゃになって死んでいた。続けざまに悲鳴が上がる。俺は走った。頭の中でただひとつのことを念じ続けながら、シュールレアリズム絵画と化した世界を、ひたすら走り続けた。

ようやくマンションに帰り着いた。建物そのものは消滅していたが、残された空き地の中央に、俺の部屋だけが映画のセットのようにぽつんと建っていた。

「由布子！」

　俺は叫んだ。彼女はお姫様みたいなドレス姿で、セットの中で肩を抱いてうずくまっていたが、俺の姿を認めると、嬉しそうに裸足で駆け出してきた。体当たりするような勢いで抱きついてくる。俺はよろめいて尻餅をついた。彼女は泣きながら俺の胸を叩いた。

「バカ！　バカバカバカバカバカバカ！」

「お前は浜美枝か⁉」

　ギャグやってる場合じゃない。

「分かった！　分かったからどいてくれ！」

　俺は叫んだ。走り続けたために足腰がふらふらで、起き上がる力が出ないのだ。彼女に助け起こされ、俺は起き上がった。地面の上に立ち、呆然とあたりを見回す。

　すでに周囲の世界の変化はすさまじい勢いだった。意識して見つめている限り、その視野の範囲内では変化は生じないが、ちょっとでも視線をそらせると、それらはただちに別のものに変わってしまうのだ。江戸時代の町並みが、弥生式住居の集落が、ヨーロッパの城塞が、未来都市が、森が、砂漠が、氷原が、何の脈絡もなしに生まれては消えてゆく。世界が完全に夢に還るまで、あとわずかだ。

　だが、二人ともまだお互いのことを覚えているのなら、希望はある。規格化の力は俺たちを守ってくれるはずだ。

「いいか、よく聴け」俺は優子の肩をつかんで言った。「こうなったらたくさんのものを見捨てなくちゃいけない。大切なもの、最小限のものだけを残すんだ」

「最小限のもの？」

「アイデンティティを支えてくれているものだ。それが無くなったら、君が君自身でなくなってしまうものだ。世界から失いたくないものは何だ？」

彼女は涙で声を詰まらせた。「あたしのパソコン……ハードディスクにあたしの作った画像データがいっぱい入ってる……」

「そうだ。他には？」

「マンガとTVアニメ……『スラムダンク』とか『ヒカ碁』とか『コナン』とか……」

「ファースト『ガンダム』に『ウルトラ』シリーズ。東宝怪獣映画に平成『ガメラ』。『ガンパレ』に『エアマスター』に『カレイド』に……ああ、ちくしょう、多すぎる！」

「新谷かおるとか、CLAMPとか、車田正美とか……」

「竹本泉を忘れるな。それに、あずまきよひこと島本和彦が存在しない世界なんて、俺は認めんぞ！」

「ジェニーとリカちゃん！　ピンキーストリート！」

「ガチャポンと食玩！　プラモデル！　TFとゾイド！」

「雪見だいふく、キャラメルコーン、カントリーマアム！　それに——チョコレートパフェ！」

「そう、チョコパフェだ！」

「それにあなた……！」

「君だ……！」

俺たちは強く抱き合った。次の瞬間、変化の風が轟音を立てて俺たちを押し流した……。

……気がつくと、俺は一人だった。手の中にあるのは彼女ではなく、下手くそな女の絵が描かれたエロ劇画誌の一ページだった。手を開くと、紙は風に飛ばされて道路に落ち、かさかさと乾いた音を立てた。俺はぼんやりした頭で周囲を見回した。

世界は再び安定していた。そこはどこかの繁華街の裏通りらしく、狭い路地の両側に安っぽいバーやキャバレーや小料理屋が乱雑に立ち並んでいた。だが、人の気配はまったくない。鼻孔をつくのは酒や小便のような人間臭い匂いではなく、乾いた埃の匂いばかりだった。店の壁も看板も、何年も打ち捨てられていたように薄汚れ、陽射しさえも生気を失っているようだった。世界そのものが古ぼけ、すり切れているのだ。

生きる希望を失い、全身から力が抜けるのを感じた。色褪せたヌード劇場のポスターがべたべた貼ってある電柱に寄りかかり、俺は長いため息をついた。彼女は行ってしまった。変化に呑みこまれ、夢に還元されてしまったに違いない。

生き残った欠びなどなかった。こんな死に絶えた世界にただ一人生き残ったところで、何の意味もない。俺のアイデンティティを支えていたすべてのものが、手の届かないところへ行ってしまったのだ……。

「何してるの、あなた？」

女の声にびっくりして振り返った。

猫のような眼をした女だった。年は二〇歳前後といったところで、ハーフなのか、人種のよく分からない顔をしている。軽くウェーブのかかった黒髪をしどけなく肩に垂らし、胸許の大きく開いた赤地に黒の稲妻模様のレーシング・スーツで、スタイルのよい肉体をぴっちりと包みこんでいた。スーツの下には何も着けていないのではないかという気がした。昔のビデオカメラか小型ロケット砲のような器械を小脇に吊るし、レザーのシートに片膝を乗せて、黒光りするドゥカティに体重を預けている。彼女ではないが、どこか彼女に似ている気もする。

「この相は危険よ。リダンダンシーが低いから、じきに沈降がはじまるわ。ぼさっとしてるとランダマイズされるわよ。それとも――」女は値踏みするように俺の姿を上から下まで観察した。「――ここはあなたのイディオス・コスモスなのかしら？」

「違うと思います……たぶん」

「そうよね。好きこのんでこんな相を選択するのは病人だけだわ」女は生気のない空を見上げ、顔をしかめた。「嫌な世界……オルダーセンの世界に似てるわ」

「あの、よく分からないんです。気がついたらここにいたもので……他にも人がいるんですか？」

「ああ！」女の顔が、ぱっと明るくなった。「あなた難民ね？　現実のカタストロフ・ポイントからカウンター・ツイストしてきたばかりなんでしょ？　違う？」

「……たぶんそんなとこでしょう」

「いいわ、教えたげる。あたしは深夢ダイバー。夢に溺れた人を助けてあげるのも仕事のひとつなの」

女はひょいとバイクを乗り越え、俺のそばにやってきた。どこからともなくチョークを取り出し、しゃがみこんでアスファルトに絵を描きはじめる。中心がずれたいくつもの円が重なり合っている図だった。

「人はそれぞれ自分の宇宙を持ってるわ。これがイディオス・コスモス。ひとつひとつの世界はみんなディテールが異なってるけど、共通している部分も多いのよ。そこではみんなが同じ宇宙を共有している。これがコイノス・コスモス。あたしたちは〝亜夢界〟って呼んでるけど」

「アムカイ？」

「夢と現実の中間の、準安定な定常状態よ。現実ほどしっかりしてはいないけど、夢ほどでたらめじゃない世界なの。お互いがお互いを認識し合うことによって、規格化の力で世界がひとつにまとまり、人はアイデンティティを保っていられるわけ。細部は絶えず変化してるけど、それはたいして問題じゃないわ」

「あの、ピンとこないんですが……」俺は恐縮した。「そこっていいところなんですか？」

「ああ、現実よりはずっと住みやすいところよ。あたしは架空生まれで、現実なんて知らないけど――センソウとかヒンプノカクサなんてものはないわ。誰もが自分にふさわしい世界に住めるんだから。あと、廃棄物は放っておけば勝手にランダマイズされるから、カンキョウオセンなんてものもないし」

俺は眉に唾をつけたくなった。ちょっと話がうますぎるように思う。

「夢が何でも叶うってことですか？」

「何でもってわけにはいかないわね。亜夢界に入れない人もいる。独裁者になりたい人、殺人鬼になりたい人、才能もないのに喝采だけ受けたいと願うお笑い芸人……」

「どうして？」

「決まってるでしょ。いくら独裁者になりたいと願っても、独裁者の圧政に虐げられる国民になりたいと願う人間なんて、誰もいないからよ。そんな人は自分だけの世界に住むしかない――こんな風なね」と、周囲の世界を指さし、「でも、長くは続かないわ。いくら意志が強くても、一人だけで世界を維持することなんてできやしない。じきに夢の海に沈降しはじめて……ランダマイズされる」

女は奇術師みたいな手つきで、ふわっと手を広げてみせた。

「でも、あなたにそんな野望がなくて、自分と考えの違う人たちと同じ世界で暮らすことを許容できるなら——心配はない。亜夢界は受け入れてくれるわ」

俺は心が晴れてくるのを感じた。彼女がいつか（いつだろう？）言ったことは正しかった。人は互いに認め合わなくては生きていけないのだ。

「そこへ行くにはどうすれば？」

「歩いてはいけないわね。ツイストするの」

「ツイスト？」

「あなたは現実とフィクションが、紙の表と裏のように、まったく別物だと思ってるかもしれないけど、それは間違いよ。亜夢界では現実とフィクションは連続しているの。もちろん、妖精とか巨大怪獣とか一キロ先から狙撃できる殺し屋とか、物理的に不可能なものは存在しないけど」女はまた、どこからともなく、紙でできたメビウスの輪を取り出した。「これみたいなものね。ある相からある相に移動するには、紙の上をたどっていくより、紙を突き抜けた方が早いのよ」

「テレポート？」

「ノーノー。テレポートなんて物理的に不可能よ。局所的因果律保存の法則があるから、アイデンティティが別の相に移行する瞬間は決して知覚されないの。移行は常に連続的なのよ。基本的には目標となるフィクションに自分を投影することで移行するんだけど、カウンター・ツイストだけはしない方がいいわ。どこに飛ぶか分からないから」

俺の困惑した表情に気づいたらしく、女は決まり悪そうに苦笑した。

「ま、そんなに難しく考えないで。コツさえ覚えれば誰でもできるんだから――アイ・マーカーはあるかしら？　あなたがアイデンティティを維持するための目印のことだけど」

「会いたい女がいるんです」

「ああ、それなら」女は俺の背後を指さした。「とりあえずあの映画館にでも入ってみたら？　本当にその人に会いたいと願っているなら、必ず会えるから」

さっきまでは気づかなかったが、路地の突き当たりにさびれたピンク映画館があった。まるで女が指さしたから出現したように思えた。あれが入り口というわけか？

「どうもありが……」

振り返って女に礼を言おうとして、今まで話していた相手が、ベニヤ板に貼られたピンクサロンのポスターであることに気がついた。説明だけして、さっさと行っちまったのか。

俺は肩をすくめ、映画館に向かって歩き出した。

入り口で立ち止まり、看板にどぎつく描かれた苦悶する裸女の絵をしげしげと見つめた

――間違いない、彼女だ。

俺は館内に入った。もぎり係も売店の売り子もおらず、ロビーには煙草の吸殻がいくつか落ちているだけだった。重い革張りの扉を押し、暗い客席に足を踏み入れる。観客は俺一人のようだ。上映はすでにはじまっていた。古い映画なのか、モノクロで音楽もなく、映写機の回るかたかたという音だけがやけにうるさく響いていた。

俺は真ん中あたりの席に座り、映画を観ることにした。ふと、（売店でポップコーンを買ったことにしよう）と思った。見下ろすと、ポップコーンの入った紙コップを持っていた。なるほど、結果が原因に先行するというのはこういうことか。

俺はスクリーンに注意を向けた。深夜の遊園地のシーンだった。人影はなく、灯の消えた観覧車は夜空の下に力なく立ちつくし、沈黙したジェットコースターの軌道は巨大な恐竜の骨格標本のようだった。メリーゴーランドの木馬たちも凍りついている。ゆっくりとパンとオーバーラップを繰り返していた画面が、やがて噴水の前で停止した。灰色の闇の中に、白いワンピースを着た女が立っている。暗いので顔は見えにくいが、俺には確信があった。

いきなり光が画面に満ちあふれ、女はまぶしさに顔を覆った。にぎやかな音楽も流れ出す。遊園地の遊具すべてに生命が流れこんだのだ。光のドレスをまとった観覧車は重々しく動き出し、メリーゴーランドも音楽に合わせて踊りはじめた。七色の光が女の周囲で渦を巻いている。彼女はそろそろと顔を上げた。

やはり由宇だ。

由宇はしばらくきょときょとと周囲を見回していたが、やがて誰かを見つけたらしく、はじけるような笑みを浮かべ、手を振った。カットが切り替わると、ワルツを踊るコーヒーカップをバックに、長身の男がシルエットとなって立っていた。カメラは男の顔をズームアップした。その男は俺だった。俺は搭乗口の短い鉄の階段を駆け下りると、大股で広場を横切り、由宇に歩み寄った。

「ごめん、手間取っちまって……」

「いいのよ。知らないの？　この世界じゃね、時間なんてたいした意味ないんだって。いろんな時間がいっしょに存在してるから、何かに遅れるとか、間に合わなくなるってことがないんだって」

「うーん、便利な世界だ。気に入りそうだな――どれ、何か腹に入れるか」

俺たちは連れ立って歩きはじめた。ジェットコースターが楽しげな悲鳴を乗せて夜空を疾走してゆく。いつの間にか周囲にはたくさんの人があふれ、思い思いの方向に歩き回っていた。家族連れもいればカップルもいる。みんなそれぞれに夜の遊園地を満喫しているようだった。

よく見れば、ただの遊園地ではなく、遊園地と商店街が合体した施設だと分かった。観覧車の近くには大型電器店のビルが、モノレールの駅の下にはコンビニと焼肉屋が、ジェットコースターの下には本屋とゲームセンターがある。遊びとショッピングが同時にできる街というわけだ。

俺はゲームセンターの前で立ち止まった。ガチャポンの機械を見つけたのだ。

「おお、すげえ、『カレイド』のガチャかよ。しかも『天使の技』篇ってことはパート2? げっ、アンナとか差し置いてマッコリーさんかよ!? やるじゃん、ユージン!」

急いで財布を取り出す。財布の中には一〇〇円玉がきっかり一二枚入っていた。思った通り、二〇〇円ずつ六回で、ダブリなしでコンプリートできた。

「気に入った! 気に入ったぞ、この世界!」

俺は心の底からそう言った。結果が原因に先行するということは、物理的・技術的に不可能でないかぎり、すべては人々が願う通りの理想的な結果になるということだ。きっとこの世界では『ブルーシティー』も『ボルドー』もきちんと完結してるし、『デビルマン』はまともに映画化されているに違いない。

俺たちは屋外にあるフルーツパーラーに入った。白いパラソルの下にあるテーブルにつくと、メイド服にネコ耳をつけた、やけに陽気なウェイトレスがオーダーを取りに来た。自分の仕事が楽しくてたまらないといった感じだ。俺はコーヒーを、由宇はもちろんチョコレートパフェを注文した。

「大勢人が住んでるんだなあ」

俺は通りを眺めてつぶやいた。このうち何割ぐらいが俺たちのような現実世界からの難民で、何割がこの世界で生まれた人たちなのだろうかと考えて、すぐにそれが意味のない疑問だと気がついた。ここでは過去の経歴なんかどんどん変わってゆくのだし、現実世界にいた人物とこの世界の人物が同一であるという確証は何もないのだ。

たとえば由宇にしたって、前には別の名前だったように思うし、こんな眼のぱっちりした美人じゃなかったような気もする――ま、そんな些細なことは気にするべきじゃない。問題は顔や名前じゃなく、その奥にある本質なのだ。

「そう言えば、あの人どうしたの？　ほら、あなたの友達の……」

「さあ……どうしたかな」

もう奴の名前も思い出せない。本当にいたかどうかも疑わしい。俺の記憶から完全に消えた時、奴は規格化されなくなり、ランダマイズされるんだろう。哀れな話だ。生きていきたいのなら、自分以外の多くのものを許容しなくてはならない――何も許容できない者は世界からも許容されないって、どうして分からなかったんだろう？

チョコパフェが運ばれてきた。盛りつけはなかなかきれいにできている。フルーツは多すぎず、コーンフレークも入っていない。問題は味だ。

「さて、亜夢界のパフェの味は、いかがなもんでしょうか……」

由宇は恐る恐るスプーンで一口すくい、口に運んだ——最初に口の端から、次に目尻から、とろけるような笑みがじわーっと広がっていった。

「ん。理想的！」

俺たちは幸福だった。

奥歯のスイッチを入れろ

死ぬ直前、最後に聞いたのは、ベルカの優しい声だった。

「楽にして、タクヤ」

生まれ変わって最初に聞いたのも、ベルカの声だった。

「聞こえる？　目を開けて、タクヤ」

僕は目を開けた。正確に言えば、カメラアイを保護するシャッターを開いた。いきなり強烈な違和感があった。確かに画像は見える。ものすごく鮮明に。かがみこんで心配そうに僕の顔を覗きこんでいるベルカの顔が、頬の毛穴やニキビ跡までくっきりと見えた。そのため、たっぷり三〇センチは離れているはずなのに、顔面のすぐ近くにあるような錯覚が生じ、ぎょっとなった。視差が生み出す距離感と、鮮明さが生み出す距離感のギャップに混乱した。視力が六・〇になるという説明は受けていたが、こんなものだったとは。近視の人が初めてメガネをかけたら、こんな感覚を味わうのだろうか。

僕は横たわったまま、目を——カメラアイのレンズを左右に動かした。ジルベール・ヴァレー博士をはじめとする科学者や技術者たちが両側に立ち並び、期待と興奮に輝く目で見守っている。自分たちが何年も心血を注いできたプロジェクトの成果を。

わが国初のSSS——ソニック・スピード・ソルジャーの誕生を。

「気分はどう?」またベルカがささやいた。

まばたきをしようとして、僕はさらに困惑した。まばたきできない——まぶたを閉じることはできるし、また開けることもできる。だが、それを連続して行なうことが困難なのだ。「目を閉じよう」と考え、次に「目を開けよう」と考えなくてはならない。子供の頃、ウインクがなかなかできなかったが、あれと同じようなもどかしさを覚える。

新しいボディにインストールされる際、生身の肉体にあったいくつかの機能が切り捨てられるとは聞いていた。まばたきもそのひとつだ。僕の新しい眼球は涙を必要としない。だからまばたきも必要としない。レンズが汚れたら拭けばいいだけのこと。それどころか、加速中にまばたきをしたら、主観的に何十秒も闇が続くことになって危険だ。顔面の人工筋のスペースには制限があり、シャッターの開閉をも加速することはできなかったからだ。だからシムブレインからは、まばたきを命じる無意識の反射機能そのものを削除しなければならなかった……。

　そう、確かに説明は受けていた。だが、その時の僕は聞き流していた。もっと重大な問題――もう涙を流せなくなることや、食べ物を味わえなくなることや、男性としての機能が失われることで悩んでいたからだ。

「変な……感じだ……」

　僕は言った。スピーカーからの声に合わせて口が動く。その声にまたショックを受けた。何だかきんきんしていて機械的な響きがある。これは誰の声だ？　生前の僕の声を正確に再現してくれるはずだったのに。

「起きられる？」

「……たぶん」

「起きてみて。ゆっくりと」

　ベルカはそう言って、数歩退いた。安全のためだろう。僕はまだ自分の力をセーブできていないかもしれない。うっかり彼女の手をつかんだら、握り潰してしまうかもしれない。

　僕は金属製のベッドに肘をつき、ゆっくりと慎重に起き上がった。手足は脳の指示通り、正確に動くようだ。だが、やはりまだ違和感がある。自分の手足ではないような感じ――TVゲームのキャラクターをコントローラーで操作しているような感じがする。

　ベッドに腰かけ、新しい自分のボディを見下ろす。手足の関節と腹部は灰色のラバーで覆われているが、それ以外はガラスのように透明なアモルファス合金の装甲で保護されている。人間の男性のプロポーションを模しているが、股間はのっぺりしていた。子供の頃に持っていたおもちゃのサイボーグ戦士のようだ。ゆるやかな凹凸のある透明層を通して、その下の内部構造が歪んで見える。人間の数百倍の力を生み出す金属筋と、それに莫大なパワーを送るケーブル。入り組んだ配線。胸の奥の小型核融合炉。そして僕には理解困難な電子機器の数々。

「立ってみて」

僕は立った。よろめくかと思ったが、バランスを取るのは造作もなかった。問題は視点の高さだ。このボディの身長は、生前の僕より一五センチも高い。そのため、二本の脚で普通に立っているにもかかわらず、平均台の上に立っているような不安感があった。

僕は傍らのベルカに目をやった。何もかも変わってしまった世界で、見慣れた顔があるのは落ち着く。銅色の髪はボーイッシュなショートカット。化粧の薄い顔。白衣の下から伸びる、チョコレート色のストッキングを穿(は)いた細い脚。色気がないところがかえって魅力的。四年前にヴァレー夫人になり、さすがに少女時代のあどけなさは薄れてきているが、「おばさん」に変貌するにはまだ一〇年以上かかるだろう。たとえ僕の妻でなくても、そこにいてくれるだけで嬉しい。

だが、やはり変化があることに、僕は気がついた。以前、彼女の身長は僕より頭半分ほど低いだけだった。だが今は、彼女の頭は僕の肩にも届かない。

「異状はない？　痛みとか、めまいとかは？」

「いや、何もない」

自分のその声に、また違和感を覚えた。これは僕の声じゃない。この目も、この体も、この声も、もう以前の僕ではないのだ。僕は死に、生まれ変わったのだ。生前の僕とのつながりは、この記憶以外、何ひとつない……。

僕はもう、僕ではないのだ。

「変な感じがする——でも、じきに慣れると思う」

僕はとまどいながらも、そう言った。ベルカを安心させるためというより、自分自身に言い聞かせるために。

人間とは楽観的なものだ。「危険なんて承知のうえさ」と言いながら、危機を間一髪でかっこよくすり抜ける自分しか想像していない。実際に最悪の事態が自分の身に降りかかってくるなんて、予想もしていない。

僕もそうだった。宇宙パイロットという職業が危険であることは承知していた。だからきびしい訓練を受けた。体を鍛え、技術を学び、高Gや低酸素状態に耐えるテストを受け、シミュレーターで何百時間も飛んだ。本物の飛行機も何百時間も飛ばした。輸送機による弾道飛行で○Gの訓練も受けた。才能に目覚めてゆく自分、着実に腕を上げてゆく自分が嬉しかった。空を華麗に舞い、新しい領域に挑戦する自分に酔っていた。どんなピンチだって切り抜けてみせると思い上がっていた。

だが、自分の能力ではどうしようもない事態が起きるなんて、本気で想像したことは一度もなかった。

X－209の核融合ジェットの欠陥は、まさに悪運としか言いようのないものだった。空中で右エンジンが爆発を起こし、片肺になった機体を、僕はどうにか滑走路まで誘導した。だが、それが限界だった。破損によって生じた乱流のために安定性が失われていたリフティングボディは、高度が下がるとグラウンド・エフェクトを受けて、嵐の海に浮かぶ小舟のように揺れた。高速で滑走路に突っこんでゆく機体を必死にコントロールしようとしたが、無駄だった。右の着陸脚が路面に接触したとたん、機体は横転し、炎上した。

命は取り留めたが、全身に火傷を負ったうえ、両脚切断。上半身も広い範囲がマヒしていた。脊椎の損傷が激しく、手術による治療は困難。動力義足によって歩くことぐらいはできるようになるかもしれないが、二度と飛ぶことはできないと診断された。

ベルカは泣いた。僕が飛べなくなったことに対してだけでなく、夢破れて絶望していることに対して、泣いてくれた。幼なじみで、同じ高校にも通い、僕が宇宙にかける夢の大きさを知っていたから、悲しみの深さも理解してくれた。

僕は真剣に自殺を考えた。子供の頃から宇宙パイロット以外の人生など考えたことがない。二度と飛べないのに、生きていて何の歓びがあるというのか。

自殺しなかったのはベルカがいたからだ。僕が死ねば、彼女の心を深く傷つけるだろう。それだけはしたくなかった。早くに両親を亡くした僕にとって、彼女はただ一人の大切な人だった。

たとえ僕の妻でなくても。

高校卒業後、僕は空軍に入隊、彼女は国立大学のサイバネティクス科に進み、何年も疎遠になっていた。ある日、結婚したというメールを受け取った。いつか正式に宇宙パイロットになった日にプロポーズしようと思っていた僕は、ショックを受けると同時に、自分の能天気さにあきれ果てた。これもまた愚かな楽観主義。何年もほったらかしにしていたガールフレンドが、いつまでも操（みさお）を立ててくれていると信じていたのか。いやそもそも、彼女には僕の恋人だという自覚はあったのか。

ベルカを恨まなかった。悪いのは僕だ。新婚家庭にお邪魔し、夫と会って、あきらめがついた。もし相手の男がろくな奴じゃなかったら別れさせてやると、ひそかにせこい考えを抱いていたのだが、そんな希望も潰（つい）えた。ジルベール・ヴァレー博士はベルカより一五歳も年上だが、科学の道ひとすじの実直そうな男だった。真面目なだけでなくユーモアもあり、僕にはとてもできない優しい笑顔を見せる。食後、ダイニングで談笑しながら皿を洗っている二人の背中を見て、僕が割りこめる余地はないと悟った。

傷心をまぎらわせるために、僕は以前にも増して空にのめりこんだ。いつか世界一の宇宙パイロットになれる。名声と勲章を手に入れられる。きっとベルカよりも素敵な女とめぐり会える。そう信じて。

だが、すべては根拠のない楽観だった。

宇宙を奪われた僕には、もはや何の希望もなかった。このまま不自由な体でベッドに横たわり続けるのもいやだが、動力義足で歩けたとして嬉しい気はしないだろう。「第二の人生を歩めばいい」と医者は気楽に言うが、重力に縛りつけられ、地上にへばりついて、スーパーのレジ係か何かの平凡な一生を送るなんて、僕の未来のビジョンには断じてなかった。

じゃあどうすればいいのか？——分からない。

そんなある日、ベルカが夫とともに病室にやってきて、驚くべき話を持ちかけてきた。

「あなたをテストパイロットとしてスカウトしたいの」

「パイロット？」

「SSS——高速運動できるニューロドロイド」

ニューロドロイドが何年も前から実用化しているのは知っていた。死に瀕した人間の脳をEPRホロ・スキャナーでスキャンし、分子レベルまで正確に構造を読み取って、シムブレインと呼ばれる脳のモデルを仮想空間内に再構成する。それを調整したうえで、アンドロイドの電子脳にインストールすれば、不老不死の肉体が得られる。つい先日も、重い遺伝性疾患に苦しんでいたジーメンス副大統領が、ニューロドロイドへの移植を受け、職務に復帰したというニュースが話題になった。

素晴らしい話ではあるが、ボディ一体の価格が戦車一台分に匹敵するというのだから、一般庶民には縁のない話だ。僕の貯金と軍からの補償金を合わせても、とても足りない。機械のボディに移植された者を元の人間と法的に同一人格とみなすという法律が、すみやかに議会を通過したのも、もっぱら恩恵を受けるのが政治家や金持ちたちだからだ。

世界が機械のボディを持つ不老不死の老人たちに支配されるのを懸念する声もあるようだが、そんなに重大な変化のようには、僕には思えない。がちがち頭の老人が社会を支配しているのは、いつの世も同じではないか。

現在のニューロドロイドの運動能力は人間のそれと大差ない。だがヴァレー博士の研究所では、国から援助を受け、極秘裏に高性能の戦闘用ニューロドロイドの開発に取り組んでいるという。一体の値段が最新の戦闘機一機分もするらしい。音速で動けるという、とてつもないやつだ。

「音速ですって？」

僕は笑ったが、博士もベルカも真剣だった。

「理論上は音速に達することも可能というだけだ。実際のスペックは試してみなくては分からない。最大の問題は、人体は飛行機のように流線型ではないから、空気抵抗の計算が複雑になりすぎることだ。だが、シミュレーションの結果は良好だった。金属筋は空気抵抗や慣性に対抗できるパワーとスピードを生み出せるし、アモルファス合金のフレームはその荷重に耐えられる。ボディも半年前から製作を開始し、完成に近づいている」

「そんなに進んでるとは知りませんでした」

「何年も前から机上での研究はやっていたんだが、予算の問題で停滞していたんだ。だが、MCSが先にソニック・スピード・ソルジャーの開発に着手していて、すでに実用段階に入っているという情報が入ってね。わが国も遅れてはならん、というわけで、大幅な予算の増額が認められたんだ」

なるほど、自分たちの持っていない兵器を相手が持っていると知ったら、お偉いさん方が慌てるのも無理はない。

戦闘用ドロイドがAIではなく人間によって制御されねばならない理由も、理解できる。ドロイドが活躍するのはもっぱら市街戦だろう。何もない空や平原と違い、市街地での作戦行動は予測不能な不確定要素が多すぎ、低級なAIではフレーム問題を起こしてハングしてしまう可能性が高い。一方、高度なAIは必然的に自意識を持ち、反乱を起こす危険がある。人間が最も信頼できるのだ。

「問題はボディに移植される心だ。信頼できる性格で、なおかつ、チャレンジ精神と強い意志の持ち主でなくてはならない」

「テストパイロットというより、モルモットという感じですね」

「モルモット扱いはしないよ。もちろん強制もしない。この仕事を引き受けるかどうかは、君が決めることだ」

「しかし、音速で地上を走る？　目が回るな」

「加速モードでは電子脳の処理速度も上がる。通常の人間の思考速度の約四〇〇倍に。つまり君は周囲の時間が四〇〇分の一に遅くなったように感じるわけだ。音速も徒歩より遅く感じられるはずだよ」

説明を受けても、僕はためらっていた。人間には未踏の分野、チャレンジしがいのある大きな目標であることは間違いない。宇宙への夢をあきらめる代償としては、充分すぎるほどに。だが、生身の肉体を捨ててロボットになることに抵抗があった。後戻りはできない。スキャンの際に脳は破壊される。つまり肉体は死ぬ。

もう食事を味わえなくなる。涙を流せなくなる。花の匂いを嗅げなくなる。女の子も抱けなくなる――いや、男性としての機能が失われたという点では、今のこの肉体も同じだが。それにしたって、深く考えずにできるような決断ではない。ジーメンス副大統領も、決断するまでずいぶん悩んだというし。

「だからこそ、君にすべてを打ち明けるんだ。リスクや欠点を隠すつもりはない。まったく未知の危険があるかもしれない。それを理解したうえで承諾してくれるような、勇気ある人材を求めているんだ」

「完成予想図、見せてください」

僕が頼むと、博士は持参したノートパソコンの画面にCGを表示した。

シリコーンゴムで覆われた通常のニューロドロイドとは、ずいぶん違っていた。ガラスのように透き通ったボディ。ギリシア彫刻のような理想的なプロポーション。全身が無機的であれば、それなりに美しいと言えただろう。だが、頭部だけが人間そっくりなので、かえって不気味な印象を受けた。髪の毛まで生えているのだ。ガラスの彫像に生首をくっつけたようで、悪趣味な感じがする。

「気味が悪いな」

僕が正直な感想を口にすると、博士はうなずいた。

「その嫌悪感を克服できるかどうかも、条件のひとつだよ。顔はまだ作っていないから、今からでも君の顔に似せられる。事故に遭う前の顔にね。皮膚そっくりの質感を持つ手袋も用意している。それを手にはめて、服を着れば、普通の人間と見分けがつかなくなる」

「なぜ顔が必要なんです？　顔もロボットみたいにすれば？」

「顔は人間にとって、最も重要な部分だからだ」

「脳や心臓より？」

「単に生命を保つというだけなら、顔は必要ない。だが、生きるということの意味はそれだけじゃない。人と触れ合うことが大切だ。話したり、笑ったり、泣いたり、怒ったり……それが生きるということだよ。そのためには、仮面のように表情のない顔ではだめなんだ。だから涙とまばたき以外、完璧に人間の表情を模倣できるように設計した。SSSは兵器である以前に人でなくてはならない。たとえ肉体が金属になっても、脳がコンピュータになっても、他人とのコミュニケーションがあるかぎり、人は人でいられる。私はそう考えている」

ちくしょう、この博士はどこまでいい人なんだ。やってることはB級映画のマッド・サイエンティストなのに。

それでも僕はためらっていた。顔だけが人間であっても、それで人間としてのコミュニケーションが成立するのか？　たとえ他人を欺けても、僕が金属の体であることは、僕自身が知っている。完璧に人間と同じように振舞うことが不可能である以上、いつかどこかで破綻をきたすのではないだろうか？

結局、僕にそのためらいを乗り越えさせたのは、ベルカのこんな言葉だった。

「どんな体になっても、私たちはあなたを嫌いになったりはしないわ。あなたが人の心を持っているかぎり」

「……臭い台詞だな」

僕はまたしても正直な感想を口にしてしまった。しかし、ドラマで多用される臭い台詞が日常生活で発せられた時、胸に温かく響くことがあるのも知った。無論、うがった見方をすれば、その言葉が本心ではなく、僕をスカウトするための演技だという可能性もある。だが、僕はそんなことを信じたくなかった。

彼女を信じよう。そう思った。すべてが無意味になってしまった世界で、僕が信じられるのはベルカだけだ。彼女の言葉を信じられなくなったら、それこそ僕には人間らしい心がなくなってしまうように思えた。

スキャンやシムブレインのインストールは、あっけないほど簡単だったが、インストールされた後が大変だった。

生まれ変わった僕は、研究所の敷地内にある宿舎に寝泊りし、毎日、リハビリに励んだ。一日一回のメンテナンスの時以外、普通の服を着ていた。顔は元の僕にそっくり。ヴァレー博士の言った通り、手袋をはめ、長袖の服を着てズボンを穿けば、一見、人間と見分けがつかない。だが、TVのスーパーヒーローのように、普通の人に混じって正体を隠して生きていくのは難しそうだった。服の上から触られれば、ボディが硬いことはすぐにばれる。長時間まばたきをしないのも、不自然に見えるだろう。

だが、世間からどう見られるかなんてことは、山奥にあって外界から隔絶されたこの研究所の中では、たいして問題じゃない。僕が僕をどう見ているかの方が問題だ。

まず僕を苦しめたのは違和感——自分の手足が自分のものではないという、あの感覚だった。どうやらそれは手足にかかる慣性や金属筋のパワーが、生前のそれと異なるために生じるようだった。手首に重いリストバンドをはめて、腕を振り回しているところを想像してほしい。普通なら脳はその感覚を「このリストバンドは重い」と認識する。しかし、リストバンドが目に見えず、触れることもできなかったとしたら？　どんな変化が重さを生み出しているのか脳は理解できず、混乱してしまうだろう。

それと同じだ。シムブレイン——電子脳の中に再構成された僕の脳は、いまだに自分が生身の肉体の中にいると思っている。新しいボディに移植されたことは、意識では知っていても、無意識のレベルではまだ理解していないのだ。ベルカの話によれば、こうした違和感はニューロドロイドへの移植を受けた人なら最初のうち誰でも体験するもので、じきに慣れるという。

克服する方法はただひとつ、体を積極的に動かすことだ。壁に囲まれた研究所の中庭で、僕は毎朝、ジョギングに励んだ。本当はもっと広いコースを駆けたい気分だったが、僕の存在はまだ世間には秘密だからしかたがない。研究所内にはアスレチック・ジムもあり、僕はベルカのサポートで、腕立て伏せ、腹筋、スクワット、ウェイトリフティングなどのメニューをこなした。何時間運動しても疲れないし、汗もかかないというのは素晴らしい。

こうして何日か経つうち、手足に対する違和感はしだいに薄れていった。

視界に対する違和感も、感じていたのは最初の数日だった。何もかもが実際より近くにあるように見えるため、テーブルの上のものを取ろうとして手が空を切ってしまったり、人が近づいてくると衝突しそうな気がしてのけぞったりしたが、だんだんと正常な距離感が戻ってきた。

声に対する違和感は、もう少し後まで残った。自分の声を聞きたくなくて、最初の数日は口数が少なくなったほどだ。人間は普段、自分の発する声を、頭蓋骨の振動を通して聞いている。録音された声が自分の声のように思えないのは、そのせいだ。このボディの場合も同じで、外に向かって発している声は以前の僕の声そっくりに合成されているのだが、頭蓋のアモルファス合金を通して耳のマイクに入ってくる声は違って聞こえるのだ。

空腹感や尿意がなくなったのはさほど気にならなかったが、生殖器官に関しては「幻肢」と呼ばれる現象に苦しめられた。すなわち、まだペニスが存在しているかのような感覚があるのだ。ある時など、ベルカのサポートでリハビリをやっている最中、ふと、トレーニング・シャツの下にある彼女の胸の曲線を意識してしまい、存在しないはずのペニスが勃起するのを感じて慌てたことがある。

舌は本物のように柔軟に動かせるし、鋭敏な触感センサーもついているものの、舌本来の機能はない。味覚を感じる装置は舌に内蔵できるほど小型化できなかったのだ。口を開けた時に自然に見えるよう、舌の表面や口腔内のゴムは濡れているように見える処理がされていたが、実際には濡れていないので、舌の触感センサーはまさに「ゴムの表面に触れているような」感覚を生じさせる。そのため、口の中が乾いているのが妙に気になった。生身の体の時は、いつも口の中が湿っているなんて意識していなかったのだが。当然、呼吸の機能も削除されている。激しい運動を終えた直後など、自分の呼吸が止まっているのに気づき、ぎょっとなることがある。次の瞬間には、もう呼吸の必要はないのだと思い出すのだが。

もうひとつ、「今日の晩飯は何にするかな」とか「運動の後にビールを飲もうか」などと、ついつい考えてしまうのには参った。たとえ食欲がなくなっても、生まれてからずっと続いてきた習慣からはなかなか脱却できないものだ。僕は時おり、記憶の中でフロマージュや肉たっぷりのラザニアやサーモンのスシの味をよみがえらせ、懐かしんだ。しかし、いくら美味（うま）そうな料理を夢想しても、一滴の唾液も湧いてこないのだった。

他にもできないことはいろいろあった。口笛を吹いたり、咳払いをしたり、舌を鳴らしたり、ため息をついたり、バースディ・ケーキのロウソクを吹き消すこともできなくなった。その一方、爪を切る必要も、ひげを剃る必要も、トイレに行く必要もなくなった。いちばん嬉しいのは歯を磨かなくてよくなったことだ。僕は歯磨きが嫌いなのだ。

そうしたことすべてに慣れるのに、二週間以上かかった。僕はニューロドロイドが人間型でなくてはならない理由を知った。人間と同じ姿をしていてさえ、これほどの違和感があるのだ。下半身がキャタピラだったり、腕が四本あったり、目が六個あったりしたら、順応するのにどれほど長い期間が必要だろうか。四本の腕をどうやって同時に動かせばいいのかなんて、想像もつかない。

　ヴァレー博士が顔をつけてくれたのは正解だった。顔面に張りめぐらされた細い人工筋は、表面のシリコーンゴムを動かすことで、僕の微妙な感情の変化を反映する。ちょっと鬱になった時に、ベルカが「暗い顔してるわね」と声をかけてきてくれたのは嬉しかったし、「いや、別にたいしたことじゃないよ」と微笑むことができたのもありがたかった。仮面のような顔では、こんなやりとりはできない。

　ベルカだけではない。ヴァレー博士もスタッフたちもみな親切で、僕を人間らしく扱い、友人のように接してくれた。SFドラマによくある「ドロイド差別」には、まったく出会わなかった。「科学者には人間味がない」などと言ったのはどこの誰やら。世間の人はどうだか知らないが、開発に携わる科学者や技術者にとっては、ニューロドロイドは義手や義足の延長にすぎず、それに嫌悪感を抱くことなどありえないのだった。

　眠ることができるのも嬉しかった。生理的ではなく心理的に脳を休めるのに、睡眠は不可欠と考えられたため、シムブレインから睡眠機能は削除されなかったのだ。僕は夢を見ることさえできた。ありがたい。

かんじんの加速モードとやらの実験には、なかなか取りかかれなかった。加速状態ではどんなことが起きるか、どんな点に注意しなければならないかというレクチャーは受けたものの、スイッチを入れることはまだ許可されなかった。まず僕が新しいボディに完全に順応するのが先だと考えられたからだ。少しずつ加速率を上げて慣れてゆくこともできない。というのも、金属筋のモードは二種類しかないからだ。通常の速度で可動するモードと、四〇〇倍のモード。

金属筋の実験の映像も見せてもらった。一種の形状記憶合金で、普段は粘土のように柔らかいが、高圧電流を流すと瞬時に変形・硬化し、一平方センチ当たり七・五トンの力を生み出せる。V字形のアームの角の部分に金属筋を取り付け、電流を流すと、バンという音とともに、アームが瞬時に折りたたまれる。まさに一瞬。速すぎて肉眼では見えない。

問題は動作速度を広範囲に制御できないことだ。メインとなる太い金属筋は、四〇〇倍の速度で手足を動かせる反面、ゆっくり動かすことが困難だ。最低でも秒速四〇センチが限度。そのため、日常生活では糸のように細いサブの金属筋を使用している。これは人間より二倍も重いニューロドロイドのボディを、人間なみの速さで動かせる。

加速モードでは金属筋がサブからメインに切り替わる。いきなりギアがトップになるわけだから、危険なのは言うまでもない。当然、加速モードのスイッチには、誤作動しないようにフェイルセイフ機構がついている。僕自身が「加速モードＯＮ」と念じなくてはならないのはもちろんだが、同時に舌を動かして、右の奥歯の位置に設置された小さなスイッチを操作しなくてはならないのだ。スイッチが体外に露出しているのは危険だから、口の中に配置するのは理に適っている（なんでも、二〇世紀のアメリカのＳＦ小説をヒントにしたのだそうだが）。ちなみに左の奥歯には省電力モードに入るためのスイッチがある。瓦礫の下に埋もれて助けを待つ時など、電子脳を停止して仮死状態になっていればいいわけだ。

味を感じることのできない僕の舌は、事実上、二つのスイッチを操作するためだけに存在する。これがけっこう難しい作業で、意識して行なわなければならない。すなわち、寝ぼけたか何かで無意識にスイッチを入れてしまう危険はまずない。たとえ何かの拍子にスイッチが入ったとしても、僕が「加速モードＯＮ」と念じていなくては作動しない。逆にＯＦＦにする場合は念じるだけでよい。

加速モードが維持できるのは今のところ三〇秒間と設定されている。胸の中の小型核融合炉がフル稼働し、莫大な電力が放出されるため、体内が過熱して危険な状態になるからだ。タイムリミットが来ると自動的に加速モードは解除され、クールダウンして体内温度が正常値に戻るまで、次の加速モードには入れない。

僕は早く試したくてうずうずしていたし、軍部からも矢の催促だったのだが、ヴァレー博士はあくまで慎重で、なかなか実験の許可を出してくれなかった。これまでのニューロドロイドへの移植例から考えて、少なくとも二か月のリハビリ期間は必要、というのが博士の見解だった。

だが、そんな悠長なことも言っていられなくなった。


「ジーメンス副大統領、暗殺される」

そんなニュースが飛びこんできたのは、移植を受けて一九日目の夕方だった。僕たちはロビーにある大型テレビの前に集まって、その衝撃的な映像を見た。

地方遊説中の副大統領が、車から降り立ち、民衆に手を振ろうと手を上げたとたん、その頭が吹き飛んだ。隣に立っていた夫人とSPも、突風を浴びたようにひっくり返った。マイクには人々の悲鳴と同時に、風を切る轟音や、何かが砕ける音が入っていた。頭部は三〇メートル離れたところに立っていた街灯にぶち当たって、原形をとどめないほどに破壊されているのが発見された。夫人は肋骨を四本も折る重傷。SPも四人が重軽傷を負った。

決定的瞬間がコマ送りで再生される。黒いぼやけた影が画面左側に現われ、次のコマではもう画面右側に移動している。その一コマの間に副大統領の頭部は消えていた。一秒の三〇分の一の間に、その影は約三メートル動いていた。すなわち、秒速九〇メートル。

「SSSだ……」

誰かがつぶやいた。

そうとしか考えられなかった。時速三〇〇キロでターゲットに襲いかかれる暗殺者など、SSS以外にあるわけがない。通常のニューロドロイドのボディはSSSと違い、アモルファス装甲を用いていないし、関節ももろい。おそらく襲撃者は副大統領の頭部を一瞬でもぎ取り、走りながら街灯に叩きつけたのだろう。

「いずれこんなこともあるかもしれないとは思っていたが……」

ヴァレー博士が苦渋に満ちた顔で言った。

僕も以前から疑問に思っていた。ほんの三〇秒ほどしか動けない兵士に、戦場で活躍する機会があるのだろうかと。確かに遮蔽物の後ろに陣取っている敵に打撃を与える場合などに、SSSは有効かもしれない。しかし、兵士というのは基本的に集団で行動するものだ。一体が戦闘機ほどもする高価な兵士を何十体も前線に投入し、なおかつ三〇秒しか使えないのでは、効率が悪すぎるのではないか。

だが、戦場以外の場所でなら用途はある。

テロならたった一人でも、三〇秒あれば充分だ。銃を持ったSPが何重にも取り巻こうが、ターゲットが防弾ベストを着ていようが、あるいはニューロドロイドだろうが、まったく無意味だ。時速数百キロで襲ってくる暗殺者は人間には視認できない。アモルファス合金のボディに体当たりされたら、どんな硬い金属もひしゃげてしまうし、人間なんてはじけ飛んでしまう。ターゲットをシェルターの中にでも閉じこめておくぐらいしか、防ぐ手段はありそうにない。

「僕にもあんなことをさせるつもりだったんですか？」

僕が当てつけを言うと、ヴァレー博士は「まさか」と、不機嫌な顔で打ち消した。

「君はあくまでテストパイロットだ。実戦には出さない」

「でも、僕の後継者は実戦に出るんでしょう？　どこかの国の重要人物を暗殺するとか、どこかの建物に爆弾を投げこむとか」

「兵器は必ずしも使用するためにあるんじゃない」

博士の助手のメルビンという男が割って入った。丸っこい温厚そうな顔に似合わず、がちがちのタカ派だ。

「重要なのは敵に対抗できる戦力を保持することだ。MCSがSSSを保持しているなら、こちらも持たなくてはならないんだよ。たとえ実際には使わなくてもね。抑止力というやつだ」

「核兵器のように？」僕は人工の顔に皮肉な笑みを浮かべた。「そう言えば最初の原爆も、ナチスの原爆に対抗して計画されたのに、日本に落とされたんでしたっけ」

メルビンは苛立（いらだ）った。「君にはMCSの脅威に対する危機感はないのかね？　怒りを覚えないのかね？」

「覚えますとも。あんな映像を見せられたらね」

僕は画面に向かって手を振り、憤然として言った。

「だからこそ、あんなまねはごめんだって言ってるんです。相手が悪魔だからって、こっちまで悪魔になることはない」


事件から一時間後、案の定、ネットを通じてMCSの声明が発表された。その中では、ジーメンスがこれまでMCSを非難してきた言動が槍玉に挙げられ、「このような結末を迎えるのは当然のこと」と誇らしげに宣言されていた。

翌日のリハビリの時間、僕はジムでベルカとバスケットをした。ヴァレー博士は今朝早くから首都に出かけている。政府の緊急会議で、敵側のSSSの性能や、わが国のSSSの開発状況について説明するためだ。

「いくらMCSでも、まだSSSの量産ラインは持ってるはずがないわ」ベルカはボールをドリブルしながら言った。「この研究所の規模を見れば分かるでしょ？　これだけの人材と設備はそう簡単には揃わない。ましてや量産なんて……」

僕には彼女が敵の脅威を小さく見積もって安心したがっているように思えた。

「それはどうかな。MCSの資金力や技術力は侮(あなど)れないぜ」

そう言いながら、僕はさっと手を伸ばし、彼女のボールをあっさり奪い取った。

MCSの力を過小評価する者が多いのは、どうしても「国際テロ組織」というレッテルに惑わされるからだろう。確かに二〇年前まで、連中は単なるテロリストのネットワークにすぎなかった。だが、今では多くの有力なスポンサーがつき、世界各地に拠点を持つ巨大組織に急成長している。軍事力を有するばかりか、独自の兵器まで開発しているのだ。彼らが裏で操っている小国は一〇か国に及ぶとささやかれている。議長のグローディンは、MCSは世界の通貨の八〇分の一を動かせると豪語している。事実かどうかは分からないが、その存在が世界経済にも影響を与えているのは確かだ。

全世界に散らばった五〇〇万とも一〇〇〇万とも言われる「国民」からの「税金」によって運営される、国土なき国家――それがMCSだ。

「この研究所だって、どんな研究をやってるか、外部には秘密になってるじゃないか。この数倍の規模の施設が、南米か東南アジアのどこかにあっても、不思議じゃないだろう」

今度は僕のドリブルを、ベルカが奪い取ろうとする。

「それでも、連中が私たちより何年も進んでいるとは思えない。アモルファス合金の成型技術は、五年ほど前に完成したばかりだもの。まだ私たちと同じく、何か月もかけて一体ずつ手作りしている段階のはずよ」

「ということは、活動しているSSSはせいぜい数体？」

「もしかしたら、一体だけかも」

僕は彼女の動きをかわすと、ゴールに向かって数歩走り、シュートする。入った。

「でも、一体でも充分に脅威だぜ」

「ええ、まったく」彼女は転がってきたボールを取り上げ、いまいましげにかぶりを振った。「あなたの前でこんなことを言うのもなんだけど、ほんとに恐ろしい兵器だと思う。どうやって捕まえたらいいの？　警官が何百人いようと無理よ」

僕は名探偵をきどって推理をめぐらせた。

「一人だけでこの国をうろついてるとは思えないな。メンテナンスも必要だろうし。たぶんサポートしてるグループがいるはずだ。そいつらのアジトを見つけるのが先決だろう。そこを一気に急襲する……」

そう言ってから、いざとなると僕が駆り出されることになるのではないかと気づき、愕然となった。たとえアジトを見つけても、ベルカの言う通り、何百人の警官隊で包囲したって無駄ではないか。SSSに対抗できるのはSSSだけだ。

冗談じゃない。僕はあくまでテストパイロットであって、警官でもなけりゃ兵隊でもないんだ。まして正義のヒーローでもない。テロリストと一戦交えるなんて、柄じゃない。

「それまでに別の誰かが犠牲にならなければいいんだけどね……」

ベルカは手にしたボールを憂鬱そうに見下ろしていた。自分たちが手を染めていた研究がどれほど恐ろしいものだったか、ようやく気がついたらしい。想像力が欠如していたのは僕も同じだ。自分がスーパーパワーを持つのは気分がいいが、敵に持たれるとこんなにも嫌なものだったとは。

「ねえ、次に狙われるとしたら誰だと思う？」

「それを推理するなら、まず、なぜジーメンスが殺されたかを考えないと」

「そんなの、分かりきってるじゃない」

彼女は急に走り出した。僕の横を抜け、シュートを試みる。ボールはゴールに当たってはね返った。

「ジーメンスは次期大統領と目されてたし、かねてから反MCSの立場を表明していたのよ。ニューロドロイドのボディには通常の銃弾は効果が薄いから、暗殺にSSSが使用されたのも納得できるし……」

僕はボールを拾い上げた。「それだけかな？」

「どういうこと？」

「ジーメンスがターゲットにされたのは、まさに彼がニューロドロイドだったからじゃないのか？　先進諸国の年老いた政治家たちは、金属のボディに移植すれば不老不死を獲得できると安心している。でも、ちっとも安心じゃないことを知らしめるために、彼が生贄（いけにえ）に選ばれたんじゃないか？」

「デモンストレーションってこと？」

「ああ。だとしたら、効果は絶大だ」

極秘だったSSSの存在は世界に知れ渡る。世界の政界に激震が走るのが想像できる。自分もいつ暗殺されるか分からず、それを阻止する手段は何もない。それを知ってなお、MCSに立ち向かおうという勇気ある政治家が、はたして何人いるだろうか。保護を求めてMCSにすり寄る者も出てくるに違いない。

そう、世界はMCSの暴力に牛耳られることになる。

「じゃあ、次のターゲットもニューロドロイド？」

「ああ、その可能性は……え？　ちょっと待てよ」僕はうろたえた。「ひょっとして、僕って可能性もあるじゃないか」

冗談だと思ったのか、ベルカは笑った。「あなたの存在は、政府や軍の中でも、ごく一部の人間しか知らないわ」

「ああ、そうか……いや、待てよ」

僕は落ち着こうとしたが、できなかった。ある可能性に気がついてしまったからだ。

「それは昨日までのことだ。今日からは違う」

「え？」

「君の旦那が会議で僕のことを話すんじゃないか。大勢の政府関係者が知ることになる。

その中にMCSに内通してる奴がいたらどうする？　連中が真っ先に潰しに来るのはここだぜ」

ベルカにも僕の不安が伝染したらしい。「まさか……被害妄想よ」

「そうか？　連中の立場になって考えてみなよ。世界のどこの国もSSSを持ってなくて、自分たちだけが所有してるってのが、連中にとって理想的な状況だ。だったら、SSSの開発施設を見つけたら、片っぱしから破壊するんじゃないか？」

「そんな……でも……」

彼女は何とか反論しようとしたが、材料が思い浮かばないようだった。やがて思いつめた顔で言った。

「……警備を強化してもらうよう要請するわ」

「それがいい」

そう言ったものの、僕は昨日のニュース映像を思い出し、空しさを覚えていた。警備員の数を二倍、三倍に増やしたって、時速数百キロで襲ってくる敵に対して、どれほどの備えになるというのだろう？

人間とは楽観的なものだ。恐ろしい危険が存在することを知っていても、それが起きないことを願うあまり、最悪の可能性から目をそむける。「あって欲しくない」と「ありそうにない」を混同する。

実際に最悪の事態が降りかかってくるなんて、予想もしていない。

僕はまた、事故の時と同じ間違いを犯した。襲撃の危険があることを自分で指摘しておきながら、本気でそれを信じていなかった。そんなことが起きて欲しくないと思うあまり、「まさかそんなことはないだろう」と思ってしまっていた——いくら強く願おうと、危険の可能性がコンマ一パーセントも下がるわけではないというのに。

それが起きたのは、ジーメンス副大統領襲撃から五日目の朝だった。

僕は研究室で、ヴァレー博士の手によって定例のメンテナンスを受けていた。すべての機能は正常。燃料のトリチウム水も注入を終えた。ちっぽけなアンプル一本分のトリチウム水で、僕は四八時間稼動できる。

ただ、その日は計測機器のひとつのプローブが不調だったせいで、最終チェックにいつもより手間取った。助手のメルビンが交換パーツを取りに倉庫に行ったが、なかなか戻ってこない。博士は記録装置のプリントアウトとにらめっこして、僕にはさっぱり分からない数字の羅列にチェックを入れている。僕は診察台に横たわって苛立っていた。

「検査は後回しにしてくれませんかね。ベルカがジムで待ってるんですが」

毎朝一〇時から、彼女は僕のスパーリングの相手を務めてくれている。今、時計の針は九時五七分を指していた。

「彼女、時間にルーズな男が嫌いなんですよ」

「ああ、言ってたな。『彼はいい人だったけど、しょっちゅうデートに遅刻するのが玉に瑕（きず）だったわ』って」

昔のカルテに似たクリップボードを片手に、ボールペンでチェックを入れながら、おどけた口調で言う博士。僕は苦笑して、

「そんなに遅刻してませんよ。二回か三回です。すごく怒られましたけどね」

「私はそんな経験はないね。時間には正確だから」

「でしょうね」

やっぱり二人は似合いの夫婦だ。

室内には僕と博士の二人だけだ。考えてみれば、彼と差しで話すのは初めてだ。僕はかねてから疑問に思っていたことを口にした。

「あのう……僕のことを妬（や）いたりしてません？」

「ん？　どうして？　ああ、君がベルカの昔のボーイフレンドだから？」

「ええ」

「関係ないよ。彼女が私と知り合う前に、誰とつき合っていようとね」

「そんな風に割り切れるんですか？」

彼はクリップボードから目を離し、僕の方に顔を向けて、優しく微笑んだ。

「そんな質問をするということは、君の方は割り切れてないんだね？」

「ええ、まあ……」

「分かるよ。私が君の立場なら、未練があるだろうな」

「ドラマだったら修羅場ですね。殺人とか起きたりして」

「君ならアリバイ工作も自由自在だな。だが、そんなことにはなるまい」

「どうしてそんなに僕を信用できるんです？」

それが不思議だった。恐ろしい力を持つドロイド——その気になればいつでも自分を殺せる男といっしょにいて、なぜこんなにも平静でいられるのか。

「君が善人だからだよ」

「………」

「この力はあまりにも危険すぎる。だからこそ、SSSになる者は悪しき者であってはならない。君なら決してSSSの能力を悪用したりはしない。ベルカはそう保証した。彼女は君を信じている。そして私はベルカの人を見る目を信じている。それがSSSになるための最も大切な資格だ——人間同士の信頼だよ」

この顔に赤面する機能があったなら、きっと恥ずかしさで真っ赤になっていたはずだ。この博士も、よくこんな台詞を真顔で口にできるものだ。

「君はその信頼を裏切ることはできない。違うかね？　そして私たちも、君の信頼を裏切りはしない。そんなことをすれば、それこそ君を悪に走らせる。お互いを信頼し、その信頼に応えることで、世界の平和が保たれる。私はそう信じてる」

「理想主義者なんですね」

「そう呼んでもらってもいい」

「なのになぜ、兵器の研究なんかを？」

博士は表情を曇らせた。「私は理想主義者だが、性善説を信じているわけでもない。ＳＳＳを悪用する人間は必ず現われる。そう確信したから、この研究に打ちこんだ。悪しきＳＳＳに対抗できるのは、正しいＳＳＳだけだ」

笑いそうになった。「つまり僕は正義の味方？」

「ＳＳＳのあるべき姿だ——単なる戦闘マシンじゃない、人間らしい心を持った戦士。私たちに必要なのはそれなんだよ」

僕は笑いをひっこめた。博士の考えはあまりにも青臭い。何が正義で何が悪かは、どっちの側に立つかによる。ＭＣＳの側から見れば、きっと僕たちの方が悪なのだろう。

それでも、博士の理想を笑い飛ばすのはためらわれた。「信頼」という言葉の重みがのしかかってくる。僕はその気になれば、いつでも悪魔になれる。ここで博士を殺すこともできる。それをしないのは、僕自身の善意や自制心だけでなく、他者からの信頼があるからだ。僕が悪に走るはずがないと信じている人たちを裏切れないからだ。

そう、僕が人間でいられるのは、ひとりぼっちではないからだ。誰からも信頼されず、誰も信頼できなくなったら、きっと僕は悪魔になる。

その時、メルビンがパーツを持って戻ってきたので、会話は打ち切られた。時計の針は一〇時に近づいていた。博士はジムに電話を入れ、僕が少し遅れることをベルカに告げた。

やがてチェックは終了した。

「そうそう、来週から加速モードのテストを行なうことになった」

ズボンに脚を通している僕に、博士は言った。僕は「早まったんですか？」と訊ねたものの、さほど驚いてはいなかった。早くSSSのテストを開始しろと、軍から圧力がかかっているのは、所内の誰もが知っている。

「本当は二か月、様子を見たかったんだが、異状は見られないし、リハビリもほぼ完璧と言っていいようだからね」

「いよいよですか。楽しみですね」

僕は半分は本心からそう言った。心のもう半分では、自分が人間を超えたモンスターに――テレビで見た暗殺者の同類になることに、漠然とした不安と嫌悪を抱いていたのだが、それは口にしなかった。

服を着終えた時には、もう一〇時一〇分になっていた。僕は服を着ると、早足で部屋の出口に向かった。

ドアのノブに手をかけた時、ものすごい爆発音が轟き、床や壁がびりびりと震えた。続けてもう一回。

「何だっ!?」

メルビンが狼狽して、すっとんきょうな声をあげた。振り返ると、ヴァレー博士もテーブルにしがみつき、顔をこわばらせていた。

僕はうろたえなかった。すぐさまドアを開け放ち、廊下に飛び出していた。パイロットとしての訓練のたまものだ。空では驚いて麻痺している時間などない。緊急事態には一瞬で対応しなくてはならないのだ。

階段に向かって走る。ダダダッという三点バーストの銃声がしていた。それも二種類。一方は警備員のハンドガンだろうか。

僕は走りながらスイッチに舌をかけていたものの、まだ加速モードに入るのをためらっていた。テストしたこともない機能をいきなり実戦で試すのは無謀すぎる。それに警備員と戦闘しているということは、敵はSSSではない可能性が高い。

ベルカが「警備を強化してもらうよう要請する」と言った翌日、早くもそれは実行に移されていた。研究所の周囲の塀や建物の屋上に、戦車に装備されている小型の対空レーザー砲が計八門、設置されたのだ。ミサイルや砲弾を迎撃するために開発されたもので、ドップラー・レーダーと連動していて、研究所の敷地内やその周囲に秒速四〇メートル以上で動くものがあれば、自動的に攻撃をかけるようになっている。いくらSSSが速くても、光速で飛んでくるレーザーはかわせまい。敵がそうした動きを察しているなら、襲撃作戦にSSSは投入しないはずだ。僕の出番がないなら、それに越したことはない……。

その甘い考えを、数秒後に後悔することになる。

階段を駆け下り、玄関ロビーに足を踏み入れようとして立ち止まった。若い男女の所員が、僕の右側、入口の方を見つめている。何が起きたのか分からないのか、おびえた様子で寄り添って立ちつくしていた。何てマヌケな！　僕は「逃げろ」と叫ぼうとした。

その瞬間、ガラスのドアを押し開け、白っぽい光学迷彩服を着てヘルメットとガスマスクを着けた男がロビーに飛びこんできた。服の表面が室内の明るさに合わせ、さっと灰色に変化する。そいつはアサルトライフルを二人に向け、発砲した。さらに、通路から顔を出している僕に気づき、銃口を向けようとする。

その時すでに、僕は加速モードのスイッチを入れていた。

いきなり世界から音が消えた。

銃を持った男はロビーの入口で立ちつくしていた。撃たれた男女も、まるでビデオの静止画像のように、空中で身をよじった奇妙なポーズのまま動かなくなっている――いや、違う。女の胸から血が飛び散っている。空中に伸び上がった赤いしぶきが、顕微鏡で見たアメーバのようにゆっくりと形を変えている。のけぞってこちらを向いた娘の顔が恐怖にひきつり、口がOの字の形に開いているのが見える。あれはタリサという研究員だ。男の方はラディ。二人ともそれほど親しくはないが、何度も会話を交わしたことがある。タリサは冗談で、「もし私がニューロドロイドになったなら、逆に電子脳の処理速度を遅くしてみたい」と言っていた。そうすれば植物がにょきにょき育ち、花が開く様や、夜空の星が北極星を中心に回転するのを見ることができるからと。ロマンチストだった。ラディは真面目すぎて笑いを誘うタイプで、「やっぱりニューロドロイドにはペニスが必要だよ」と大勢の前で真剣に力説して、ひんしゅくを買ったことがある。

二人とも善人だった。殺されるようなことは何もしていなかった。

彼らはまだ死んではいない。タリサの目は僕の方を見ている。ゆっくりと倒れつつあるが、きっとまだ脳は生きていて、思考を続けているはず。僕の主観時間であと何分、あるいは何十分も、彼らは苦悶し続ける。人生をいきなり断ち切られ、恐怖におびえながら死んでゆく。僕はそれを目にしながら、どうにもできない。弾丸はすでに二人を貫いてしまっている。

僕の胸は後悔で締めつけられた。自分の優柔不断を責めた。助けられたはずなのに。なぜあと二秒早く加速モードに入っていなかったのか！

僕は怒りとともに、侵入者に注意を向けた。顔面の筋肉は硬直しているが、カメラアイだけは超伝導モーターで駆動するので高速でパンできる。男はすでにアサルトライフルの銃口をこちらに向け終わっていた。僕は回避しようとした。

重い！

腕が思うように動かない、一瞬、加速モードに欠陥があったのかと思った。電子脳だけが加速されて、ボディは加速されていないのではないかと。だが、そんなことはなかった。腕はすぐに動き出した。水中での動作のように抵抗があったが、それでも（僕の主観で）秒速二〇センチほどのスピードで動いた。だが、今度は止まらない。なぜか、ごーっという掃除機のようなノイズをたてながら、右腕が首に近づいてきて、危うく自分の首筋にチョップを叩きつけそうになる。左腕は背中にねじり上げられる。僕は慌てて体を反時計回りにひねり、自分の腕の攻撃をかわした。

脚も言うことをきかなかった。膝が意図したよりも高く上がり、爪先が床から離れる。僕は雑巾のようにねじれたおかしな姿勢で、ふわりと宙に浮いた。

体勢を立て直そうとしてもがいたが、かえって事態は悪化した。腕も脚も、動かそうと意図してから動き出すまでに、わずかなタイムラグがある。止める時も同じで、一瞬では止まらない。そのずれが僕を混乱させる。制御できない。X－209が滑走路に突っこんでいった時の恐怖がよみがえる。僕は溺れかかってパニックに陥った人のように、空中で手足をじたばたさせた。上着の袖が紙のように裂け、透明な腕があらわになった。おまけに腕や脚を振るたびに、ごうごうという変な音がする……。

　僕は気がついた。これは風を切る音だ！　主観的には秒速二〇センチでしか動かしていなくても、実際には秒速八〇メートル。つまり時速二九〇キロ。腕を振るたびに風の音がするのは当たり前ではないか。水中にいるような感じがするのは空気抵抗のせいだ。手足を動かしたり止めたりするのにタイムラグがあるのは、慣性があるからだ。

　レクチャーを思い出した。加速モードでは慣性の大きさに注意するよう言われていた。僕の腕は人間の腕の約二倍の質量がある金属の柱だ。猛スピードで突進しているそれを、一瞬で停止させることはできない。秒速一〇〇メートルなら約一〇センチ、秒速三〇〇メートルなら約一メートルもの減速区間が必要だ。つまり、いったん開始した動作はなかなか止められない。動作を開始する場合も同様で、動かしはじめてから思い通りの速度に達するのに、どうしても一秒以上かかるのだ。

「落ち着け」

　声に出して自分に言い聞かせた。口は動かなかったが、発声システムはちゃんと意図した通りの音を出した。誰か聞いている者がいたら、極端に圧縮された「ぶっ」というパルス音を耳にしたかもしれない。

　僕はまず、全身の動きを止めるのに集中した。うまくいった。僕は脚を揃えて両腕を少し広げた状態で、ゆっくりと自転しながら宙に浮かんでいた。自然に床に落ちるのを待ってはいられない。四〇〇倍に加速された時間の中では、重力は一六万分の一Gになる。つまり、ほとんど無重力だ。

弾道飛行でやった〇G訓練を思い出し、右腕をあおぐように動かし、空気をかいてみる。今や空気は水に近い粘性を持っているので、風を起こせば回転を止められるはずだ。思った通り、回転はしだいにゆるやかになり、ついには止まってしまった。僕は今や、床に顔を向けた状態で、ほぼ水平に浮かんでいた。シャツの腕の部分は空気抵抗で破れ、海草のような残骸となって腕にまとわりついている。

ほっとして顔を上げた僕は戦慄した。迷彩服の男が手にしていたアサルトライフルの銃口から、弾丸が飛び出してくるのを目にしたからだ。

弾丸は僕にとっての秒速二メートル、早足ほどのスピードで、まっすぐに空中を突き進んでくる。くるくるとスピンしており、先端近くで空気が圧縮され、かげろうのように光が揺らめくのも、はっきりと見えた。よけている余裕はない。僕は慣性と空気抵抗に逆らって両腕を動かし、顔の前にかざした。

弾丸は右の下膊(かはくぶ)部に当たった。衝撃が伝わるが、アモルファス装甲はびくともしない。弾丸がひきずってきた衝撃波が顔に当たるのを、顔面の触感センサーで感じた。誰かに近くから息を吹きつけられたような感じだった。ひしゃげた弾丸は上方にはじかれ、回転しながら飛んでいって天井にめりこんだ。

少し遅れて、遠雷のような低い音が響いてきた。弾丸の半分以下のスピードしかない銃声が、ようやく追いついてきたのだ。音の周波数まで四〇〇分の一になっていたら、可聴域以下の低周波になって聞こえないはずだが、僕の聴覚回路はマイクが拾った音を実際の音の高さとして認識するようになっている。

最初の危機を切り抜けた僕は、少し冷静さを取り戻した。男はフルオートか三点バーストで撃っているはず。発射速度は毎秒二〇発といったところか。僕にとっては、一発ごとの間隔が二〇秒はあることになる。恐れる必要はない。対処する時間は充分にある。

僕の右側には通路の壁があった。右脚をそっと横に伸ばすと、爪先が壁に届くのが分かった。二弾目が銃口から飛び出すのを確認して、壁を踏みしめ、軽く蹴る。重い音が響き、壁がひび割れた。ごーっという風の音を立てながら、僕の体は左斜め前に滑りだす。二弾目は僕の右後方を通過していった。

飛翔中に体をひねり、足を前にした。脚を曲げ、ロビー奥の壁に着地。僕は壁に張りつき、今や垂直にそそり立っているようなロビーを見上げる。男はまださっきまで僕が立っていた位置に銃を向けていた。三弾目もまるで見当違いの方向に発射される。僕にとっては加速モードに入ってからゆうに二分以上が過ぎているが、男にとってはビデオの一〇コマ分ほどしか経っていないはずだ。

倒れつつあるタリサとラディの姿がまた目に入った。二人の命を奪った男に対する怒り、それを阻止できなかった自分に対する怒りがよみがえり、シムブレインが熱くなった。男に飛びかかろうと、壁を力いっぱい蹴る。そのとたん、体の前面に目に見えないクッションのようなものが立ちはだかる感覚があり、加速が抑えられた。空気抵抗だ。

またもレクチャーを思い出す。スカイダイバーの落下速度は、一気圧の地表近くでは秒速六〇メートルほどで一定になる。人体に作用して減速させようとする空気抵抗と、下向きに加速させようとする重力が、この速度でほぼ釣り合うからだ。すなわち、人間が秒速六〇メートル以上で空気中を移動しようと思ったら、重力を上回る推進力が必要となる。空気抵抗は速度の二乗に比例する。秒速一二〇メートルで移動しようとすれば重力の四倍、秒速三〇〇メートルで移動しようとすれば二五倍の空気抵抗がかかってくる……。

僕は今や空中を徒歩より遅いスピードで滑空していた。実際にはマッハ〇・七かそこらの猛スピードだったはずだ。すさまじい風の音がする。猛烈な空気抵抗で上着はぼろぼろに破れ、上半身裸になってしまった。髪の毛もひきちぎられた。顔面のシリコーン被覆も波打ち、裂けた。本当は加速モードの際には、頭部の空気抵抗を減らすために流線型のヘルメットをつけるはずだったのだが、そんなものを取りに行っている余裕なんてなかったのだ。

顔面を覆っていたシリコーンが大きくめくれ上がったかと思うと、覆面を脱ぐようにするりと抜け落ち、後方に置き去りになった。僕はドクロのように醜い機械の顔がさらけ出されたことにショックを受けた。顔が人間にとって最も重要だというヴァレー博士の理屈は、ある意味で正しかった。僕はいつしか、このボディに顔があることを当たり前だと思い、それを自分の人間らしさの拠りどころにしていたのだ。では、顔を失った僕はもう人間ではないのか？　そんなおかしな考えが湧き上がり、僕を狼狽させた。

気がつくと、男はすぐ目の前だった。ライフルを取り上げようと思っていたのだが、狙いがそれて、少し上にぶつかりそうだった。僕は慌てて停止しようと、彫像のように立ちつくしている男の頭部に手をやった。

誓って言うが、殺すつもりなんてなかった。

手が触れたとたん、ヘルメットは卵の殻のように砕けた。慣性のついた僕の手は、強化プラスチックや炭素繊維の層を突き破って、男の頭にめりこんでいった。真っ赤な血と白っぽい脳漿、ピンク色の肉片と血まみれの骨片、ぬるぬるした眼球が指の間からあふれ出し、ゆっくりと空中に四散してゆく。

当たり前じゃないか――僕の中に、妙に冷静に観察している部分があった。時速数百キロでアモルファス合金の棒が叩きつけられたら、どんなヘルメットも砕けるし、頭部も潰れるに決まってるじゃないか。

だが、心の残りの部分は、自分がしでかしたことに恐怖し、悲鳴をあげていた。

頭部を完全に破壊しても、僕の突進は止まらない。なすすべもなく、男の上半身に全身でぶつかってゆく。迷彩服に包まれた体は、空気が抜けかけた浮き袋のようにひしゃげた。両腕はおかしな方向に折れ曲がった。男の体は僕に押されて、ドアの方へ滑ってゆく。僕たちは厚いガラスを軽く突き破って外に飛び出すが、まだ止まらない。男の倒れた下半身が地面に接触、ずるずると十数メートルもスリップした。

僕はもはや原形を留めていない男の上半身を抱き締めた格好で、コンクリートの路面につんのめり、ようやく停止した。慌てて上体を起こそうとしたが、このあたりもレーザーの射撃範囲に入っているかもしれないと気づき、慎重になった。秒速四〇メートル以上で動くのは危険だ。なるべくゆっくりした動作で、肉体の残骸を振り払う。むき出しになった僕の上半身は、もはや透明ではなく、血でべっとりと汚れていた。

気が変になりそうだった。

死骸から無理に目を離し、周囲を見回した。無数のガラス片がダイヤモンドダストのように空中をきらきらと舞っている。よく見れば、入口近くには他にも三人、迷彩服で銃を持った男がいた。最初の男に続いてロビーに突入するつもりだったのだろう。三人とも駆け足のポーズで静止し、壊れたドアの方を見ており、まだ僕の方を振り返りはじめてもいない。

「……落ち着け」

僕はもう一度、自分に言い聞かせた。時間はたっぷりあるのだ。加速モードが解除されるまで三〇秒、僕にとっては三時間以上ある。冷静になりさえすれば、たいていのことに対処できる。

レクチャーを思い出せ。

僕はまず、自分のズボンに手をかけ、引き裂いた。こんなものは空気抵抗を増加させるだけだ。手袋もボロボロになっていたので脱ぎ捨てた。素っ裸になってから、トカゲのように地面に這いつくばり、足で軽く地面を蹴って前進した。加速モードでは普通のフォームで走ることはできない。ほとんど無重力だし、空気抵抗も大きすぎる。なるべく体は低く、地面に平行にして、地面を蹴って移動すること……。

男の一人にゆっくりと近づいた。おそらく秒速三〇メートルほど。今度は衝突するようなへまはしない。何メートルも手前から路面に手をついてブレーキをかける。スローモーションで火花が散り、コンクリートがえぐれて小さな破片が飛び散る。

男の足許で停止。そろそろと体を起こす。急激に立ち上がってはいけない。ゆっくり起き上がっているつもりでも、地面を強く蹴って高くジャンプすることになってしまう。落下するまで何十分かかるか分からない。

どうにか立ち上がったところで、男の手からライフルを奪い取る作業にかかった。硬直した指をグリップからもぎ離すのは面倒かと思ったが、そんなことはなかった。指はとても柔らかく、何の抵抗もなく曲がる。今の僕のバカ力に抵抗できる人間などいないのだ。

むしろ指を折ってしまわないよう注意しなくてはならなかった。

奪い取ったライフルは、力を入れると簡単に折れた。V字形に曲がったそれを、誰もいない方に放り投げる。男の腰には予備のハンドガンと、爆薬か何かが入っていると思われるポーチ。これはベルトごとひきちぎり、やはり投げ捨てた。

慎重にやったので、三人を武装解除するのに、主観時間で一五分かそこらかかったと思う。実際には二秒ほど。作業が終わる頃には、三人ともロビーのガラスが割れて仲間が吹き飛ばされたのに驚いたらしく、体を大きくひねって、ガラスの破片から身を守ろうとするポーズをとっていた。マスクをしているので顔は分からない。一瞬で武器を奪われたのに気がついたらさらに驚くだろうが、それに彼らが気づくのは、僕にとってさらに何分も後だ。

こいつらだけのはずはない。他の連中も片づけなければ。

この研究所は二つの建物が渡り廊下でつながったH形をしている。東側にあるこの建物が主研究棟で、西側の棟には宿舎や食堂やアスレチック・ジムがある。二つの建物の間には、渡り廊下で分断された広い中庭がある。

東にある正門は閉ざされている。男たちが走ってきた方向からすると、研究所の北側にある森から侵入したようだ。最初の爆発音は、侵入のために塀を爆破したのだろう。僕は主研究棟の前面に沿ってそろそろと北に進み、建物の向こう側に回りこんだ。

思った通り、北側の塀は破壊されていた。まだ空中に埃が漂っている。周囲には警備員の死体が散乱していた。奇妙なのは、そのあたりから、うっすらと白い雲がたなびいていることだ。直径一メートルほどで、地面すれすれを蛇のように這い、中庭の奥へと一直線に伸びている。僕は最初、その正体が分からなくて首をひねった。ガス弾でも使ったのだろうか……？

観察しているうち、警備員の死体の異常さに気がついた。全部で三体——そのすべてが首をもぎ取られている。

僕ははっとした。その雲の正体に思い当たったのだ。パイロットにとっては見慣れたものだ。そう言えば、外に出てからレーザーを警戒して、一度も全速で体を動かしたことがなかった。建物の蔭に隠れ、試しに腕を思い切り振ってみる。案の定、腕の後ろに白い航跡ができた。

飛行機雲だ——今日は天気が下り坂で湿度が高い。こんな日に空を飛ぶと、エンジンからの排気以外にも、翼端で発生する渦のせいで断熱膨張が起き、局所的に過飽和状態になって、空気中の水蒸気が水滴になる。ＳＳＳは飛行機よりも空気抵抗が大きい形をしているから、激しい渦が発生し、飛行機雲もできやすい。

間違いない。塀が爆破された直後、ＳＳＳが飛びこんできて三人の警備員を殺し、中庭の奥へと走り去ったのだ。

しかし、レーザーはどうした？――見回した僕は、もうひとつ爆破されたものに気がついた。中庭に駐車していた軍の通信指揮車だ。レーザー砲はあそこからコントロールされていた。今、それは側面がぱっくりとめくれ上がり、火を噴いていた。炎の舌が空中で凍りついているのを見るのは、不思議な光景だった。

僕は爆発音が二回したのを思い出した。最初に生身のテロリスト（さっきの四人かもしれない）がどこからか侵入し、指揮車を爆破してレーザー砲を使えなくしたに違いない。間髪を入れず、塀が爆破され、ＳＳＳが突入してきたのだ。

まったく、なんてザルの警備体制だ！

いや、自分たちのマヌケさを呪うのは後でいい。問題はＳＳＳがどこに行ったかだ。

「……落ち着け」

僕はまたつぶやいた。連中の立場になって考えよう。ＳＳＳ一体でこの研究所のすべてを破壊するのは、さすがに荷が重い。それで生身の人間のチームと連携して行動しているのだろう。奴の狙いは僕だ。警備員や所員の始末は他の者に任せ、僕を探しているはずだ。レーザー砲のことが知られていたなら、他の情報も漏れていた可能性が高い。所内の構造とか、警備員の配置とか、僕のスケジュールとか……。

そこまで考えた時、恐ろしい可能性に思い当たり、戦慄した。飛行機雲は中庭を突っ切り、西棟の南端に向かっている。それは本当ならこの時刻に僕がいるはずの場所――アスレチック・ジムのある方向だ。

ベルカ！

空気抵抗と戦いながら中庭を這い進むのは、まさに悪夢のような経験だった。ほとんど水平の姿勢で、地面を蹴り、懸命に加速する。主観的には徒歩より遅いスピードで、客観的には亜音速で、僕は飛翔した。この速度では空気は水のように濃密で、全身にまとわりつく。数メートル飛ぶごとに空気抵抗で速度が落ちる。そのたびに地面を蹴る。何トンという力で蹴られた土が激しく舞い上がる。振り返ると、僕の後ろには飛行機雲ができていた。

敵のSSSがここを通ったのは、何秒も前のはずだ。奴にとっては何十分も前——ベルカを切り刻むのに充分すぎるほどの時間。

ああ、どうか間に合ってくれ！　僕は神に祈った。デートに遅刻するならまだいい。だが、今日、この時ばかりは、遅れるわけにいかないんだ！

中庭の南側に入ったところで、奴の航跡が乱れていた。ここでスピードダウンしたのか。見上げると、警備員が二人、ワイヤーで吊るされたように宙に浮いている。体が変なふうに折れ曲がっていた。奴に時速数百キロで蹴り上げられたのだろう。ほとんど瞬時に絶命したはずだ。

西棟に入るドアが壊されていた。僕もそこから中に飛びこむ。通路を泳ぐように進んだ。途中で二人の男性所員の死体に出会った。誰だか分からない。二人とも首がもがれていたからだ。

死体はまだ倒れかけている途中で、首の断面から血を噴出していた。無数の血しぶきがシャボン玉のようにゆらゆらと宙に浮いている。僕は動揺したものの、すぐに「しめた」と思った。凶行が行なわれてから、まだ一秒と経っていない。奴はほんのコンマ何秒か先行しているだけだ。間に合うかもしれない！　僕は血しぶきをくぐり抜け、先に進んだ。

僕はジムに飛びこんだ。

そこにベルカがいた。ショーツとトレーニング・シャツ姿。こちらに顔を向けて驚いたように目を見開き、全身をのけぞらせて立ちすくんでいる。恐怖の表情を浮かべ、口を中途半端に開いた状態で凍りついていた。

「う〜〜〜〜……」

彼女は美しいアルトで母音のuを発し続けていた。たったひとつの単語が、僕にとっての何分にも引き伸ばされているのだ。

そのすぐそばに奴が立っていた。

僕たちはほんの八メートルほどの距離を隔てて対峙した。そいつの外見は、僕とはぜんぜん違っていた。僕よりやや横幅があり、ボディは透明ではなく、艶消しの真っ黒なコーティングが施されている。そこだけ空間が人型に切り取られたかのような、不気味な黒さ。何よりも違うのは頭部だ。最初、ヘルメットをかぶっているのかと思ったが、それにしては小さすぎる。

そいつには顔がなかった――頭部の前面は黒い半透明のカバーで覆われているのだ。

「彼女から離れろ！」

感情的にそう叫んでしまってから、後悔した。これではベルカが僕にとって大事な女性であることを、奴に教えてしまったようなものだ。

「よう」そいつはくぐもった声を出した。「ようやく来たか。待ちくたびれたぜ。退屈だからこの女と遊ぼうと思ってたところだったんだが」

黒いSSSはそう言いながら、ベルカに手を伸ばしかけた。だが、急にびくっと手を止める。やがて無言で体を震わせはじめた。

一〇秒ほどして、奴の笑い声が響いてきた。

「なるほど、そうか！　そういう関係か！」

僕は気がついた。今の僕たちにとって、音速は徒歩より遅いということを。僕の声が奴に届くのに、一〇秒近くかかる。奴が手を止めたのは、僕の「彼女から離れろ！」という声を聞いたからだ。そして奴の笑い声も、僕には遅れて聞こえるのだ。

奴はベルカの後ろに回りこんだ。彼女の両肩に手をやり、シャツをそっとつまむ。僕ははらはらして見守っていた。あんなにベルカに近いのでは、うかつに飛びかかれない。僕たちの戦いに巻きこまれたら、まず間違いなく、彼女の脆い肉体は破壊される。

奴が手を左右に動かすと、彼女のシャツは紙のようにあっさりと裂けた。「やめろ！」僕は叫んだが、奴は手を止めようとしない。

「まあ、惚れるのも無理はない。確かに美人だからな。どれ、体のラインはどうかな……」

それは奴がシャツを裂く前に発した言葉だった。今、すでに奴はシャツをすっかり裂き終えて投げ捨て、ショーツに手を伸ばしていた。彼女はまだ気がついておらず、「う〜〜〜」と歌い続けている。

ほどなく、ベルカはスニーカーとソックス以外、すべてを剝ぎ取られてしまった。奴は彼女の周囲をぐるりと回り、上から下まで観察した。僕は恐怖と怒りとあせりで気が狂いそうだった。だが、どうにもならない。逆上して飛びかかれば、彼女を殺してしまう。

幸いなのは、ベルカがまだ傷ひとつつけられていないことだ。服を剝ぎ取られる際に擦り傷ぐらいは負ったかもしれないが、少なくとも僕の目にはまだ無傷に見える。もし一滴でも彼女の血を目にしたら、僕の理性は吹き飛んでしまうだろう。

「ほう、胸はいまいちだが、いいケツしてるじゃないか。俺がまだ人間だったら……」

それから奴は、聞くに耐えないことを口にし、笑いだした。

僕は悟った。こいつには顔がない。ヴァレー博士と違い、こいつの設計者は、こいつを人間として扱わなかったのだ。ただ殺戮（さつりく）だけを目的としたマシン、良心を持たない冷酷な悪魔として創造したのだ。こいつはその期待に応えた。

　こいつは人間じゃない。

「表に出ろ！」僕は怒鳴った。「お前の目的は僕だろう⁉　いいとも、正々堂々と勝負してやる。だから表へ出ろ！」

　奴は笑うのをやめない、いや、僕の声がまだ届いていないのだ。僕はじりじりと待った。奴は今や、ベルカの両手首をつかんで、ゆっくりと腕を左右に広げはじめている。このまま腕を引きちぎる気だろうか？

「表へだって？　見え透いたことを言うな」奴はせせら笑った。「お前はこの女を助けたいだけだろう？」

　奴はベルカの腕をものすごくゆっくりと動かしていた。せいぜい秒速五ミリ、客観的には秒速二メートルぐらいで。僕はほっとした。単に彼女にポーズをつけて楽しんでいるようだった。

「そんな女なんかどうなってもいい！」僕は精いっぱいの虚勢を張った。「いいとも、お前が戦わないなら、僕は逃げるだけだ。お前のタイムリミットが切れるまで逃げ回ればいい。僕の方が後から加速モードに入ったんだ。普通の速度に戻ったお前を始末するのは簡単だぞ！」

　そう言いながら、僕はそろそろと後ずさりする様子を見せた。奴の反応を見る。奴はそっとベルカから手を放した。彼女は今や、十字架上のキリストのように腕を大きく開いたポーズで立ちすくんでいた。

　僕は彼女がいつの間にか大きく口を開け「あ～～～」と発音しているのに気がついた。途中で子音が入ったのに、逆上していて気がつかなかったのかもしれない。uの次にa――タクヤ？　僕の名を呼んでいるのだろうか？

「ふうん、なるほど、それは一理あるな」奴は考えこんでいるようだった。「確かに俺の加速モードはあと半分も残ってない。お前に時間稼ぎをされると不利だ……」

　乗ってくるだろうか？　僕は期待をこめ、さらに後ずさった。さあ、追ってこい。僕を追ってこい……。

　だが、奴は意外な行動に出た。

　自分の胸に手をかけると、カバーをぱっくりと開いたのだ。僕にはない機能だ。胸のスペースに小物を収納できるらしい。外にぶら下げていたら空気抵抗が増加するからだろう。

「じゃあ、こういうのはどうだ？」

　胸の中には使い捨てライターほどの大きさの銀色の円筒が四本、並んでいた。そのひとつを左手でつまんで取り出し、僕によく見えるようかざした。それから頭部のピンを右手で引き抜く。

「こいつは俺専用のグレネードだ。普通のグレネードより威力は小さいが、それでも殺傷力はなかなかのもんだぜ。こうしてピンを抜くと……よっと……三秒で爆発する」

それから奴は、グレネードをそっとベルカの顔に近づけた。僕は恐ろしさに震え上がりながらも、それを黙って見ているしかなかった。

奴はベルカの大きく開いた口に、グレネードをくわえさせた。

「もう一度言うが、時間は三秒だ」

奴の声はとても楽しそうだった。

僕は恐怖とともに、激しい憎悪を抱いた。こいつはどこまで悪魔的なんだ！　これでは僕は逃げるわけにいかない。三秒以内に奴を倒し、グレネードをベルカの口から取り出さなくてはならないのだ。

「さあ、ゲームを楽しもうぜ」

だが、戦いはなかなか開始されなかった。僕はベルカの身を案じて、攻めこむことができない。奴の方でも自分の優位を手放すつもりはないようだった。僕はゆっくりと奴の周囲を回り、死角がないか、弱点はないかと探した。奴は悠然と立ちつくしている。表情はないが、僕が苛立っているのを見て楽しんでいるのが分かる。

主観時間で約三分、〇・五秒ほどが過ぎた。「おいおい、まだ来ないのか?」と奴が面白がって挑発する。このまま時間切れに持ちこむつもりか……?

先に動いたのは奴だった。身をかがめ、トカゲのように床を這って、じりじりとこちらに近づいてくる。僕がかかってこないのでしびれを切らしたらしい。ありがたい。僕も姿勢を低くし、奴の接近を待ち受けた。

奴が二メートルまで近づいたところで、思いきって床を蹴り、殴りかかった。猛烈な空気抵抗がかかる。一瞬、拳の先端に光を屈折する透明なバリヤーのようなものが生じたのが見えた。空気が圧縮され、衝撃波が生じたのだ。

僕の拳は音速に達した。

だが、それは奴の思う壺だった。いくら音速のパンチでも、主観的には秒速八〇〜九〇センチ。やすやすと軌道を読まれてよけられる。それどころか、僕は慣性がついてしまって即座に止まれない。体をかわした奴の横をすり抜けてしまう。

すれ違いざま、奴は僕の左腕をつかんできた。「そりゃー!」と叫びながら、僕の突進の勢いを利用して振り回す。僕は風車のように回転し、投げ飛ばされた。ジムの奥の壁へと飛ばされてゆく。床に触れていないのでブレーキがかけられない。

壁にぶつかった。空気抵抗のせいで時速は二〇〇キロぐらいに落ちていただろうが、それでもかなりの衝撃だ。大音響とともに壁に穴が開いた。僕は隣にあるシャワールームに転がりこんでしまった。

あらゆるものを派手にぶち壊しながらシャワールームを突き抜け、反対側の壁にぶつかって、どうにか停止した。大きなダメージはないし、たいして痛みもない。加速モードでは痛覚が抑制されるようになっているのだ。瓦礫を払いのけて上体を起こし、体勢を立て直す。壊れたタイルやコンクリート片、折れた水道管などが宙を舞っている。

奴が穴からのっそりとこちらに入ってきた。明るいジムの照明が逆光になって、不吉な黒いシルエットが浮かび上がる。僕を追い詰めているつもりか。だが、戦場が移動したのは僕にとっては幸いだ。ベルカを傷つける心配なしに戦える。

回転しながら宙を飛んでいた水道管をつかみ、野球のバットのように構えた。これなら腕より細いから空気抵抗も小さいし、リーチが長い分、スピードも出るはず。超音速だって出るかもしれない。

「くらえ！」

近づいてきた奴に向かって、全力で叩きつけようとする。だが、硬いはずのパイプは僕の手許でゴムのようにぐにゃりと曲がってしまった。くそっ、普通の金属ではこの程度の慣性や空気抵抗にも耐えられないのか。

「はははは！」

奴が笑いながら殴りかかってきた。僕は腕で受け止めるので精いっぱい。また飛ばされる。ドアを突き破って通路へ。

それからの数分間、僕は奴に攻められる一方で、通路をじりじりと後退し続けた。性能では大差ないはずだが、初めて加速モードに入った僕より、奴の方が経験を積んでいる分、かなり有利だ。慣性に惑わされず、的確に体を操っている。

奴のパンチやキックは、何度も僕のボディに炸裂した。地上最強の物質であるアモルファス合金同士のぶつかり合い。そのたびに僕は飛ばされる。左上腕部の装甲が砕け散った。胸の装甲にはひびが入った。

僕はなかなか反撃のチャンスがつかめない。奴の装甲を殴りつけても、たいして効果は望めない。狙うなら装甲に覆われていない手足の関節や腹部だ。だが、弱点をさらけ出すほど奴もマヌケではない。僕が腹を殴ろうとしても、的確にガードしてくる。

僕は逃げるしかなかった。ジムからどんどん離れてゆく。だが、離れすぎると今度は僕が不利だ。たとえどうにかして奴を倒せても、ベルカのところまで戻る時間が足りなくなる――どうすればいい？

通路の途中で、また二人のテロリストに出会った。アサルトライフルを構えて駆けている。放っておけない。さすがに傷つけないように配慮している余裕はないので、すれ違いながら、強引にライフルをもぎ取った。ちぎれた指がトリガーにからみついている。

振り返ると、奴はまだ追ってくる。僕は手に入れた二丁のライフルを使うべきかどうか考えた。だが、銃弾ぐらいではアモルファス装甲を傷つけられないのは、僕自身が経験済みだ。乱射すれば偶然、一発ぐらいは腹に当たるかもしれないが、そんな幸運には期待できない……。

いや待て、銃には別の用途もあるぞ。

僕は通路の窓を突き破り、中庭に飛び出した。派手に土を蹴立てながら着地。しゃがんだ体勢で、振り返って両手でライフルを構える。案の定、奴は僕を追って窓から跳躍し、恐れもせずに飛びかかってきた。

「そんなものが役に立つかよ！」

そう言って僕に組みついてくる。僕は頭を低くしてそれを受け止めた。ライフルを撃つふりをしたのはフェイント。奴をこの体勢に誘いこむためだ。

奴は今や、しゃがみこんだ僕の頭の上から覆いかぶさっている。今だ！　僕は勢いよく立ち上がり、奴を持ち上げた。

「何⁉」

僕たちはもつれ合ったまま宙に浮いた。どんどん上昇する。奴が狼狽している隙に、僕は身をよじって奴の手を振りほどいた。奴は空中でもがくが、手が届かない。その間に、僕は一方のライフルを投げ捨て、もう一方のライフルの銃床を胸のあたりに当てた。銃口を空に向けて、そっとトリガーを絞る。

トリガーが壊れはしないかとひやひやした。そっと引いたつもりでも力を入れすぎて握りつぶしてしまうのではないかと。だが、そんなことはなかった。衝撃とともに弾丸は飛び出した。反動で僕の体は下に押される。力の方向はほぼ正確に僕の重心と一致していた。体にはゆるいスピンがかかったものの、これぐらいは制御できる。

主観時間で二〇秒後にまた一発、さらに一発。僕の体は反動で上昇が止まり、ゆっくりと落ちはじめた。研究所の屋上より高度が下がったところで、今度は水平方向に発射。西棟の壁面にへばりつく。

「くそっ、やりやがったな！」

見上げると、奴は手足をばたばたさせながら、まだ上昇を続けていた。空気をかいて降りてくることはできるだろうが、時間がかかるだろう。

僕は壁面に沿って、クモのように這って移動した。ジムの明かり採りの窓を見つけ、中を覗きこむ。ベルカはこちらに背を向けた格好で、のけぞって倒れかけていた。まだ無事だ。僕は破片が彼女の方に飛び散らないように注意してガラスを割ると、中に滑りこんだ。

ベルカの傍に近づく。彼女の姿勢はさっき見た時とはずいぶん変わっており、後方に四五度ほど傾いた姿勢で硬直していた。ずいぶん時間を浪費してしまったようだ。たぶん爆発まで一秒を切っているだろう。

彼女に触れないように注意しながら、慎重に状況を観察した。問題は彼女の歯がグレネードをしっかりくわえこんでいることだ。口の中に異物を突っこまれたのに驚いて、思わず噛んでしまったのだろう。このまま引き抜けば前歯が折れるかもしれない。口を開かせるしかない。

「ごめんよ、ベルカ……」

僕はそっと彼女の口の中に人差し指を入れた。ゆっくりと、きわめてゆっくりと、歯をこじ開けてゆく。あせってはいけない。無理に開けようとしたら、顎がはずれてしまう……。

どうにか歯とグレネードの間に数ミリの隙間ができた。僕はグレネードをつまみ、歯に触れないようにしながら、ゆっくりと抜き取った。

息を吐く機能があったなら、思いきり大きな安堵のため息を吐きたい気分だった。

その時、視野の隅で何かが動いた。僕はジムの出口の方に顔を向けた。奴がゆらりと入ってくるところだった。ジムの反対側の隅、ダンベルが置いてある方に漂ってゆく。

「よくも恥をかかせてくれたな……」

移動しながら喋っているので、奴の声は実際の位置よりずっと後方から聞こえた。その声が僕のところに達した時には、奴はすでに移動を終え、一〇キログラムのダンベルを持ち上げはじめていた。

奴はダンベルを振り回し、僕に向かって投げつけてきた。僕はよけられない。よけたらベルカに当たる。

「くらえ！」

奴の楽しそうな声が届く。僕は一直線に飛んできたダンベルを両手で受け止めた。衝撃が走る。反動を吸収しきれない。後ろによろめく。ベルカにぶつかる！

僕はとっさにダンベルを右に放り投げ、その反動を利用して左に飛んだ。空中で側転。僕の足は倒れかかっているベルカの顔面すれすれをかすめる。

ニンジャの手裏剣のように回転しながら、バスケットのゴールにぶつかる。強化ガラス製のゴールは粉々に砕けた。奴はすでに次のダンベルを投げようとしている。僕はゴールの残骸を蹴って、奴とベルカの中間地点に向かって飛ぶ。間に合うか？

足から床に激突。床が割れ、脛のあたりまでめりこんだ。そこにダンベルが飛んでくる。かばう余裕もなく、顔面にまともに命中。頭がのけぞる。左のカメラアイが潰れた。

奴は僕が動けないのをいいことに、次々にダンベルを投げつけてくる。僕は腕を振り回し、それを片っ端から叩き落とした。腕の装甲にひびが増えてゆくが、かまいはしない。ひとつもベルカには当てさせない！

奴はダンベルを使い果たし、今度は一〇〇キロはあろうかというバーベルを持ち上げはじめた。あんなものをぶつけられたら、さすがにただでは済まない。だが、慣性の大きさに奴自身が苦しんでいるようだった。ようやく持ち上がったものの、今度はバーベルが上向きの慣性によって高く浮き上がりはじめた。慌ててひきずり下ろそうとするが、逆にバーベルにひきずられて自分が浮き上がった。

チャンスだ！　僕は床から脚を引き抜き、穴の縁を蹴って跳躍した。「うおおおーっ！」と叫びながら左腕を振り回し、奴の顔面に向かって音速のパンチを見舞う。奴は空中にいるのでよけようがない。両手で顔面をガードする。

だが、左のパンチはフェイントだ。僕はがら空きになった腹に向けて、本命の右パンチを叩きこむ。やった！　僕の拳は奴の腹部のラバーを突き破り、深くめりこんだ。僕と奴は抱き合うような格好で壁に激突した。

だが、歓びは一瞬しか続かない。奴は僕の右腕をつかみ、強引に腹からひきずり出した。僕の脚に自分の足をからみつかせて動きを封じる一方、僕の右腕を強引にねじり上げてくる。奴の体は壁にめりこんで固定されているのだが、こっちはまだ空中だから体勢が不安定だ。必死にもがくものの、奴の手を振りほどけない。奴は雑巾を絞るように僕の腕をねじり上げてゆく。腹に開けた穴はたいしたダメージではなかったらしく、動きにもパワーにも変化は見られない。

「この野郎！」

奴は吠えた。

ストレスに耐えかねて、肩関節がはずれた。さらに奴が振り回すと、パワーケーブルや金属筋がひきちぎられ、僕の右腕は完全に抜け落ちた。そのおかげで、僕はどうにか奴の手を逃れた。しかし、空中で体勢を立て直すのが間に合わず、ぶざまな格好で床に激突し、またのめりこんでしまった。

奴が飛び降りてきた。僕の右腕を棍棒のように振り回し、殴りかかってくる。なるほど、あれなら水道管のように曲がったりはしないな、と僕は妙に冷静に考えていた。

頭部に向かって振り下ろされてきた音速の一撃を、僕は左腕で受け止めた。大音響と強烈な衝撃。左腕の装甲が完全に砕ける。奴は僕の右腕を振り上げ、再び振り下ろしてくる。もう腕ではガードできない。とっさに体を丸め、背中で攻撃を受け止める。

「この！　この！　どうだ！　この！」

奴の声は半分は怒りで逆上し、半分はサディスティックな歓びにひたっていた。何度も何度も僕の背中を殴打する。僕はただ耐えた。ついには背中の装甲も割れた。

攻撃が中断した。僕が顔を上げると、奴はすでに原形を留めないほどに壊れた僕の右腕を投げ捨てているところだった。

「この！」

奴は僕の顎を蹴りつけた。僕は抵抗せず、天井まで飛ばされた。天井を支える鉄骨に左手をついて衝撃をやわらげる。

見下ろすと、奴は性懲(しょうこ)りもなくベルカに近づこうとしていた。僕は飛び降り、奴の目の前に立ちはだかった。

「……まだ終わってないぞ」

強がってそう言ったものの、次の一撃に耐えられるとは思えなかった。僕は右腕を失ったうえ、すでに上半身の装甲の大部分を破壊され、内部構造が剝き出しになっていた。

「何でだ？」奴は立ち止まって不思議そうに言った。「そんなにまでしてこの女を守って、何か楽しいことがあるのか？」

「ああ、楽しいね」

そう口にしてから、僕はそれが本音であることに気づいた。そう、僕は楽しい。どんなに苦しい想いをしても、ベルカを守れるのは楽しい。たとえこの体が砕け散っても、彼女を救えるのなら、こんなに幸せなことはない。

「お前には分からないだろうがな」

僕は一瞬、こいつに哀れみを覚えた。こいつはきっと、夢も見ないのだろう。こいつの創造者は、表情と同様、眠りや夢なんて戦闘マシンには不要だと思ったに違いない。

ああ、そうか、それで真っ昼間に襲撃してきたんだな。僕も一晩中起きていると思いこんでいたんだな。昼だろうと夜だろうと、襲撃のリスクは変わらないと思ったんだな。僕が夜中にぐっすり寝ているとは、思いもよらなかったんだろう。

僕がどれほど人間らしい扱いを受けているか、知らなかったんだな。

「分かりたくもない」

奴は吐き捨てるように言った。僕もこいつに理解させられるとは思えなかった。だから説得しようとは思わなかった。人間であることをやめてしまった者に、人間らしさを理解させるなど不可能だ。

どのみち、もう時間はない。どちらの勝利で終わるにせよ、僕にはもう、こいつを説得している時間などない。

奴は大きく振りかぶり、僕の顔面を殴りつけようとした。僕は恐怖も後悔もなく、妙に覚めた気分で最後の瞬間を待ち受けた。

爆発は四〇〇分の一のスピードで見てもすさまじいものだった。

奴の脇腹が風船のようにふくらんだかと思うとはじけ飛び、半透明の衝撃波が膨張するのが見えた。僕は至近距離でその直撃を受けたが、足を床にめりこませていたおかげで倒れずに済んだ。続いて無数の小さな金属片が飛び出してくる。僕は左腕を大きく広げ、それを受け止めた。ベルカにはひとつも当てさせない。

三秒が経ったのだ――僕が奴の腹に拳をめりこませた時、体内に置いてきたグレネードが爆発したのだ。

衝撃が過ぎ去った後、奴は体をよじった奇妙な姿勢で凍りついていた。脇腹が大きく裂け、首から煙を吐いている。アモルファス装甲は内側からの打撃にもびくともしなかったが、衝撃波と爆風が体内を駆け抜け、重要な電子機器の多くを破壊したに違いない。加速モードは一瞬で解除されただろう。

それでもまだ、通常の速度で動ける可能性がある。とどめを刺しておかなくてはならない。僕は奴の背後に回りこみ、のけぞった奴の頭に左腕でヘッドロックをかけた。全身の力をこめると、奴の首はねじ切れた。

ベルカはすでに七〇度ぐらいまで倒れかかっていた。このまま倒れたら床で頭を打つかもしれない。僕はマットレスをひっぱってきて、彼女の下に敷いた。これで安全だ。

僕は最後にもう一度、空中に横たわる彼女の美しい裸身を眺めた。僕が守りきった人を——その傷ひとつない肌を。

もう幻肢は消えている。彼女の裸を目にしても、存在しないペニスが勃起することはない。だからこそ、僕は純粋に彼女を見つめることができる。空中に泳ぐ髪や、愛らしい胸のふくらみや、くびれた細い腰や、繊細なピンク色の肌を、邪(よこしま)な心なしに堪能することができる。そして、自分の正しさを確信する。

ベルカはまだ驚きの表情を浮かべたまま、天井をぽかんと見上げている。もう声は出していない。彼女にとってはほんの四秒か五秒の間のこと。何が起きたかなんて分からないだろう。彼女が叫んでいた「u」「a」は僕の名前だったのか、それともぜんぜん違う単語だったのか。そんなことはどうでもいい。呼ばれたから駆けつけたわけじゃないし、感謝を望んでいるわけでもない。重要なのは、僕が大切な人を守りきったという事実だ。

たとえ僕の妻でなくても。

そう、妻でなくたって、手を触れることができなくたって、それがどうだというのだ。僕にとって何よりも大切なのは彼女の微笑みだ。彼女がヴァレー博士と幸福な一生を送れるのなら、それでいい。彼女の微笑みを守るためなら、また何度でも戦ってみせる。

「もう行くよ、ベルカ」

そう言い残して、その場を立ち去った。僕の加速モードはまだ一〇秒ぐらいは残っている、所内にまだいるかもしれないテロリストを探し出し、武装解除する時間はある。

これ以上、一人も死なせない。

僕は知った。正義とはイデオロギーなんかじゃない。どの国が正しいとか、あの指導者の言うことが正しいとか、そんなことじゃない。どんな立派な理念に基づいていようが、罪もない者を傷つける行為は悪だ。それを阻止するのが正義だ。

これからもずっと、僕は正義でありたい。

バイオシップ・ハンター

　そいつが〈ねじれたスパナ亭〉に現われたのは、惑星クレイモントの首都クレイモント・シティが夜の側に回りこみ、歓楽街が活気づきはじめた時刻だった。

　カウンターで一人飲んでいた俺は、店内に生じた突然の変化を背中で感じ取った――酔っ払った宇宙船乗りたちの調子はずれのコーラス、女たちのかん高いはしゃぎ声、カードゲームに興じる若者たちの陽気なのしりあい、あちこちのテーブルで交わされていた他愛ない世間話……酒場に満ちていたそれらの騒音が、誰かがコンセントを抜いたかのように不意にとぎれ、静寂が波紋のように広がっていった。

　ほどなく店内の物音は、有線放送から流れるトライキック・ジャズだけになった。俺の前でシェーカーを振っていたバーテンも、ぽかんとした表情で入口の方を見つめ、硬直している。俺は振り返った。

酒場の入口に、一匹のイ・ムロッフ族が立っていた。

直立した恐竜、という感じだった。だが、地球に棲息していた恐竜に比べると、体格はずっとスマートで、手足は長い。身長は二メートル近くあるだろうか。きめの細かい鱗(うろこ)に全身が覆われており、背面は鮮やかなブルー、腹部は薄いピンクだった。長い首のつけ根に、コンパクトな電子装置をバンドで固定している他は、衣服はまったく身に着けていない。

そいつは首をめぐらせ、三つの眼——猫のような虹彩のある一対の眼と、赤外線視力のある頭部の第三眼——でぎょろりと店内を見回した。咽喉(のど)の奥から、うがいでもしているかのような、ごろごろという声を絞り出す。少し遅れて、首に吊した装置から合成された音声が流れ出た。

『お前たちの中に〝崖から飛び降りる者(クリフ・ダイバー)〟と呼ばれている人間はいるか?』

「俺だ」

俺が手を上げると、そいつはフロアを横切って近づいてきた。ファッション・モデルを連想させる、女性的でしなやかな歩き方だ。全身の動きに合わせて、身長よりも長い二本の細い尻尾が空中でムチのようにくねり、バランスを取っている。通り道にいた男が慌てて上半身をのけぞらせ、道を開けた。イ・ムロッフは彼の鼻先を通過し、俺の前にやってきた。魚臭い息が顔にかかった。

そいつは両手を顔の前でひらひらと動かした。銀河共通語(ギャラング)だ。

〈探した／クリフ・ダイバー／お前の／名前／教えられた／〝冬に嘆息する者(ウィンター・サイアー)〟から／お前の／協力／欲しい〉

俺も手話で問い返した。〈どんな？〉

〈お前に／見せたい／我々の／船／乗って／欲しい〉

〈船／？／バイオシップ／？〉

これは愚問だった。イ・ムロッフはバイオシップにしか乗らないのだから。

〈そうだ／話／したい／時間／かかる／行こう／船／港〉

〈分かった／行こう〉

俺はバーテンに酒代を払い、イ・ムロッフと連れ立って、まだ沈黙が続いている酒場から出ていこうとした。最初の衝撃が去り、酔客の間に不穏な緊張が高まっているのが感じられた。厄介なことが起きる前に、人気(ひとけ)のないところへ行こうと思ったのだ。

だが、ちょっと遅かった。

「お待ち、トカゲ野郎！」

金髪を振り乱し、肩をはだけた真っ赤なドレスを着た女が、俺たちの前に立ちはだかった。イ・ムロッフの翻訳装置が、その言葉を自分に向けられたものと判定したらしく、ごろごろという音を発した。

イ・ムロッフは咽喉を鳴らした。『お前は何か用があるのか？』

「大ありだよ、この人殺し！　しらを切りやがって！」

「おい、よせよ、ナイア……」

わきにいた気弱そうな男が、ドレスの袖を引っ張ったが、彼女はそれをうるさそうに振り払った。かなり酔っているようだ。

「あたしのリカルドを返せ！　四週間前に、定期航路でバイオシップに襲われて死んだんだ！　あんたらのしわざだってことは分かってるんだよ！　へたな言い逃れでだまされるもんか！　彼を返せ！」

『よく理解できない』

イ・ムロッフはそっけなく言った。

『翻訳機の誤訳があるようだ。死者を生き返らせろと言っているように聞こえるが？』

翻訳機の口調がぞんざいになるのはしかたのないことだ。イ・ムロッフには敬語などという概念はないのだから。しかし、酔って興奮している女には、そんなことは理解できないようだった。

「この鱗だらけのトカゲ野郎！　けがらわしい卵食い！　その臭い息でこの店の空気を汚さないでよ！」

女がわめき散らす言葉を翻訳機は律義に訳していたが、イ・ムロッフは動じる様子はなかった。彼らが爬虫類で、産児制限のためにしばしば自分たちの卵を食べるのは事実である。それは彼らにとっては当然のことであって、ちっとも侮蔑にならないのだ。息の匂いにしても同様で、地球人のように自分たちの体臭を毛嫌いする種族の方が、むしろ珍しいと言える。

しかし——

「この悪魔の手先め！」

そう女が口走ったとたん、イ・ムロッフの態度は急変した。口を大きく開け、尖った歯を露出してライオンのように吠え、女にかぶりつこうとしているように見えた。女はびっくりして後ずさった。

『屈辱だ！　我々は架空の存在のために働いたりはしない！　決闘しろ！』

女の表情が一瞬にして蒼ざめた。「け……決闘ですって？」

『そうだ。決闘しないのか？』

「し……しないわ！」

『ならば頭を下げろ！』

「いやよ！」

それを聞いたとたん、イ・ムロッフは女を殴り倒した。店の中にざわめきが起こる。イ・ムロッフはさらに女の頭を儀礼的に踏みつけ、ぶーっという声を出した。

俺はイ・ムロッフの腕をひっつかみ、店の外に飛び出した。

「走れ！　走れ！　あいつらが追いかけてくるぞ！」

俺はイ・ムロッフと肩を並べて裏通りを走りながら怒鳴った。通行人が俺たちを見て、びっくりして道を開ける。

表通りに出ると、うまい具合に空いたコミューターが停まっていた。俺はとまどっているイ・ムロッフを強引に後部座席に押しこむと、運転席に飛びこみ、カードをスロットに差しこんで、手動でスタートさせた。

『何か間違ったことをしただろうか？』

人間用に設計された狭い車内で窮屈そうに首をすぼめ、イ・ムロッフは言った。

「大間違いだとも！　特に女を殴ったのは最低だ！」

『なぜだ？　男を殴るのとどう違う？』

「とにかく違うんだ！　女は殴ってはいけないことになっている！」

『複雑だ』

イ・ムロッフは黙りこんだ。彼らにも性別はあるが、それが意味を持つのは短い繁殖期の時だけである。妊娠期間は短く、卵はプライド（群れ）全体で共同で育てるので、男女の役割分担は存在せず、当然のことながら、男が女をいたわるといった思想もないのだ。

生殖器官は普段は体内に隠れており、表面的に性別を見きわめるのは困難である。

無礼なことを言った相手に決闘を申しこむのも、彼らにとっては日常茶飯事だ。彼らの決闘は尾を引かない。全身をからみ合わせて、どちらかがギブアップするまで絞め合うのだが、勝者と敗者はけろりと仲直りする。決闘を拒否する者は卑劣とみなされて蔑（さげす）まれ、それこそ殴り倒されても文句を言えない。

行き先をインプットして、操縦をオートに切り替えてから、俺は後ろのイ・ムロッフに向き直り、銀河共通語で訊ねた。

〈お前／男／か？〉

イ・ムロッフは右手を軽く握った。〈そうだ〉

〈名前／は？〉

〈〝遠く離れた青（ディスタント・ブルー）〟／〝書き直された詩（リライテッド・ライム）〟の／リーダーだ〉

〈俺の／乗る／船の／名前／か？／来た／目的／なんだ？〉

〈トラブルの／原因／調べる／我々のもの／ではない／バイオシップ／追跡する／正体／解明する／ために〉

〈俺／選んだ／理由／は？〉

〈お前／人々に／広く／正しく／情報を／広める者／と聞いた／事実／か？〉

俺は反射的にうなずき、そのサインが彼らに通じないのに気づいて、慌てて右手を握り

しめた。〈そうだ〉

〈それが／必要／事実／見て／広める者／お前の／仲間／真実／知る／ために／我々の／言葉／信用／されない〉

〈他の／広める者／だめ／か？〉

〈だめだ／バイオシップの／G／問題／お前／船／経験／特に／長い／お前たち／大きい／G／耐えられる／者／少ない／環境も／問題〉

〈俺／乗って／害／ない／か？〉

〈準備／した／お前たちの／肉体／可能なかぎり／快適に／感じられる／配慮した／耐えられるか／害があるか／お前の／精神的／能力／しだい〉

俺は考えこんだ。重大な決断を迫られたものだ。イ・ムロッフの生体宇宙船に同乗した地球人は、まだ数えるほどしかおらず、いずれもひどく不快な体験だったと訴えている。仕事の内容から考えて、おそらく長い旅になることだろう。はたして俺に耐えられるだろうか？

しかし、かねてからイ・ムロッフのことを知りたいと願っていた俺のようなジャーナリストにとって、またとない体験であるのは確かだ。うまくいけば、最近の海賊事件の謎を解明できるかもしれない。

このクレイモントに近い宙域で、ここ一年の間に、九隻もの地球の船が、正体不明のバイオシップ集団による略奪を受けていた。そのやりくちは残虐で、無差別だった。死者・行方不明者は一〇〇人を超えており、被害総額は見当もつかない。

無論、クレイモント宇宙軍やインスペクター（恒星間第一級特殊犯罪条約機構）は懸命に海賊船を追っていたが、成果は上がっていなかった。救難信号を受信して駆けつけても、バイオシップの高Gにあっさり振りきられてしまうのだ。後にはただ、レーザーで切り裂かれた宇宙船の無残な残骸が漂っているだけだった。

イ・ムロッフたちは「我々はそんな行為は行なわない」と主張しているが、その言葉を信用できないと感じる地球人は多い。この広い銀河系の中で、バイオシップを所有し、操縦できる種族は、知られているかぎりイ・ムロッフだけなのだから。

水面下の情報網で、疑惑をかきたてる噂が広まっていた。一部のイ・ムロッフが海賊行為を働いており、仲間をかばうために他のイ・ムロッフたちが嘘をついているのだ。いや、イ・ムロッフ全員が共謀し、人類をあざむいているとも考えられる……。

思えば、人類が初めて接触した地球外知的生命が、よりにもよって蛇を連想させる姿をしていたのが不幸だった。彼らが悪魔的存在ではないと人々が納得するのに時間がかかった。さらに様々な姿形の異星人との接触によって、「神は自らの姿に似せて人を創りたもうた」というドグマは打ち砕かれた。多くの宗教は彼らの存在を受け入れるため、教義を修正しなくてはならなくなった。それでもなお一部の宗教家は、自分たちの古臭い信念を守るために、「異星人に本当に魂はあるのか？」という不毛な議論を繰り広げている。彼らはいっさいの神を信じていない。イ・ムロッフたちは、そんな地球人たちの困惑を嘲笑っている。いずれもみじめな失敗に終わっており、それがいっそう保守的な人々の不信をかきたてていた。

いつの時代でも、デマをふりまき、悪意や恐怖を増幅しようとする愚かな連中はいるものである。バイオシップによる略奪が話題になると、「イ・ムロッフが誘拐した人間の赤ん坊を食べているのを見た」（アミノ酸の構成が異なるから、食当たりを起こすことだろう）と主張する男や、「私はイ・ムロッフにレイプされた」（どんな体位だったか、ぜひ知りたいところだ！）と訴える女が現われ、マスコミを賑わせていた。

最初の接触から二世紀以上経つというのに、人類はまだ偏見にとらわれている。爬虫類であるイ・ムロッフの容姿や匂いは、大半の地球人に本能的な嫌悪を催させるのだ。その嫌悪感が、人々にイ・ムロッフの存在そのものに対するぬぐいきれない疑惑を植えつけている。しかし、根拠がない偏見であるだけに、ぬぐい去るのも難しい。

イ・ムロッフが自分たちの手で無実の証拠を発見し、提出したとしても、信じない者は多いだろう。彼らが俺を船に乗せたがる理由は明白だ。彼らは自分たちの手で濡れ衣を晴らそうとしているのだが、そのためには公正な地球人の証人が必要なのだ。

〈わかった〉俺は言った。〈乗ろう／君たちの／船に〉

すぐにコミューターの中から電話をかけ、知人のTVレポーター、ラベリー・グレシャム（イ・ムロッフたちが〝ウィンター・サイアー〟と呼んでいる人物）に、仕事を引き受けたことを知らせた。彼に頼んで、ホテルに置いてある俺の身の回り品と取材用機材一式を、港に届けてくれるよう手配してもらった。〈ねじれたスパナ亭〉を飛び出して、まだ一〇分と経っていなかった。

夜の街を縦断して、コミューターは港に到着した。宇宙港ではなく、海に面した本物の港である。イ・ムロッフたちはバイオシップを水面に降ろすのを好む。土や砂の上に着陸させるのは、海の存在しない不毛の惑星の場合だけだ。

満天の星空の下、穏やかに波が打ち寄せている夜の波止場に、ライトを浴びてバイオシップの灰色の船体がひっそりと浮かんでいた。

水面に見えている部分だけで、全長六〇メートルぐらいあるだろうか。昔のスペースシャトルを思わせるフォルムで、翼と胴体の境界がない、いわゆるブレンデッド・ウィング・ボディだ。主翼の先端は大きく跳ね上がり、優雅な曲線を描いて水面に突き出している。その他にも、今は水面下に隠れていて見えないが、胴体の両側に二対のカナードがあった。胴体が長い分、後ろに長く伸びたテイルで、空力学的バランスを取っている。背面には二基のごついメイン・ノズルと、少し小さな二基のサブ・ノズルがあり、他にも機体のあちこちに姿勢制御スラスターが隠されていた。

居住区画は船首にあって、丈夫な黒い半透明のキャノピーに覆われていた。停泊中の今は、幅五メートルはあるキャノピーが貝殻のようにぱっくりと開き、脳を連想させる灰色の濡れた内部組織が露出している。

ルイジ・コラーニが現代に生きていたら、こんな宇宙船をデザインしたかもしれない。しかし、これは工業製品ではなく、一個の複雑な生命体なのだ。

エビのような外骨格生物だと思えば間違いないだろう。外殻は炭素繊維・耐熱セラミック・発泡コンクリートのハニカム構造で、数年ごとに〝脱皮〟して、新しくなる。心臓部であるリンタープリン反応炉やロケット・ノズルは、自己成長するある種のセラミックでできていた。いちおう炭素系生命ではあるが、真空中で生きられ、一五Gで加速し、オーバードライブも可能という、常識を絶したとんでもない代物だ。

宇宙空間を飛行中は、乗員の排出する水と二酸化炭素を体内で分解し、酸素と炭水化物に変換して循環させている。もちろん船体の一部が壊れても自然に修復するし、複雑なメンテナンスも不要だ。

イ・ムロッフたちの伝説によれば、この生物ははるかな昔、彼らの故郷の惑星の海に墜落してきたのだという。イ・ムロッフの先祖は長い時間をかけてそれを飼い慣らし、繁殖させることに成功した。そうしてバイオシップとの共生関係を確立した彼らは、母星の大地を離れ、定住惑星を持たずに銀河を放浪するジプシー種族となったのだ。

バイオシップのような生物が自然に進化したとは考えにくい。おそらくイ・ムロッフよりさらに古い文明が残した、高度に進歩した生命工学の産物なのだろう。しかし、その起源はまったくの謎に包まれている。そもそもイ・ムロッフたちの故郷の惑星の位置でさえ、何十万年という時の流れの中で、定かでなくなっているのだ。

地球の科学者はバイオシップの秘密を解明しようと努力していた。ある学者は、イ・ムロッフの許可を得てバイオシップの内壁から採取した〝血液〟を分析し、その中に無数のドレクスラー・マシン——ワインのコルク抜きのような推進装置を持つ、全長数ミクロンの作業機械——を発見した。それが赤血球や白血球の代わりに体内を循環し、メンテナンスを行なっているらしい。バイオシップを創造した超テクノロジーは、もはや生命と機械の壁さえ超越していたのだ。

だが、科学者たちの研究は壁に突き当たって、いっこうに進展していない。遺伝子を分析しようにも、バイオシップの異質な組織には、DNAに相当するものが見つからないのだ。成長し、繁殖するのだから、遺伝情報を何らかの形で蓄積していなければならないはずなのだが——おそらく、イ・ムロッフが体液の採取を許したのは、分析しても何も分からないことを知っていたからだろう。

バイオシップを解剖してみれば、何か判明するかもしれないが、イ・ムロッフたちはその要求を断固拒否していた。彼らにとってバイオシップは、家であり、交通機関であるばかりか、（こういう表現が正しいかどうか分からないが）親しい友人でもあるのだ。バイオシップの成長は遅く、イ・ムロッフの一プライドを収容できるサイズまで育てるには、地球の時間で数百年かかると言われる。繁殖力がきわめて低い反面、事故以外の原因で死ぬことはめったにないから、科学者が首を長くして待っていても、死体を解剖するチャンスはまずめぐってこないだろう。

今、俺の目の前では、数匹のイ・ムロッフが、バイオシップの翼によじ登ったり、海に潜ったり、忙しそうに動き回っていた。大気圏突入の時についた外殻の傷を調べているのだろうか。波止場には数十人の野次馬が集まっており、それを珍しそうに眺めていた。今のところ騒ぎは起きそうにないが、酒場でのトラブルの噂が広まったら、どんなことになるか分からない。

待つこと約三〇分。〝ウィンター・サイアー〟グレシャムが、彼のチームを引き連れ、車で到着した。取材用機材と俺の荷物を詰めこんだ二つのスーツケースもいっしょだ。

「女をいきなり殴ったんだって？」

顔を合わせるなり、グレシャムは愉快そうに言った。俺はちょっと意表をつかれた。電話では酒場の件は話さなかったはずだが……相変わらず耳の早いやつだ。

「〝いきなり〟じゃない。殴られてもしかたのないようなことを言ったんだ」

「ああ、分かってるさ。どうせまた、神とか悪魔とかの話題だろ？」そう言って彼は、そのニックネームの由来になった、皮肉っぽいため息をついた。「やれやれ……困った連中だな。異星人に人間の倫理観を押しつけても無駄だってことが、どうして理解できないんだろう？」

「明日のニュースで取り上げるのか？」

「まさか。たかが酒場の喧嘩だろ？　いちいち取り上げてたら、よけいややこしくなるだけさ」

「だが、マスコミがきちんと報道しないと、無責任な噂がまた広まるぞ」

「報道したって広まるさ。どういうわけか、大衆ってのはマスコミより口コミを信じたがるんだ——それより、お前が行って、きちんと真実を見てこい。証拠を撮ってくるんだ。それでこの騒ぎにはケリがつく」

「だといいがな」

俺は肩をすくめた。その時、街の方からサイレンの音が聞こえてきた。こっちに近づいてくるようだ。

「急いだ方がいい」とグレシャム。

「らしいな」

俺は桟橋(さんばし)の先端に停泊しているバイオシップを振り返った。イ・ムロッフたちは、グレシャムの部下から受け取った機材を、船内に積みこむ作業をしていた。俺は作業に立ち合っているリーダーのディスタント・ブルーにサインを送った。

〈すぐ／出発／できる／か？〉

〈できる〉

「行けるらしい——じゃあな、期待しててくれ、ウィンター・サイアー」

「がんばってこいよ、クリフ・ダイバー」

グレシャムの励ましの言葉を背中で聞きながら、俺は長い栈橋を走りだした。走りながらディスタント・ブルーにサインを送る。

〈急げ／出発／トラブル／来る〉

ディスタント・ブルーは仲間に向かって何か叫んだ。彼らはグレシャムの部下たちから残りのスーツケースをひったくると、身をひるがえして船内に飛びこんだ。

俺はぼけっと突っ立っている男たちを押しのけ、栈橋の端からジャンプした。バイオシップの突き出した船首に飛び降りる。濡れていたので滑りそうになったが、どうにかバランスを取り戻した。

振り返ると、グレシャムが岸壁から手を振っていた。俺も手を振り返した。ちょうどその時、倉庫群の角を曲がって、赤いライトをひらめかせながら、数台のパトロール・カーが現われた。

その瞬間、誰かが後ろから俺の肩をつかみ、強引に船内に引っ張りこんだ。目の前でキャノピーが閉じ、真っ暗になった。足の下がぶよぶよしており、生ゴミのような異臭が鼻をつく。突然のことでうろたえていると、その誰かは俺をぐいぐいと乱暴に引きずり、ゴムホースのような柔らかいものでできた網のようなものに押しこめた。イ・ムロッフの用いるGシートだと気づいた。

目が闇に慣れてくると、そこがかなり広い部屋であることが分かった。部屋の中心に大きな球体があり、そこから室内の各所へ網のようなものが放射状に伸びている。その生きたハンモックのあちこちに、イ・ムロッフたちが思い思いの格好でぶら下がっていた。

天井は半透明のキャノピーに覆われており、外の様子が透(す)けて見えた。バイオシップは桟橋を離れ、ゆっくりと沖に向かって動きはじめている。

野獣の咆哮(ほうこう)のような恐ろしい轟音が船全体を震わせた。バイオシップのメイン・エンジンが眠りから目覚めたのだ。

体が後ろに押しつけられた。加速が開始されたのかと思ったが、違っていた。キャノピーの外の風景が横倒しになってゆく。バイオシップがスラスターを吹かし、船首を水面から垂直に持ち上げているのだ。

咆哮がひときわ高まり、本物の加速が襲ってきた。バイオシップは天頂の星々に向けて、一直線に上昇を開始した。

ずっと後になって、俺はグレシャムのスタッフが撮影したその時のビデオを見せてもらった。バイオシップがものすごい水しぶきをあげて夜の海から垂直に飛び上がる瞬間は、なかなか壮観だった。その直後、膨大な量の海水が岸壁に振りかかり、グレシャムと彼の部下、野次馬たち、それにパトカーから降りてきた警官たちをびしょ濡れにした。そのビデオは翌朝のニュースで放映され、評判になったらしい。

もちろん、上昇してゆくバイオシップの中にいた俺は、そんなことはまったく知らなかった——情けない話だが、ものすごいGのために、一時的に失神していたのである。

バイオシップはほんの数分で惑星クレイモントの脱出速度を超えた。俺が息を吹き返した時には、すでに恒星ボンネヴィルの引力を振りきって、黄道面から離れつつあった。

イ・ムロッフたちはバイオシップの操船に余念がなかった。もちろんバイオシップには計器盤もキーボードもない。ブリッジの中央にある球体が神経節で、そこから伸びている網のようなものが、Gシートであると同時に操縦装置なのだ。

イ・ムロッフは網のあちこちを引っ張ったりゆるめたりして、神経を刺激し、バイオシップに命令を伝える。一方、バイオシップの〝体調〟は、船のうなりや振動、生体組織の熱の帯び具合、空気の匂いの微妙な変化などから感じとる。イ・ムロッフには計器もコンピュータも必要ない。面倒な軌道計算などいっさいせず、操縦はすべて彼らの勘で行なわれる。

　その驚異的な技術は、決して奇跡でも超能力でもない。イ・ムロッフの長い長い経験の蓄積である。彼らは人類がまだ火も発見していなかった時代から、ずっと宇宙飛行を続けてきたのだ。イ・ムロッフの子供は、卵から生まれた直後から、親たちに操船の知識と技術をびっちり教えこまれる。そうして彼らの歴史は限りなく続いてゆくのだ。

　銀河系を七〇〇〇万年前から観察し続けているウォッチャー種族は、多くの知的生命に、その種族的特徴に応じたニックネームをつけている。ドミネーター種族ウォルフォル、パラノイア種族リーリー、トレーダー種族ＢＭＢ、ロールプレイヤー種族アミティア、アクティヴェーター種族テラン、といった具合だ。

　イ・ムロッフにつけられたニックネームは「パイロット種族」である。偶然だが、この言葉は英語では二つの意味がある――飛行機などの操縦者という意味と、水先案内人という意味と。

　イ・ムロッフはいくつかの大プライドに分かれて銀河系を回遊している。現在、地球周辺のセクターで活動している大プライドは、およそ二〇〇のバイオシップから成る中規模の集団らしい。

　銀河系内には、炭素型生命の生存に適した惑星が数億個あると言われる。イ・ムロッフたちはそれらをひとつずつ探検し、記録をストックしている。ひとつの大プライドが銀河系を一周するには数万年かかるという。一周して同じ惑星に戻ってくる頃には、前のデータはすっかり古くなっているから、再び探検しなくてはならない。彼らの放浪の旅に終わりはないのだ。

だが、どんなに住みやすそうな惑星を発見しても、イ・ムロッフは決して定住しようとはしない。その代わり、彼らはそのデータを他の種族――地球人のように領土拡大期にある若い種族――に売る。時にはその惑星へじかに案内してくれることもある。まさしく彼らは銀河の水先案内人なのだ。

案内の対価として、イ・ムロッフは生活に必要な機械類を手に入れる。彼らはバイオシップの他には高度なテクノロジーをいっさい持たないので、工業製品は他の種族から買うしかないのだ。地球人の工業技術はすぐれているうえ、生存可能惑星の情報を貪欲に欲しがっているので、彼らにとってはいい商売相手というわけだ。

もちろん、すべてのデータを明かしてしまっては、売るものがなくなってしまうので、彼らはデータを出し惜しみする。その家族的団結に支えられた秘密主義が、人類から見るとうさん臭く思えるのは、しかたのないことだろう。

どのみち、彼らは多くの機械を必要としない。バイオシップの内部は不完全ながら閉鎖生態系であり、その中で暮らしている限り、食糧や水の心配はないのだ。それにイ・ムロッフは環境に対する高度な順応性があり、めったに病気にかかることもない。

このバイオシップ〈リライテッド・ライム〉の中にある機械と言えば、翻訳機、レーダー、通信機、発電機、彼ら専用に造られた奇妙な形の宇宙服、緊急用の小型気密シェルターなど、必要最小限のものだけだ。壁全体が抽象絵画を思わせる複雑な生物組織に覆われた船内では、そうした冷たい機械類は異質なもので、確かにあまりたくさん置くものではないという気がした。

いったいイ・ムロッフは人類より原始的なのだろうか？　進んでいるのだろうか？　科学者や文化人類学者の間でも見解が分かれており、はっきりしない。イ・ムロッフは初歩的な真空管ですら自分では造れない。文明というものをテクノロジー・レベルで計るなら、確かに彼らは人類よりはるかに遅れていると言える。しかし、地球人が考える〝進歩〟の尺度を、そのまま異星人に当てはめていいものだろうか？

ある保守的な作家は「イ・ムロッフはバイオシップの寄生虫にすぎない。彼らにIQテストを受けさせれば、彼らが人類より劣っていることが証明できるはずだ」と論評した。まったく愚かな意見である。IQテストなどというものは、しょせん、被験者の考え方がどれだけ平均的な人間に似ているかを計る尺度にすぎず、文化背景のまったく異なる異星人には役に立たないのだ。IQテストを受けるべきなのは、この作家の方だろう。

ある歴史家は「イ・ムロッフの文明は頂点を過ぎて停滞しており、あとは滅びを待つばかりだ」と、もっともらしいことを言った。しかし、滅びを待つばかりの種族が、どうして何十万年も存続してこられたのか？

どうもイ・ムロッフの文化や歴史を、地球のそれとのアナロジーで評価することに無理があるようだ。パラドックスのように聞こえるかもしれないが、「しょせん異星人のことは理解できない」と考えることが、彼らを理解する第一歩なのだと思う。


ベルファイア駆動に突入するには、まだ少し時間があった。俺はディスタント・ブルーにインタビューして、より詳しい話を聴くことができた。

「海賊船の正体に心当たりはあるのか？」

と俺が訊ねると、ディスタント・ブルーは言った。

『我々のものではない』

「では誰のものだ？　君たち以外にバイオシップを操る種族がいるのか？」

『野生のバイオシップではないかと思う』

俺は驚き、翻訳機の誤訳ではないかと手話で問い返した。

〈野生／？／操縦者／いない／？〉

〈そうだ／我々の／遠い／祖先／野生の／バイオシップ／捕らえ／慣らし／友人になった／それより／以前／操縦者／いない／バイオシップ／多数／存在した〉

〈それが／まだ／宇宙の／どこか／いる／？／君たちの／祖先／それ／出会った／ある／

か？〉

〈おぼろげな／噂／ある／遠い／伝説／いくつかの／目撃／定かでない／きわめて／珍しい〉

〈知能／は？〉

〈我々の／バイオシップ／賢い／野生の／バイオシップ／おそらく／賢い〉

〈危険／か？〉

〈分からない／戦闘／生じた／例／ない／戦闘／あれば／記録／ある／我々の／祖先／警告する／はず〉

俺はうなった。確かに興味深い仮説だが、あまりに突拍子もなく、漠然としすぎている。イ・ムロッフに飼い慣らされなかった野生のバイオシップが存在するとしても、それがなぜ人類の船を襲うのか？　単に仮説を主張するだけでは、疑り深い人々を納得させるのは無理だ。やはり証拠が必要だ。

彼らの計画は単純そのものだった。海賊船が出現しそうな宙域を巡回する。襲われそうな貨物船を尾行する。そうして、海賊が出現するのを気長に待ち、現われたらそれを尾行するのである。

覚悟していたより長い航海になりそうだ。俺はげんなりとなった。乗船して数時間しか経っていないのに、早くもこの船に嫌気がさしていたのだ。

何と言っても匂いがたまらなかった。船内のどこにも、ゴミ捨て場のような悪臭が充満している。それはイ・ムロッフたちの体臭にバイオシップの内臓器官が発する匂いがブレンドされたものだった。気温も湿気も高く、そのくせ気圧は低かった。

船内がひどく暗いのにもとまどった。明かりと言えば、半透明のキャノピーや窓から差しこむ恒星の輝きと、通路や部屋の壁に並んだ青白い不気味な生物発光だけだ。赤外線視力のあるイ・ムロッフは、暗闇でも支障なく行動できるのだ。おそらくバイオシップを創造した種族もそうだったのだろう。俺は小さなフラッシュ・ライトを持ち歩くことを許されたが、ブリッジでは明かりを使うのは好まれなかった。キャノピーに光が反射して、外が見えにくくなるという理由からだ。

食糧については、彼らが地球人用の保存食を数か月分用意してくれていた。通路の壁面から分泌する蜜のような液体（イ・ムロッフはそれをなめるのだ）は、異様に甘ったるい味がするうえ、アミノ酸が光学異性体で構成されているので、地球人には消化できないのである。

念のために保存食を調べてみると、レトルト・パックのシチュー、各種の缶詰、真空野菜、ビスケット、インスタント・コーヒーなど、ひと通りのものが揃っていたので安心した。イ・ムロッフにも味覚はあるが、味にこだわるということはない。おそらく誰か地球人のアドバイザーがいたのだろう——ただ、板チョコレートが一〇グロスもあったのは、何かの手違いだろうが。

クレイモントを発進して八時間後、〈リライテッド・ライム〉はオーバードライブに突入した。

それから六週間、俺はイ・ムロッフたちと生活を共にすることになった。

彼らにとって、種族全体にかかった嫌疑を晴らすというのは重大な問題のはずだが、さほどあせっているように見えなかった。「仕事というのは、どれほどうまく成し遂げたかによって評価されるのであって、成し遂げた速さとは無関係だ」というのが彼らの哲学だった。問題を手早く解決する手段が存在しても、その方法では不充分な結果しか得られないのが分かっているなら、彼らはそれを選択しないのである。反対に、いい結果が得られると期待できるなら、彼らは何十年をかけることも厭わない。それは彼らの種族的信条であるらしい。そうでなくては、バイオシップを飼い慣らすことなどできなかったろう。

俺には耳の痛い話だった——締め切りに追われ、不満足な記事をでっちあげたことが何度もあるからだ。

バイオシップは海賊船が出没している航路を何度も往復した。船内には夜も昼もなく、イ・ムロッフはいつでも食べたい時に食べ、眠りたい時に眠る。彼らと生活を共にするうち、俺も時間の観念がだんだん希薄になってきた。腕時計がなかったら、出発してどれぐらい過ぎたか、まったく分からなくなっていただろう。

イ・ムロッフのように巨大な生物の体内で一生暮らしたいとは思わなかったが、最初に感じた強烈な不快さは、どうにか乗りきることができた。特に匂いに関しては、じきに鼻が慣れてしまい、気にならなくなった。

それでも不便なことは多かった。たとえば排泄である。部屋の壁から、横腹に虹彩状の弁がついたチューブが突き出しているのだが、それを使う時には……いや、これは下品になるのでやめておこう。「イ・ムロッフにはプライバシーの概念はない」と書けば充分だろう。

イ・ムロッフには熱い風呂に入る習慣はなかったが、しばしば体を洗うことはする。胃袋を連想させる小さな部屋の中に数匹が入り、水浴びをするのである。それは燃料タンク内の水を濾過(ろか)したもので、使用後はタンクに送り返される。俺もちょくちょくいっしょに入り、尻尾で背中をこすってもらったが、こいつはなかなか楽しい体験だった。加速中しか使えないし、バイオシップの水の濾過能力には限界があるので、毎日は入れないが、それでも垢まみれにならないで済むのはありがたかった。

強靭な肉体を持つイ・ムロッフは、一〇G以上の定加速にも平然と耐える。俺が同乗しているので、殺人的な加速は（最初の発進の時以外）控えてくれていたが、それでも〇G

の慣性航行と三G近い加速の繰り返しは、体にこたえるものだった。まともに重力を味わえるのは、リンタープリンに水を補給するため、惑星の海に降りる時だけだった。

ご存じかとは思うが、リンタープリンはその名の通り、二〇世紀の物理学者ファインマンの唱えた再解釈原理（リインタープリテーション・プリンシプル）が基礎になっている。手袋を裏返すように素粒子を鏡像反転させようとすると、必ず電荷と時間も反転する。リンタープリン反応炉のPCT反転場に投入された粒子は、鏡像の反粒子となって過去に戻ってゆく。その際、質量の二倍に光速の二乗を掛けたに等しいエネルギーが放出されるのだ。

当然、どんな物質でも燃料にできるわけだが、人類を含め、炭素系知的生命の多くは水を使っている。宇宙に豊富に存在し、扱いやすいからだ。最近は高濃度の塩化ナトリウム溶液を使用するエンジンも増えた。

バイオシップの創造者も同じ考えだったらしい。バイオシップの腹にはエラ状の取水口があり、着水するとそれが開いて、海水を補給するのだ。ガス惑星のリングを構成している氷からでも補給は可能だが、液体の水の方を好むようだ。

海賊船もどこかで水を補給しているに違いなかった。しかし、標準的なバイオシップの航続距離である半径三〇光年内には、海を持つ惑星は五個しかなく、そのどれもがインスペクターによって徹底的に調査され、シロであることが判明している。リングを持つガス惑星となると、その数は四〇〇を超え、とても調査しきれない。結局、いくら時間がかかろうとも、海賊船を発見して追跡するのが一番いい方法なのだ。

いっしょに暮らしてみると、イ・ムロッフは思っていたほど閉鎖的でも気むずかしくもなかった。豊かな感情を持った生物で、きわめて知的でもあった。ただ、その知性や感情は、人類のそれとは少しばかり異質なのだ。

たとえば、自分たちの卵を食べる習慣は、多くの地球人の眉をひそめさせているが、だからと言って彼らに母性本能がないと考えるのは間違いだ。〈リライテッド・ライム〉の中にも、生まれて数年しか経っていない若い個体が二体いたが、親たちが彼らにそそぐ愛情は本物だった。もっとも、誰が本当の親なのかは分からないし、彼らも気にしていない。子供たちにとって、プライド全体が親なのだ。

イ・ムロッフにも表情はあるのだが、地球人にはそれを読み取るのは難しい。彼らの感情が理解できるのは、(あの酒場での事件のように)興奮して感情表現が大げさになった時だけだ。だから大半の地球人には、「普段はむっつりしていて、いきなり怒りだすおかしな奴」と思われてしまう。

異星人とのコミュニケーションというのは厄介なものだ。昔のSF作家は無責任にも地球人と同じ顔形の異星人を登場させ、すらすら地球語を喋らせていた。しかし実際には、異星人の姿形は様々であり、当然、発声機構の構造も大幅に異なる。音波ではなく、光や電波で会話する種族もいるのだ。地球人の用いる母音や子音をまともに発音できる種族はいないし（ＢＭＢとアミティア族は例外である）、我々も彼らの言葉をほとんど発音できない。

「イ・ムロッフ」という表記にしても、彼らが自分たちを呼ぶ時のうなり声が、人間の耳にはそう聞こえることもあるというにすぎない。人によっては、「ウィムロック」「ビブロウ」「イーウォウ」とも聞こえる。

そこで翻訳機が必要になるわけだが、機械はしばしば誤訳をするし、会話にはどうしてもタイム・ラグが生じるので、日常会話にはあまり向かない。その点、銀河標準語（ギャラング）は便利だ。銀河に住む知的種族のほとんどは、三本以上の指（もしくはそれに類する器官）が先端についた二本以上の腕（もしくはそれに類する器官）を持っている。文法も簡単で、八〇〇ほどの基本的な単語さえマスターすれば、多くの種族とほとんど支障なくコミュニケートできるのだ。

ただ、手話は単語数が限られているので、どうしても簡単な日常会話に限定されてしまう。突っこんだ複雑な会話をする時には、やはり翻訳機が必要だった。したがってイ・ムロッフたちとの会話は、手話と翻訳機とを必要に応じて使い分けて行なった。最初はとまどったが、慣れるとスムーズに進んだ。

中でも印象的だったのは、クルーの一人、〝激しく叩く者（ワイルド・タッパー）〟との会話だった。彼女は雌で、繁殖期にはディスタント・ブルーとパートナーになるという。この船のサブ・リーダーで、聡明な女性(?)だった。

「なぜ君たちは神を憎むのか?」

と訊ねると、彼女は答えた。

『神を憎んではいない。神を信じていると思われることを憎んでいるのだ』

彼女の言い分によれば、「お前は神(または悪魔)を崇拝している」と言われるのは、自由意志の否定であり、侮辱なのだそうだ。彼らは自分で善悪を判断することを誇りと感じており、他人の判断基準に無批判に従うことを強く嫌悪している。

『お前たちこそ、なぜ神を信じるのか?』

「それがおかしいか?」

『おかしい。不思議だ。我々は多くの種族を見てきた。ほとんどの種族は、その歴史の初期において、まだ宇宙に関して充分な知識がないうちは、意志を有した宇宙の創造者を仮定する。しかし、オーバードライブを実用化できるほど科学知識が発達した段階で、そうした仮定を捨て去るのが普通だ』

「信じる信じないは自由だろう? 信じたって害があるわけじゃない。宗教が独裁的権力を持っていたのは昔の話だ」

『かもしれない。しかし、アンバランスを感じる。お前たちの意識が、異常な進歩についていっていないのではないか？』

「人類の進歩が異常か？」

『異常だ。これほどのスピードで進歩した種族は見たことがない。一例を挙げれば、オーバードライブの理論を発見してから、実際に他の惑星に植民をはじめるまで、たいていの種族は三二世代以上かかる（イ・ムロッフは八進法である）。それをお前たちは数世代でやりとげた。今でもなお、光に等しい速さ（一年に一光年の割合という意味）で居住域（エクメーネ）が拡大し続けている』

「それは誇るべきことだと思うがな。あんたらの停滞した文明から見れば、危険に見えるかもしれないが……」

『我々の文明は停滞してはいない。我々の先祖はバイオシップを手に入れた時、それを単なる輸送機関や、食糧供給源として使うこともできたのだが、そうしなかった。お前たちのような動的不安定性や、ウォッチャー種族のような静的安定性ではなく、動的安定性を選択したのだ。絶えずエクメーネを移動することにより、刺激を受け、変化しつつ、安定しているのだ。

我々はウォッチャー種族のような無限の記憶力や、不死が欲しいとは思わない。死があるから、新たな生命の生まれるスペースが確保される。忘れるから、覚えられる』

「それは分かるが、動的不安定性とはどういうことだ？」

『進歩が速ければ、滅亡も速い。それはお前たちに未来を予測する能力が欠如していることによる。普通の種族は、一歩踏み出す前に、踏み出してよいかどうか考える。お前たちは踏み出してから考える。それがお前たちの進歩の速さの理由だ』

「しかし、今のところはうまくいってるように見えるがな。確かに、戦争やら環境汚染やら、いろいろなトラブルはあったが、それはどの種族もかかえてる問題だろ？」

『今のところは問題はない。しかし、いずれお前たちのエクメーネは、他の種族のエクメーネを圧迫しはじめる。その時、問題になることだろう』

「なら、どうして俺たちに居住可能惑星を教えるんだ？　エクメーネの拡大に協力してるんじゃないのか？」

『我々はデータを与えるだけだ。それをどう利用するかは、お前たちの問題だ。お前たちが自分で善悪を判断するのだ』


出発して三九日目、ツアル恒星系の圏内を航行していた俺たちは、海賊船に襲われている貨物船〈アーリアシューラ〉からの救難信号をキャッチした。

ブリッジに置かれている地球製の通信機から、恒星雑音にまぎれてとぎれとぎれに聞こえてくる声は、恐怖と絶望の入り混じった悲痛なものだった。しかし、どうしようもなかった。信号出力から見て、発信源は少なくとも二光時は離れている。殺戮が開始されて、すでに二時間以上経過しているのだ。それでも駆けつけないわけにはいかない。海賊船の正体を見きわめるのが、俺たちの使命なのだから。

轟音とともに、〈リライテッド・ライム〉はベルファイア駆動に突入した。恒星系の黄道面内でのオーバードライブは、星間物質抵抗のために船体を痛めるのだが、いたしかたない。通常加速では何日もかかってしまう距離だ。

〈仲間／助ける／優先する／か？〉

ディスタント・ブルーは訊ねた。質問の意味は分かっていた。〈アーリアシューラ〉に生存者がいるか調べようとすれば、〈リライテッド・ライム〉の軌道要素を合わせなくてはならないが、そうなると加速・減速に余分な時間を消費してしまう。その間に海賊船に逃げられてしまうだろう。

〈無視／しろ〉

俺は言った。これまでの例から見て、襲われて二時間以上過ぎた船に、生存者がいるとは思えない。海賊船はまずレーザー・ビームで獲物のエンジンを破壊してから、軌道要素を合わせて接近し、無抵抗になった船体をハムのように輪切りにしてゆく。一時間もすると、襲われた船は原形をとどめぬまでにバラバラになってしまう。貨物や破片は宇宙塵流のように軌道上に散乱し、何が奪われたのか――あるいは何も奪われなかったのか――すら分からなくなるのだ。

それにしても、野生のバイオシップが犯人なら、宇宙船を襲撃する目的は何なのだろうか？　餌にしているとも思えないし、金目のものが目的のはずもない。

俺の脳裏に不愉快な連想が浮かんだ。古いＳＦに出てくる、異星人の殺戮機械の話だ。進化し、自己増殖するそれは、主人たちが滅亡した後も、そのプログラムに従って、無差別な破壊を続けるのだ……。

根拠のない空想と言えるだろうか？　バイオシップの船首にレーザー砲がついているのは、バイオシップの創造者たちが必ずしも平和的な種族ではなかったことを、示唆してはいないだろうか？

発信点から数光秒（イ・ムロッフは距離や時間などのアナログ的な数量を数字で表わすということをしない）のところで、〈リライテッド・ライム〉はオーバードライブから出た。超光速のままであまり近づきすぎると、散乱した破片に衝突した時に致命的な被害を受ける。

星空を背景に、三つの光点が動いているのが見えた。宇宙船の噴射炎だ。

『若いバイオシップの炎だ』

ディスタント・ブルーは言った。彼らは炎の色だけで宇宙船のおおまかな種類を見分けられるらしい。

俺はキャノピー越しに望遠カメラでそれを撮影した。カメラに付属したコンピュータで画像を解析し、炎に含まれる水素の吸収線のドップラー・シフトから、視線速度を計測する。

「逃げているぞ」

『分かっている。破片の流れを迂回し、奴らの背後に回ってプラズマ円錐の中に入る。それで匂いが嗅げる』

俺はうなずいた。「匂いを嗅ぐ」というのは誤訳ではなく、本当にそう言っているのだ。バイオシップのセンサーを使って、他の船が残したプラズマ航跡を検出し、追跡するのである。噴射されてまだ間がないうちなら、たとえベルファイア駆動に突入しても、時間逆行するタキオンは追える。地球の宇宙船にはできない芸当だ。

〈リライテッド・ライム〉は高G加速を開始した。俺の体は網に押しつけられ、動くことも喋ることもできなくなった。計器がなかったので分からないが、一〇Gは出ていただろう。視野が極端に狭くなり、まっすぐ前を見つめているだけで精一杯だった。

その拷問は何時間も続いたような気がしたが、後で時計を見ると、ほんの二〇分ほどだった。〈リライテッド・ライム〉は逃走する海賊船の真後ろに回りこみ、センサーの機能を最大限に発揮するため、いったん加速を落とした。視界が戻ってきて、俺はほっと息をついた。

前方で、三つの光が、ぱっとひらめいて消えた。ベルファイア駆動だ。

『この船が匂いを嗅ぎ当てた』

ディスタント・ブルーは言った。どうやって彼らにそれが分かるのか、かいもく見当がつかなかったが……。

『追うぞ』

俺は返事をする暇も与えられなかった。再び〈リライテッド・ライム〉はベルファイア駆動に突入した。


数日後、辛抱強い追跡を続けた俺たちは、ついにひとつの恒星系にたどり着いた。

その時はその恒星の名は分からなかった。帰ってきてから、天文学に詳しい友人に頼んで、撮影したビデオを解析してもらった。彼は星座の形からだいたいの位置を割り出し、恒星の色温度からそれを特定した。

今、ここでその恒星の名を明かすわけにはいかない。ツアル星系から半径三〇光年以内にある、二五〇の恒星系のどれかだとだけ言っておこう——理由は後で説明する。

もうひとつだけヒントを出せば、その恒星には太陽と同じく、オールト雲がある。数万天文単位(AU)の距離で母恒星を取り巻く、数百億個の彗星核だ。これで恒星系のリストは約三分の一に減っただろう。

数百億個の彗星と言っても、何兆立方AUという範囲に分布しているのだから、分布密度はとほうもなく希薄だ。その中を宇宙船が一〇〇万年飛び回っても、衝突する心配はまずない。おまけに母恒星の熱と光はほとんど届かず、汚れた雪と氷でできた直径数キロの彗星核は、二・七Kの背景輻射温度で暗く凍(い)てついている。肉眼でそれを見るのは不可能に近い。

俺たちの追っていた三隻のバイオシップは、恒星には近づかず、そうした彗星雲の中を飛んでいた。俺は首をかしげた。確かにレーザーで氷を溶かして燃料にすることは可能だが、バイオシップが繁殖するには、水の融点以上の温度が必要なはずだ。野生のバイオシップ群が彗星雲に棲んでいたとしても、何万年も種族を維持してこられたはずがない。

〝ささやく風(ウィスパリング・ウィンド)〟という名の若い雌が、俺の肩を叩き、前方を指さした。

〈光る／変な／星／見える〉

俺は目をこらしたが、ごく普通の星の他には、変わったものは見えなかった。

『赤外線だ』

慌ててカメラをのぞきこみ、赤外線モードに切り替える。ファインダーの視野の中に、白くぼんやりと光る天体が、魔法のように現われた。

あれは何だ？　惑星であるはずがない。いくら反射能が高くても、恒星から何万AUも離れたところにある天体が、こんなに明るいはずがない。白色矮星？　それともサイズからすると中性子星か……？

接近するにつれて、それが球状のガスのかたまりであることが分かってきた。サイズは大きめの惑星ぐらい。ディスタント・ブルーによれば、重力の引きはごく小さく、恒星なみの質量は持っていないらしい。どうやら彗星核が何らかの理由で熱を帯び、ガスの衣に包まれているようだ。

先行していた三隻のバイオシップが、回頭して逆噴射をかけた。恒星風より濃密な円錐状のプラズマ噴流が、彗星の表層に当たってその部分のガスを吹き飛ばし、三本の短い尾を生じさせる。三隻はまっすぐに彗星に突入してゆくようだった。

その頃になると、その天体は可視波長で見えるほどに接近していた。最初は星空をむしばむ黒い円としか見えなかったが、目をこらすと、全体が濃い灰色で、中心部がぼんやりと青く光っているのが分かった。中心に強い熱源があるらしい。

三隻のバイオシップは速度をゆるめて彗星に突入した。イ・ムロッフたちはそれを一直線に追うのではなく、彗星の横をフライ・バイする軌道を選んだ。逆噴射をかけるとプラズマが彗星を直撃し、相手に〝匂い〟を嗅ぎつけられる危険があるからだ。いったん通り過ぎてから逆噴射をかけ、Uターンするわけである。

〈リライテッド・ライム〉はエンジンを切って気配を消し、彗星のガスの衣のすぐ外側を、秒速数百キロの相対速度でかすめ飛んだ。おかげで俺は彗星の輝く中心部をじっくり観察できた。ミルク色の雲を通して、氷でできた核が青く輝いており、その周囲のガスもチンダル現象と共鳴放射でぼんやり光っている。俺はようやくその熱源の見当がついた。彗星がマイクロ・ブラックホールを呑みこんだのだ――いや、質量差から言えば、マイクロ・ブラックホールの方が彗星を捕らえたと言った方が適切だろう。こんなに小さく、強い熱源は、他に説明できない。

ブラックホールは恐ろしい勢いであらゆるものを呑みこむと思われがちだが、実際には呑みこむスピードに上限がある。ブラックホールに落下する物質は強いガンマ線を放つため、その輻射圧によって後に続く物質が支えられ、落下にブレーキがかかるのだ。そのため、一定の光度に達したブラックホールは、それ以上のスピードでは物質を呑みこむことができなくなる。この光度をエディントン限界光度と呼ぶ。

エディントン限界光度に達するのに必要な物質落下量は、ブラックホールの質量に比例する。後で計算してみたところ、質量一兆トン程度のマイクロ・ブラックホール（直径は一ミリの約三億分の一）の場合、物質落下量はせいぜい毎秒三〇〇グラム、年間一万トン程度だと分かった。この割合だと、標準的なサイズの彗星核を食いつくすのに、何千万年もかかる計算だ。ただし、ホーキング効果やら、圧縮された水素の核融合、ニュートリノによるエネルギーの漏出など、いろいろな要素がからみあっているから、俺の素人計算にはプラスマイナス一〇倍ぐらいの誤差はあるだろうが。

そう、この彗星は熱いのだ。核の内部は融けて水球になっているだろう。おまけに強引な大気圏突入で外殻を痛めることも、重力井戸から脱出するために大きな推力を使う必要もないから、バイオシップが繁殖するのに絶好の環境だ。

彗星の横を通り過ぎてしばらく行ったところで、〈リライテッド・ライム〉はその優美な船首を反転し、逆噴射をかけた。またもや苦痛に満ちた数十分が続く。それが終わった時、〈リライテッド・ライム〉は慣性航行による彗星への突入コースに乗っていた。

スピードはおそらく秒速五キロを割っていただろう。惑星上ではマッハいくつの猛スピードも、広大な宇宙空間ではカタツムリが這い進むような感覚だ。数時間後、俺たちは静かに彗星に突入した。

彗星に突っこむと聞いて、真っ白なミルクの海にばしゃんと飛びこむような、あるいは雲海にすっぽり沈みこむようなイメージを、あなたが抱かれたとしたら、それは間違いだ。彗星の表層部は、ほとんど真空と大差ない密度しかなく、それが肉眼で見えるのは、単に数万キロの厚さがあるからにすぎない。突入しても何の抵抗もなく、そもそも中に入ったような感じがしなかった。いくら前進しても彗星は近づかず、視野の中で膨張しながら無限に後ずさりしてゆくように見えるのだ。ただ、背後の星が少しずつヴェールに隠され、見えにくくなってゆくのが、彗星の奥へ進んでいる唯一の証拠だった。

中心に近づくにつれて、ガスが濃くなってきているのが分かった。〈リライテッド・ライム〉はスラスターを吹かし、船首を進行方向に対して直角に持ち上げた。彗星の中心近くでは、ガスは地球の電離圏高度ぐらいには濃くなっているだろうから、空気抵抗によって自然に減速できるはずだ。

それは長い長い降下だった。星はしだいに見えなくなってきた。どの方向を見ても白いもやの壁があるばかりで、まるで巨大なドームに閉じこめられたような印象を受けた。

突入して何時間も過ぎた頃、ブリッジの床に向かって弱いGがかかるのが感じられた。空気抵抗でブレーキがかかりはじめたのだ。ほどなく船体表面が熱を帯びはじめた。もっとも、流星に比べてずっと速度は遅いから、燃えつきる心配はない。

マイクロ・ブラックホールの重力については、まったく心配していなかった。一兆トンの質量と言っても、中心から一キロも離れれば、もうその重力は人体には感じられないほど小さくなる。呑みこまれる心配はない。

それよりも野生のバイオシップたちを警戒しなくてはならなかった。見慣れないよそ者がねぐらに侵入してきた時、彼らはどんな態度を取るだろうか……？

核がすぐそこまで近づいてきた。〈リライテッド・ライム〉の速度は、もう大気中を飛ぶ飛行機ぐらいにまで落ちている。空気抵抗が急激に減少して、船体がまた冷えてきた。再び船首を進行方向に向け、いつでも逃げられるように準備した。

前方に青く輝く彗星核が浮かんでいた。直径は五キロぐらいだろうか。〈リライテッド・ライム〉はバイオシップに感知されないよう、スラスターを微弱に絞って減速をかけた。彗星核から数十キロの位置に静止する。

核はほぼ球形をしており、表面は融けて再氷結した半透明の氷に覆われていた。全体がメロンのようにひび割れ、そのクレバスから蒸気がゆるやかに噴出している。四方八方に噴き出る蒸気のカーテンは、クレバスの底から洩れる青い光に照らされ、オーロラのように見えた。氷そのものも内側から青く光っている。俺は夢中でそれを撮影した。

大宇宙の神秘――そんな月並みな形容が思い浮かんだ。ただでさえ珍しいマイクロ・ブラックホールが、彗星核と衝突してその内部にとどまる確率がどれくらいなのか、俺は知らない。しかし、銀河系の中でいくつもない現象であるのは確かだ。

ところが、驚いたことに、彗星核の向こうから、さらに不思議なものが姿を現わしたのだ。

最初、それは黒い岩のかたまりのように見えた。核のサイズと比較すると、全長は一キロ以上あったに違いない。マッコウクジラのような形をしており、表面には凹凸があった。その周囲に十数体のバイオシップが群がっていた。彼らは羽虫のように舞いながら、岩に向けて断続的に赤いレーザーを発射していた。真空中ではチンダル現象による光の散乱が起きないので、レーザーの光条は肉眼では見えないが、彗星核のすぐ近くでは充分にガスが濃いため、おぼろげに見えるのだ。バイオシップたちはレーザーを放ちながら、スラスターを小刻みに吹かし、ワルツのようなリズムで岩の回りを旋回していた。立体的に交差する十数本のビームが、あやとりのようだった。

バイオシップたちは〈リライテッド・ライム〉の接近に気づいていないようだった。実のところ、バイオシップの感覚器官は、熱や放射線やプラズマには鋭敏だが、可視領域の分解能はさほど高くないのだ。エンジンを切って熱放射を抑え、言うならば〝仮死状態〟になっている〈リライテッド・ライム〉は、彼らには透明同然なのだ。俺たちはじっくりと彼らを観察できた。

しばらく見ているうちに、ビームはバイオシップからだけ出ているのではないことに気がついた。岩の側面からも何本もレーザーが射ち返されている！　それはしばしばバイオシップに命中し、そのたびにバイオシップはくるくるとスピンした——まるで喜びを表現しているようだった。

唐突に、俺はあることに気がつき、戦慄を覚えた。それは岩などではなかった——巨大なバイオシップなのだ。

胴体が大きくふくれあがり、翼はほとんど退化していた。惑星の大気圏に突入することはできないだろう。ノズルは船体に比べて小さく、素早い機動ができるとはとても思えないし、船首のキャノピーも、ほとんど痕跡程度しか残っていなかった。その代わり、普通のバイオシップには船首にしかないレーザー砲の突起が、体のあちこちについていた。

『あれはおそらく雄だ』とディスタント・ブルーは言った。『あのサイズまで成長するには、我々の五一二世代は必要だ』

「雄だって？」

『そうだ、あれは交尾だ』

「そんな馬鹿な！　バイオシップは単為生殖のはず……」

そう言いかけて、俺は口をつぐんだ。地球にだって単為生殖と有性生殖を使い分ける生物がいるではないか。たとえばアブラムシがそうだ。環境が穏やかな季節は雌だけで繁殖し、きびしくなると雄が生まれてきて有性生殖に切り替える。バイオシップがそんな生物であっても不思議はない。

そうなのだ。バイオシップの創造者たちが、真にバイオシップを究極の生物機械として設計したなら、進化の可能性を切り捨てるはずがない。親から子へまったく同じ遺伝子を伝える単為生殖では、ある種の環境に有利な遺伝子が種族全体に拡散せず、環境の激変に生き残れないという欠点がある。時には個体間で遺伝子を交配しなくてはならない。

あのレーザー砲は生殖器官なのだ！　おそらくはデジタル的な信号を送っているのではないだろう。ある種のホログラフィーを設計図に用いているのかもしれない。雄と雌のレーザーが交差し、生殖細胞の内部に干渉縞を形成するのだ。組織全体の分子配列が設計図なのである——科学者たちがいくら細胞を切り刻んでDNAの鎖を探しても、見つかるはずがない！

神秘的な光のあやとりはなおも続いた。一匹の雄を囲んで、雌のバイオシップたちは優雅に踊っていた。俺はカメラを操作しながら、涙があふれてくるのを覚えた——感動していたのだ。

交尾の儀式はいつまでも続いた。俺たちはずいぶん長くそれを観察していた。思わぬトラブルが起こらなければ、もっと長く眺めていられただろう。

突然、〈リライテッド・ライム〉が振動した。ごうっという咆哮が船体を駆け抜ける。瞬間的に横Gが発生し、不安定な姿勢だった俺は壁に叩きつけられた。船にピッチ回転がかかっていた。イ・ムロッフたちは網に飛びつき、船を安定させようと必死に操作した。彼らが慌てているところを初めて見た。

俺たちは〈リライテッド・ライム〉もバイオシップであることを忘れていたのだ。レーザーの乱舞する繁殖の儀式を眺めているうちに、その体内に何百世代も眠っていた生殖の衝動が、一時的に目覚めたに違いない。

幸い、すぐに〈リライテッド・ライム〉はコントロールを取り戻した。しかし、興奮してプラズマをまき散らしたため、野生のバイオシップたちに気づかれてしまった。

レーザーがいっせいに消えた。雄を囲んでいたバイオシップたちが、さっと散開し、船首をこちらに向けた。

「来るぞ！　逃げろ！」

俺が叫ぶまでもなく、イ・ムロッフたちはそうするつもりだった。ワイルド・タッパーが俺の腕をつかんで引っ張り、網の中に体を押しこめた。

キャノピーの一画がまばゆい光を放ち、融けたアモルファス金属が白熱するしぶきとなって飛び散った。レーザーがキャノピーに命中したのだ。空気の抜けるしゅうっという音がして、ブリッジ内に薄く霧がたちこめた。すかさず壁面の穴から粘液のかたまりが弾丸のように射ち出され、キャノピーの穴をふさいで、瞬間的に硬化した。

次の瞬間、〈リライテッド・ライム〉は最大パワーで加速を開始した。俺はまたもや気を失ってしまった……。

幸い、〈リライテッド・ライム〉は野生のバイオシップ群の追跡を振りきることに成功した。レーザーによる船体の損傷はたいしたことはなく、高速でガスの中を飛んだことによる空力加熱によるダメージの方が大きかったぐらいだ。イ・ムロッフたちの話によれば、数か月で完全に回復するだろうということだった。

それにしても、なぜバイオシップたちは地球の船を襲っていたのだろう？　ディスタント・ブルーはこう説明した。

〈バイオシップ／成長／金属／必要／海／水／金属／ある／彗星／氷／金属／ない／お前たちの／宇宙船／金属／ある〉

俺は納得した——バイオシップの成長には炭素や酸素や水素だけではなく、いくつかの金属元素（特にナトリウム）も必要なのだ。普通、それは海水中から析出されるのだが、彗星の氷の中には、それがごく微量しか含まれていなかったのだ。

だったら惑星の海を棲み家に選べば良かったようなものだが、あの身動きできないまでに巨大化した雄のために、それができなかったのだろう。おそらく雌たちは、何度も海に降りたりして、苦労して金属を手に入れていたに違いない。

そんな時、彼らは宇宙に新たに出現した豊富な金属源を発見した——地球の宇宙船だ。

俺は襲われた宇宙船のエンジンが、いずれも燃料に塩化ナトリウム溶液を使用するタイプであったことを思い出した。塩化ナトリウム溶液は純粋な水に比べて密度が高く、同じ容積のタンクにより大量の質量が詰めこめるというだけでなく、導電性が高いためピンチ効果によって絞りこみが効くので、ＰＣＴ反転場に投入する前に輻射圧で拡散されるのを抑えることができ、噴射速度が向上して効率が良くなる。

しかし、しょせんエネルギーに変換されるナトリウムは一部にすぎず、残りはプラズマ化して推進剤として噴射される。バイオシップはその〝匂い〟を嗅ぎつけ、燃料タンクに詰まっているナトリウムを手に入れるために、船を破壊していたのだ。

我々から見れば虐殺行為である。しかし、本質的に野生動物であるバイオシップからすれば、餌を手に入れるための当然の行為だったのだ。彼らは宇宙船の中に人間が乗っていることすら知らなかったに違いない……。

〈すべて／記録した／か？〉

クレイモントに帰還するためにベルファイア駆動に突入した時、ディスタント・ブルーは訊ねた。

〈記録した〉

〈よし／お前／望むなら／我々／あの／星の／位置／秘密／する〉

俺は驚いて問い返した。〈どういう／意味／か？／位置／秘密／とは？〉

〈秘密／しない／のか？〉

〈そうだ〉

〈では／野生の／バイオシップ／こと／知らされた／お前の／仲間たち／あの／バイオシップ／どうする／か？〉

〈どうする／とは？〉

〈殺す／か？／生かす／か？〉

俺はショックを受け、考えこんだ。地球の歴史の断片が脳裏をよぎった。バッファローのこと、アフリカゾウのこと、タスマニアデビルのこと……アメリカ大陸の先住民や、オーストラリアのアボリジニ……。

〈殺す／だろう〉俺は言った。〈戦闘／艦／送る／爆弾／落とす／破壊する／我々に／害を／与える／もの／絶滅／これまで／我々／何度も／そうした〉

〈そうだ／それが／お前たちの／やり方〉

〈何が／言いたい／？〉

〈我々／知りたい／お前たち／美しい／バイオシップ／殺す／罪／意識／感じる／か？〉

〈もちろん／感じる〉そう言ってから、俺は相手が不似合いな形容詞を使ったのに気がついた。〈美しい／？〉

〈そうだ／美／価値／基準／種族で／異なる／しかし／共通する／もの／ある／生の／メカニズム／不思議／謎／愛／それは／種族／超越して／美しい〉

「最初から知っていたのか!?」俺は声に出して言った。「野生のバイオシップが美しいことを……俺が感動するってことを、知っていたのか？」

『確信はなかった』ディスタント・ブルーも声による会話に切り替えた。『繁殖の儀式を目撃できたのは、大変な偶然だ。我々も驚いている』

「野生のバイオシップのことは何も知らないと言っただろう!?」

『何も知らない、とは言わなかった。おぼろげに知っていた。古い伝説だ。野生のバイオシップを目撃した遠い祖先たちの……彼らも感動したのだ』

「……」

『もう一度訊く。あの彗星の位置をしばらく秘密にするか、秘密にしないか。野生のバイオシップをすぐ殺すのか、それとも他の方法を試すのか』

「他の方法？」

『殺さずにすむ方法はいくつもある。宇宙船の燃料をすべて水に切り替える。あるいは彼らに充分な金属を与える。あるいは戦艦の武器で軽く痛めつけ、服従させる……』

「君たちのようにバイオシップを飼い慣らすというのか？」

『服従と協同は違う。バイオシップを飼い慣らすには数十世代かかるだろう。お前たちには困難だ。我々のように辛抱強くない』

「そうだ。それに費用がかかりすぎる。時間もだ。手間取っている間に、他の船が襲われるかもしれない……爆弾を落とした方が手っ取り早いと思う連中は多いだろう」

『それなら、落とせばいい』ワイルド・タッパーが口をはさんだ。『それがお前たちの選択なら』

「ちょ、ちょっと待ってくれ、俺に何をさせたいんだ？」

『何も。何もしろとは言わない。決めるのはお前だ』とディスタント・ブルー。

「もし俺が、バイオシップを殺したくないと言えば？」

『努力すればいい。その記録を仲間に見せ、説明するのだ。バイオシップを殺さず、共存する方法を試したいと。これほど美しい生き物なのだからと。爆弾を落とすより時間はかかるだろうが』

『お前がそれを選択するなら、我々も協力する』とワイルド・タッパー。『あの光る彗星の位置を、お前たちの仲間にしばらく秘密にする。辛抱強くない誰かが爆弾を落とさないように』

「待ってくれ！　そんなことをしたら、君たちにますます疑いがかかるじゃないか。今度の旅はそもそも君たちの嫌疑を晴らすのが目的だろう？」

『違う。それはたいした問題ではない』

「何だって？」

『我々は多くの種族と接触してきた。お前たちより疑い深い種族もいる。偏見や疑いや憎しみには慣れている。絶えることなくコンタクトを続ければ、偏見など何世代も続きはしない』

「じゃあ……何もかも我々のためだったというのか？　親切でやったと？」

『親切、という言葉は違う。データを与えただけだ。お前たちに善悪を判断する材料を与えたのだ。これはお前たちの判断する問題だと思ったからだ』

俺は腹を立てた。「そんなまだるっこしいことをせずに、なぜ〝こうしろ〟と言わないんだ？」

『よく聴け、アクティヴェーター種族よ』

ディスタント・ブルーの言葉に、俺はびくっとなった。今までそう呼ばれたことは一度もなかったのだ。

『この宇宙に神は存在しない。善悪を規定する絶対的な基準はない。我々も、ウォッチャー種族も、見守るだけで、強制はしない。どう行動するかは、それぞれの種族、それぞれの個人が判断するのだ。それがこの銀河の不文律なのだ。

お前が判断するのだ。爆弾を落とすのが正義だと信じるなら、そうするがいい。我々は止めない』

俺は考えた。野生のバイオシップたちを殺せば、もう犠牲者は出なくなる。人類の利益を考えるなら、そうすべきなのだろう。

しかし、バイオシップの生命が人間のそれより軽いと、言いきってしまっていいものだろうか？　それは人類がずっと続けてきたやり方だ。自分の民族を守るために、他の民族に爆弾を落とした。生活の豊かさを守るために、豊かなジャングルを焼き払い、美しい平原をダムの底に沈めた——本当にそうしなければ進歩できなかったのか？　他にやり方はなかったのか？

ワイルド・タッパーの言った言葉が思い出された。「お前たちは一歩踏み出してから考える」……そう、この一歩を踏み出す前に、考えなくてはならない。

〈決めた〉

俺は手話で言った。

〈爆弾／以外／方法／考える／しばらく／秘密／してくれ〉

〈分かった〉

ディスタント・ブルーの表情は、相変わらず読み取れなかった——しかしその瞬間、気のせいか、俺は彼がにやりと笑ったように思えたのだ。

……というわけで、俺は今、この文章を書いている。

俺はクレイモントに帰還した。久しぶりに大地が踏めたわけだが、のんびり休んではいられない。やるべきことは山ほどあるのだ。

グレシャムに頼んで、俺の撮影したビデオをテレビで放映してもらえることになった。俺もその番組に出演する。そして訴えるのだ。この宙域でのナトリウム燃料エンジン船の航行を禁止すること、野生バイオシップを保護動物に指定すること、そして（時間はかかるだろうが）彼らの餌付けプロジェクトを開始すること……。

もちろん、非難や中傷は覚悟のうえだ。家族や友人を殺され、人々はバイオシップに憎しみを覚えている。俺をイ・ムロッフの回し者だとののしる奴も現われるだろう。彼らの誤解を解くのは大変なことだ。

そればかりではない。もしまたバイオシップによって宇宙船が襲われ、犠牲者が出たなら、俺は彗星の位置を秘密にしたことによって、彼らを間接的に殺したことになる。それを「しかたのないこと」で済ませるわけにはいかない。

今も、この先も、俺は自分に何度も問いかけることだろう。「これでいいのか？　本当にこれでいいのか？」と。

だが、そうするしかないのだ。御都合主義的な解決手段など、ありはしない。答えが出ない問題だからといって、放り出すことは許されない。絶えず悩み、考え続けなくてはならないのだ。

最後に、もうひとつだけエピソードを書いておこう。バイオシップから降りる直前、ディスタント・ブルーと会話した時、「人類は欠陥種族だと思うか」という質問に、彼はこう答えたのだ。

『ウォッチャー種族が、お前たちを〝アクティヴ種族〟ではなく〝アクティヴェーター種族〟と名付けたことに、意味があると思う。おそらくウォッチャー種族はお前たちに期待しているのだ。お前たちの底知れないバイタリティが銀河を活性化させることに。それがどんな結果を生むかは、まだ誰にも予想はつかないが』

そう、俺たちは新たな一歩を踏み出し続けなくてはならないのだ。期待し、見守ってくれている者たちのために。

メデューサの呪文

今の僕は敵に捕らえられたスパイ映画のヒーローの心境だ。厳密に言えば、ヒーローの心境になりたいと願っている。決してあきらめず、タフに、したたかになり、頭を働かせて、この苦境を切り抜けようと――だが、あいにくと僕はヒーローという柄じゃない。ヒーローになりたいと思ったこともない。タフにはほど遠いし、頭も自分で願うほどにはうまく働いてくれない。

それでも考えなくてはならない。どうすればあなたたちに真実を伝えられるのかを。あなたたちは苛立っている。僕が何か重大な事実を隠していると思いこみ（げんに隠しているのだが）、閉じこめて昼も夜もしつこく追及する。ついには催眠術や自白薬まで試すつもりだとほのめかした。あなたたちの気に入る答えを口にするまで、僕はここから出られそうにない。いや、出られないのは我慢するが、僕のせいで世界が滅びるのは耐えられない。

そうだ、僕は考えなくてはならない。たとえ不似合いであっても、望んではいなくても、ヒーローにならなくては。僕がどうにかしないと、世界が破滅するのだから。

あなたたちが苛立つ理由も、僕の話を信じない理由も、分からないでもない。あなたたちが知りたがっているのは、二六万トンの宇宙戦艦と四八六名の人命が失われた事件(〈ディンギスワヨ〉も含めれば、この数字は倍になる)の、納得のいく説明だ。あなたがたが僕に求めている回答は、反陽子ビーム砲を装備したスカンジナビア級戦艦を破壊できる、異星人の超戦艦だ。あるいは、ブンブンという音とまばゆい光を放つ、超高層ビルほどもある超ビーム砲。

そんなものはない。

自白薬を射たれるわけにはいかない。僕は頼みこんで一週間だけ時間をもらい、この文を執筆する許可を得た。支給されたパッドに仕掛けられた通信機能を取り除き(僕もエンジニアのはしくれなのだ)、書き上がるまで誰にも読めないようにした。

僕自身が徹底的に記録を隠滅したため、この話を証明できる物的証拠は何もない。だから僕は、これを読んでいるあなたを、記憶と言葉だけで納得させなくてはならない。だからと言って、真実をありのまま書くわけにもいかない。

ギリシア神話の女怪物メデューサは、あまりにも醜い顔だったため、見た者はすべて石になってしまったという。だが、メデューサが本当はどんな顔をしていたのか、誰に分かるのか。メデューサの顔を見た者は石になってしまうのだから、伝えようがないではないか。僕が直面しているジレンマも、それに似ている。僕のメデューサは言葉だ。世界を破滅させないようにするにはどうすればいいか。考えた末、僕はある方法を思いついた――真実の中に嘘を混ぜるのだ。

最初にあなたに宣言しておく。以下の文章はほとんど真実だが、ひとつだけ重大な嘘を含んでいる。それはあなたを含めた全世界を救うため、やむなく挿入する嘘なのだ。理解して欲しい。

繰り返す。嘘はひとつだけだ。

あなたを罠にかける意図はまったくないことを約束する。この文章からは、真実の中の破滅的な部分――人を石に変えるメデューサの力は慎重に削除した。だからあなたがこれを読んでも、〈バシリッサ〉の悲劇が繰り返されることはない。

あなたが何という名前で、どんな部屋でこの文章を読んでいるのか、僕は知らない。読み終えた後でどんな判断を下すかは、あなたにおまかせする。しかし、きっとあなたは理解してくれるはずだと、僕は信じる。だからどうか、投げ出さずに最後までこの物語を読んでいただきたい。

僕はただ、世界を救いたいだけなのだ。

現実は落とし穴だらけで出口のないダンジョンだ。たいていの人間は最初に遭遇した穴に落ち、そこに安住する。少しだけ賢明な人間は、二つ目か三つ目の穴に落ち、そこを真のゴールだと信じて、先に偽りの穴に落ちた者を嘲笑する。だが、すべての罠を回避したところで、ゴールにたどり着けはしない。永遠に暗い回廊をさまようだけだ。

三年半前、僕は巨大な〈バシリッサ〉の艦底で、ダンジョンをさまよっていた。休み時間には機関室の隅にうずくまり、隔壁にもたれかかって、マシンたちの声に聴き入った。厚い隔壁の奥深くから響いてくるストレンジレット炉の誇らしげな男声コーラスを、重力グリッドの低く陰気なハミングを、パイプを流れる冷却水の子供っぽい嘲笑を、背中で感じていた。加速時にはニュートラリーノ機関が恐ろしい咆哮(ほうこう)を上げ、構造材がGで軋(きし)んで老人のような金切り声を上げるのに心震えた。超光速(FTL)突入時にディアフォリコス・ドライブが歌う高らかなソプラノも素晴らしかった。

だが、僕はそれを詩にすることができなかった。パソパッドに文字列を入力しては消去し、入力しては消去しを、何か月も繰り返していた。ある夜にはまずまず満足できる詩が書けたと思っても、翌朝見ると、色褪せて陳腐なものに変わり果てているのだ。同僚からは変な男とみなされ、敬遠されていた。あなただってそう思うだろう。宇宙戦艦の中で、休憩時間に壁によりかかり、ぼんやりと詩の構想を練っている男。

戦艦の中はちょっとした街だ。コンビニも理容室もサウナも教会もゲームセンターもある。酒がご法度なのと、部屋が三人の共同で狭いことにさえ目をつぶれば、生活にはたいして支障はない。その気になりさえすれば、シフト明けには映画を鑑賞し、雑談をし、カードゲームをし、恋をし、ここが地球から二二〇〇光年も離れた異星の軌道上であることを忘れ、自分たちが最終戦争の引き金に指をかけていることも忘れ、平凡な日常をエンジョイすることができる。

その気になりさえすれば。

僕はそんな気になれなかった。勇ましくも空虚な言葉でカムフラージュされてはいるが、ここは牢獄だ。二〇歳で強引に徴用され、やりたくもない訓練を受けさせられ、挙句に宇宙戦艦に乗せられて、地球から片道三か月もかかる恒星間の闇の奥深くまで連れてこられた。国家とやらの利益のために、顔を見たこともない相手、憎くもない相手と戦えという。この理不尽な現実を受け入れる気などなかったし、この現実を疑問もなしに受け入れている連中と話を合わせたくもなかった（僕はひとつを除いて真実を語るとあなたに約束した。だから現体制に対する不満を隠すつもりはない）。

だが、他に選択肢はなかった。徴兵を忌避すれば本物の牢獄行きだし、そこから出てきたとしても、やはり社会という名の牢獄暮らしが待っているだけだ。今は詩人が食っていける時代ではない。第一、僕の詩には僕自身を養えるほどのパワーがない。もうひとつの才能を活かし、エンジニアとして生きるしかないのだ。

それが僕の、あなたの、僕たちみんなの現実だ。多くの者は、自分が穴に落ちていることすら認めたがらない。みじめな穴を言葉で飾り立て、そこが真のゴールだと自分を偽っている。

唯一、マシンたちの音楽が慰めだった。エンジンは自分を偽らない。ビーム砲は「正義」などという言葉で自らを正当化しない。彼らはただ命令を受容する。動作する。遂行する。冷徹で愚鈍ではあるが正直に。その純粋さが僕を感動させる。

実のところ、彼らこそこの艦の主役なのだ。人がいなくても艦は動く。地球に帰還せよと命じれば、ＡＩは航路を即座に算出し、人間の手を借りずに実行するだろう。マシンのメンテナンスにしたって、マシン自身に任せても何の支障もない。僕たちエンジニアは、命令なしでも仕事をこなすはずの彼らに命令し、ミスするはずのない彼らがミスをしていないことをチェックするという、欺瞞的な仕事に従事している。艦長や士官だって同じことで、命令さえしなければ誰も殺しはしないマシンに、人を殺せと命令するためにのみ存在する。それ以外の大多数の乗員は、他の乗員の生活をサポートするために存在する。何という無駄だろうか。人はただ、自分がマシンの主人だというプライドを保つためだけに乗っているのだ。

そう、人が命令しない限り、マシンは決して撃ちはしない。罪があるのは人であり、彼らに罪はない。だから僕は、人殺しのために作られたマシンたちのささやきに耳を傾け、いつか彼らの無実を詩の形で代弁してやりたいと思っていた。

そんなある日、いきなりブリッジに呼び出された。

詩人を探していた？　最初は冗談かと思った。この艦の四八七名の乗員の中で、詩を書いているのは僕だけだった。それで僕が選ばれたのだという。

ブリッジは艦の前から約四分の一のところ、円筒を輪切りにしたちょうど中央に位置している。だが、乗員は艦のどこからだろうと、ブリッジに行くことを「上がる」と言う。まだ戦艦が海の上のものだった頃の名残だ。

下級のエンジニアがブリッジに上がることなど、めったにあることではない。灰色の士官服を着た、階級が四つ以上、年齢が一〇歳以上も上の人たちに囲まれ、僕の青い作業服はひどく場違いだった。自分がいつもよりずっと小さくなった気がした。

正面のスクリーンには、上半分に宇宙の闇が、下半分に青い惑星が映っていた。大きく湾曲した水平線は、ぼんやりと光る青い大気のヴェールに包まれている。知らなければ地球と思うところだ。

実際、アルハムデュリラーは地球そっくりなのだ。公転周期、自転周期、表面重力、平均気温、平均気圧……どれも地球と五パーセント以下しか違わない。無論、それだけなら他にも同じような惑星はたくさんある。一個ぐらいアフリカ連合にくれてやったってかまいやしない。

僕は暗い空にもう一隻の宇宙戦艦が見えないかと探したが、すぐに〈ディンギスワヨ〉はこの〈バシリッサ〉とほとんど同じ衛星軌道上を、半周ずれて回っていることを思い出した。間にアルハムデュリラーがなくても、遠すぎて肉眼では見えまい。

ホノートン艦長は偉そうにシートにふんぞり返り、「君も知っていると思うが」と前置きして、言わずもがなのことを僕にあれこれ説明した。これまで四〇以上の惑星で発見されてきたロスト・レースの遺物。およそ三万年前、人類が氷河期をやっとこさ生き延びていた頃、半径一五〇〇光年にも達する版図を有していた高度な星間文明。その発祥の地と推測されるのがこのアルハムデュリラーであり、尺取虫(インチワーム)はその子孫である。文明は崩壊し、都市はすっかり風化して、インチワームは原始生活に退行しているが、まだ稼働している無人工場があることから、人類を超える高度なテクノロジーが惑星のどこかに眠っている可能性が高い。知的生命が存在する以上、大西洋同盟もアフリカ連合もこの星の領有権を主張できないが、もし埋もれている知識の中から画期的な超兵器でも見つかれば、現在の二大勢力のパワーバランスは大きく変化するだろう。だからアフリカ連合は〈ディンギスワヨ〉をこの惑星に送りこんできた。我々は彼らより先に(もし存在するなら)超兵器を見つけなくてはならない。万が一、〈ディンギスワヨ〉が先に入手しそうであれば、全力でそれを阻止しなくてはならない……エトセトラ、エトセトラ。

話し方が回りくどいうえに、乗員なら誰でも知っていることばかりだったので、僕はうんざりしてきた。だいたい「君も知っていると思うが」と思ってるなら、言わなければいいのではないか。きっと、こうやって偉そうに演説をぶつのが好きなんだろう。コミュニケーションのためではなく、自己満足のために言葉をばらまいているのだ（再び言うが、僕はこの文章の中で、反体制傾向を隠すつもりはない）。

話はようやく要点に入った。地上に降りてインチワームとコンタクトしていた言語学者と文化人類学者のチームから連絡があった。詩人をよこせというのだ。地球の文学作品を読んだインチワームが、やけに詩人に興味を示したらしい。彼らは部族のタブーか何かで、ご先祖様のことをあまり話したがらないのだが、詩人にだったら重大な秘密を打ち明けてもいいと言ってきた。しかもそれは、星間文明滅亡の原因に深く関わるものであるらしい……。

僕が地球の詩人代表としてコンタクトするんですか？　きょとんとしてそう言うと、艦長は真面目くさった顔で「今まで何を聞いていたのだ」と言った。

「アフリカ連合の連中も、大陸の反対側でインチワームとコンタクトしているが、我々のチームと同様、タブーに阻（はば）まれているらしい。もしそのタブーを破って情報を得ることができれば、我々は大きくリードすることになる。君の任務は重大だ」

僕にとっては迷惑な話だし、引き受けたくもなかったが、それでも、全力をつくす所存でありますと言って敬礼する分別はあった。

僕は言語学者というやつに偏見がある。何年か前、言語学の本を読んでいたら、序章でいきなりこんな文章に出くわしたからだ。

「言語活動は万人の所有物である。私たち言語学者は、物理学者が物理学を独占しているように、言語学を独占しているわけではない」

僕はこの文章を読んで大笑いした。物理学者だって物理学を独占しているわけではない！　僕たちがスキップしたりボールを投げたり指を鳴らしたりブランコを漕いだりする行為、そのすべてが物理学なのだが、著者はそれを理解していない。

しかし、物理学と言語学のアナロジーは適切かもしれない。フィギュアスケーターの華麗な動き、虹が七色に見える原理、恒星の核融合反応のメカニズム、花火の光に含まれるスペクトル……それらを物理学が説明してくれたところで、フィギュアスケートや虹や星や花火がなぜ美しいと感じられるのかという説明にはならない。同様に、ラングとパロールがどうとか、シニフィアンとシニフィエがどうとか論じたところで、ある詩がなぜ胸を打つのかは説明できない（というようなことを以前に情報工学科の学生に話したら、そいつは外情報とか論理深度についての説明をしだした。やめてくれ）。

文学は詩について語るが、原子やクォークについては何も語らない。文学者の多くは(嘆かわしいことに、僕の仲間である詩人たちでさえ)、「サイエンス」という単語を軽蔑的に、文学よりもポジションの低いもの、自分たちに縁のないものとして使いたがる。しかし、僕たちが原子でできている以上、僕たちの創造物である詩だって、何らかの形で原子とつながっているはずではないのか。それとも彼らは、魂なるものが物質と独立して存在すると信じる、時代遅れの二元論者なのか?

クォークから詩に至る階段には、大きな欠落がある——それが常々、僕が抱いていた不満だった。僕たちの書く詩が、宇宙のほんの上っ面をかすめているだけで、その奥に広がる広大な領域を無視しているということが。

(ああ、なかなか本題に入らないからって、そんなにいらいらしないで欲しい。これは報告書じゃないし、ドキュメンタリーでもない。僕なりの文学作品なのだ。それに、最後まで読めば分かるが、こうした脇道のおしゃべりも無意味ではなく、ちゃんと伏線になっているのだ。しかし、先を急ごう)

言語学者チームのリーダーであるマレー博士は、自分では温厚な人物を演じているつもりだろうが、仮面の下の素顔をちっとも隠しきれていない男だった。彼の方でも詩人に偏見を持っていたのではないかと思う。シャトルで地上に降りた僕は、不機嫌さを押し隠したぎこちない笑顔で迎えられた。自分たちが何か月も粘り強くコンタクトを続けてきて、まったく進展がなかったというのに、学位も持たない、どこの馬の骨とも分からない若造に何ができるものか……という言外の不満と嘲りが、物腰の端々にあからさまに感じられた。言語学者ならボディランゲージがどれほど多くのことを伝えるかぐらい、自覚していただきたいものだ。

ここでもまた、学者たちから長ったらしいレクチャーを受けた。インチワームは偉大な先祖の遺産にしがみついて生きている自堕落な寄生虫だ、と彼らは言った。田畑の管理はロボットにやらせ、そのロボットの管理もロボットにやらせて、自分たちは日がな一日、枝にぶら下がって、おしゃべりにふけっている。惑星の各地でジャングルや砂漠に埋もれた都市の遺跡が発見されていることから、かつては何億もいたと推測されるが、今では大陸の各地に点在する村に計二〇万ほどの個体が生き残っているのみだ。

文明崩壊の原因は分かっていない。都市が戦争や天変地異で破壊された形跡はなく、ただ単に人口が減ったために放棄されたものと思われる。疫病が流行したという可能性もあるが、それでは何十という惑星に広がった文明すべてが衰退した説明にはならない。地球上のいくつかの古代文明がそうであったように、ただ単に文明の寿命が尽きただけなのかもしれない。

(それこそ言わずもがなだって？　いや、僕はあなたがインチワームについてどれほどの予備知識を持っているか知らないのだ。だから話を理解してもらうために、すべてを説明

しておかなくてはならない）

文明を失った彼らは、迷信とタブーに縛られた原始生活を営んでいる。体力は貧弱、ナイフよりも高度な武器を持たず、まったくの無害。ただ、記憶力と言語能力は地球人を上回っている。四年前の調査隊が、太陽電池で稼働するパソパッドの操作法を身振り手振りで教え、置いて帰ったら、彼らはそこから英語や他のいくつかの言語をすっかりマスターしてしまっていた。だから会話自体に支障はない。

言語能力の高さは彼らの知性の高さを意味しない、とマレー博士は釘を刺した。地球人の発声器官は先祖である類人猿のそれよりも複雑な音を出すことができるが、インチワームの発声器官はさらに複雑で、地球人には発音できない母音や子音をいくつも出せる。それが彼らの言語活動を促し、脳の言語野の発達を助けた――というのが博士の仮説だ。彼らを解剖して脳を調べたわけではないが、外見から推測できるその容量から見て、言語野以外はさほど発達していないと考えられる……。

彼らの言語を分析しようとする言語学者たちの活動は、大きな暗礁にぶつかっていた。インチワームはなぜか言語学者にひどく非協力的なのだった。地球人に対しては常に英語で話し、自分たちの言語ではそれを何と言うのか、決して教えようとしない。自分たちの言語を他の種族に教えることに、強いタブーがあるらしかった。マレー博士はインチワーム同士の会話を記録したビデオを見せてくれた。鳥のさえずりに似たピーピーという声がいっぱい録音されており、それを分析したところ、文法の基本的構造は地球の言語と大差ないらしいことが判明した。しかし、ロゼッタストーン——言語を解読するための共通の基盤がないため、各単語が何を意味するのかさっぱり理解できないのだった。

文化人類学者も同様の拒絶に出くわしていた。インチワームはたくさんの口承文学を持っているらしいが、彼らはなぜかそれを語るのを嫌がるのだ。地球人に話したのはそのうちのいくつか、しかもストーリーを大幅に要約したものにすぎなかった。

「彼らは迷信に支配されている」文化人類学者のミーデン博士は言った。「魔法や怪物の出てくる明らかなおとぎ話を、真実であるかのように語るんだ」

その魔法の物語というのは崩壊した古代文明の記憶ということはないのですか、と僕は訊ねた。高度な科学は未開人には魔法のように見えるのではないかと思ったからだ。しかしミーデン博士は、「そんなことは私もとっくに考えたよ」と、笑ってかぶりを振った。「彼らの一人は、自分が宇宙船に乗って他の惑星に行ったと言っていた。紫色の海があって、空にまったく同じ大きさの四つの太陽が輝いている星だそうだ。そんな天体はありえないよ！　それも大昔の先祖の体験ではなく、今の自分自身の体験だと主張するんだ。彼らは地球人の幼児と同じで、現実とフィクションの区別がついていない。記憶力はいいが、それ以外の知的活動はさっぱりだ」

「あいつらは頭がおかしいんだ」マレー博士が愚痴った。「自分たちが高度な存在だと信じているふしがある。まあ、向こうからするとこっちの頭がおかしく見えるのかもしれんがね。何にせよ、彼らのたわごとをまともに聞かないことだ。現実と空想がごちゃまぜで、こっちまでおかしくなってくる」

しかし、そんな愚かな連中がどうやって高度な星間文明を築けたのか、誰にも説明できないのだった。

なぜ彼らは詩人を呼べと言ったのか。それも誰にも分からなかった。やはりタブーなのか、インチワームは理由を言おうとしないのだ。そればかりか、詩人との話し合いには他に誰も立ち会わぬこと、会話の内容は録音も通信も禁じると通告してきたという。僕はたった一人でインチワームと会わなくてはならない。

調査隊が残していったパソパッドの中には、地球の文学作品も多数記録されていた。彼らがそれを読んだのは間違いない。研究者の一人は冗談半分に、「未開人がきらきらしたビーズをありがたがるように、地球人の詩に感激したのかもしれないぞ」と言った。

僕は安物のビーズというわけか。

ハイスクール時代、ひとつ年上の大学生の女の子とつき合っていた。彼女は反体制活動をやっていて、興味のない僕をしきりに活動に引きこもうとしていた。

ある日、僕は彼女にせがまれ、デモの準備を手伝わされた。廃工場で彼女と仲間たちが、翌日のデモで使うプラカードを作っていた。全部で一〇〇枚はあっただろうか。板に白いスプレーを吹きつけ、乾いたら鉛筆で薄く当たりをつけて、太い油性フェルトペンでスローガンを書いてゆくのだ。

どうしてパソコンで紙に打ち出してプラカードに貼りつけないのか、と訊ねると、彼女は大真面目な顔でこう答えた。

「手書きの文字には力があるのよ」

そんなことはない。手書きの文字もプリントアウトされた文字も、上手い字も下手な字も、力は同じだ。

僕は工場の床いっぱいに並べられた膨大な量のプラカードを眺め、空しさに襲われた。〈戦争はごめんだ〉〈手を結ぼう〉〈LOVE〉〈政府にノーを〉〈宇宙を血で汚すな〉〈力は正義ではない〉〈平和のために立とう〉〈我々は銃を持たない〉〈宇宙戦艦よりミルクを〉……詩人である僕には分かる。うわべだけは勇ましいが、この言葉たちには力がない。こんなもので世界を変えられると信じるのは幻想だ。

だがもちろん、僕は真剣にやっている彼女に向かって、そんなことを口にはできなかった。その代わり、翌日のデモにも参加しなかった。後で彼女には軽蔑されたが、僕は不可能を可能と思いこむほど純真ではなく、信じてもいないものに命をかけられるほど愚かでもなく、女の子の願いを聞き入れて無謀な行為に走るほどヒロイックでもなかったのだ。

胸は痛まないでもないが、あの日の僕は卑怯者ではなかったと、今でも信じている。卑怯者と罵られることが恐ろしくて自分の信念に反した行動をしてしまう者こそ、卑怯者なのだと。

僕の住んでいたロフトは、たまたまデモの通り道に面していた。次の日、僕はデモ隊と警官隊の衝突を、特等席から見下ろすことになった。通りの一方の側から、あの言葉たちが書き連ねられたプラカードの群れが行進してきた。反対側から、透明なプラスチックの楯の列が押し寄せてきた。

僕は見た。言葉たちが白い催涙ガスに巻かれ、浮き足立つのを。言葉たちが放水を浴び、散り散りになるのを。言葉たちが銀色の金属の棒で叩き伏せられ、敷石に打ち据えられるのを。騒ぎが去った後、彼女が「力がある」と信じていた言葉たちが、逃げる持ち主に見捨てられ、踏みつけられ、路上に無残に散乱しているのを。

僕が正しかったことは証明されたが、勝利の歓びなどありはしなかった。むしろ現実を思い知らされただけだ。言葉はなんと無力なのだろう！　物理学が生み出した核兵器、化学が生み出した火薬や毒ガスに比べれば、言葉の力などゼロに等しい。医学や生命工学のように人を救うこともできない。世界をほんの少しも動かせない。

僕たち詩人はみんなそれを知っているが、信じてはいない。どんなにみじめな想いをしようと、僕たちは言葉への信仰を捨てることができない。言葉で人の心を動かせるはず、言葉で世界を変えられるはずと希望を抱いて、空しい努力を続けている。なぜかは分からない。きっと心のどこかで、言葉は拳や銃や核兵器よりも高貴なものだと信じているからだろう――それもまた、何の根拠もない話なのだが。

腹立たしいのは、偽りの言葉が分不相応な力をまとっていることだ。僕の周囲に満ちている言葉は、みんな偽りだ。艦長は僕を本気で信頼してはいない。マレー博士たちだってそうだ。そうでなければ、インチワームの通告に反して、僕の服に隠しマイクをつけたりはすまい。

彼らの偽りの言葉が力を帯び、僕をがんじがらめに縛っている。僕は従順なふりをしながらも、心の中では強い反発を覚えていた。殴り倒したかった。学者たちを、艦長を、軍を。僕を包囲し、僕の魂を束縛しようとするすべてのものを。

だが、僕の拳にはそんな力はなく、詩にはもっと力がないのだった。僕は彼らの言葉に従うしかなかった。

ジャングルの中の小さな空き地が、指定された会見場所だった。樹の幹が変な形にねじくれていたり、草の葉の表面に鱗のような紋様があるのを別にすれば、地球の森と雰囲気はあまり変わらない。気温は南欧の夏ぐらいで、シャツ一枚でちょうどいい。空気には甘酸っぱい匂いが混じっており、蛙に似た小動物の鳴き声がしていた。

小さな蚊のような虫には閉口した。蚊と違って刺されてもかゆくならず、軽くちくっとするだけなのだが、顔にぶんぶんまとわりついてうるさいのだ。幸い、この星の生物相を構成するアミノ酸の構造は地球のそれとはまったく違っているため（光学異性体とか言ったっけ？）、地球の細菌がこの星を汚染することも、この星の病気に地球人が感染することもないと、生化学者は保証していた。

やがて、木の葉がざわめく音がしたかと思うと、枝から枝へターザンのように身軽にスイングして、一体のインチワームが現われた。そいつは僕の近くの樹にたどり着くと、節のある体をくねらせ、幹をするすると伝い降りてきた。

映像で見るのと、げんに目にするのとでは印象が違う。その姿は最初、蛇を連想させて本能的な嫌悪を感じさせた。体長は一メートル半、直径二〇センチほど。鮮やかな緑色をした鱗に覆われた、ミミズのような円筒形の動物だ。体の両端に穴があり、それを八本の細くてしなやかに動く触手が取り巻いている。触手の合間に四個の赤い眼がある側が口だが、体はどちらが上であっても支障はないらしい。今もそいつは、肛門の側の触手で樹の瘤につかまってぶら下がり、口の側をもたげて僕を見つめていた。地球人の先祖が樹から降りてサバンナに適応したことで知性を得たのに対し、彼らは樹上生活に適応したまま知性を得たのだ。

「君が詩人か？」

そいつは正確な発音で言った。ちょっと耳障りな高音のノイズが入るし、人工的な感じもするが、充分に聞き取れる。

僕は緊張で唾を飲みこみ、そうだ、と答えた。

「君の詩を聞かせてくれ」

僕は少し考えて、これまでの人生で作った駄作の山の中から、他のものよりいくらか出来がいいものを選んで暗唱した。インチワームは顔がないので表情が読めないが、いちおう納得してくれたようだ。

「いいだろう。君は確かに詩人だ」

異星人に詩を認められて、僕はちょっと嬉しくなった。そいつの声は紳士的で、最初の嫌悪感はすっかり薄れていた。

「マイクを持っていないだろうな？　マイクや録音機を持っていたら、私はこれ以上、何もしゃべらない」

僕はちょっと迷ってから、ズボンの裾の裏についていた隠しマイクをはずし、スイッチを切ったうえで、遠くの草むらに放り投げた。ざまあ見ろ。マレー博士が髪をかきむしって僕を罵倒してる光景が見えるようだ。

これでマイクはない、と僕は言った。

「よろしい。君の名は？」

僕が名乗ると、そいつは口の側をもたげ、どこか自慢げな口調で言った。

「私のことはハンプティ・ダンプティと呼べ。地球人の中で唯一、言葉の正しい使い方を知る人物だ」

僕は笑って訂正した。ハンプティ・ダンプティは実在の人物じゃない。ルイス・キャロルの書いたお話の登場人物だ。

「ルイス・キャロルは実在すると思うのか？」

もちろん。

「では、君は実際にルイス・キャロルに会ったことはあるのか？」

いや、彼は二世紀以上も前に死んでいる。

「それなら君にとってルイス・キャロルは実在しない。ハンプティ・ダンプティとルイス・キャロルは君にとって等価だ。もしルイス・キャロルが実在すると主張するなら、ハンプティ・ダンプティも実在しなければならない」

なるほど、こいつは確かにハンプティ・ダンプティだ。僕は地面に腰を下ろし、彼（だろうか？）の話をじっくり聞くことにした。学者たちはあんなことを言っていたが、詩人の直感が、こいつはルイス・キャロル並みの知性の持ち主だと告げていた。あるいは学者たちの前では、わざと愚鈍を装っていたのか。

詩人を呼んだ理由は？

「詩人でなくては話せなかった。言語学者は言葉を研究するだけで、言葉を使う能力には欠けている」

誰だって言葉は使ってる。

「いや、ほとんどの地球人は本当の意味で言葉を使ってはいない。私の言うように、言葉に特別手当を払ってはいない」

私？

「私はハンプティ・ダンプティだと言ったはずだ」

ああ、そうか。

「君も詩人なら特別手当を払っているはずだ。それが重要なのだ。言葉を操る能力のない者にとって、私の話は破滅をもたらす」

彼らは頭がおかしいんだ、というマレー博士の言葉が頭に反響したが、僕はそれを振り払った。

聞かせてくれ。

「君たちは私たちの先祖の文明が崩壊したと思っている。そう見えるのはしかたがない。だが、それは違うのだ。私たちの文明は物質文明から新たな段階に進化したのだ――言語文明に」

言語文明？

「そうだ。形あるものより言語が紡ぎ出すものを重視する文明だ」

よく分からない。

「考えてみろ。詩人なら分かるはずだ。君はさきほどの詩で、不完全ながらも海を描写していた。それを聞いた者の眼前には海が広がったはず。そこに海が存在しなくても、詩は海を創り出す」

頭の中だけにね。

「本当の海も頭の中なのだ。君は本当の海を見たと思っているが、そうではない。本当の海など誰にも見えない。太陽の光が海に反射して君の眼に入り、網膜を刺激する。視神経がインパルスを脳に伝え、脳がイメージを構成する。君が見ているのはそのイメージだ。詩の完成度が高いほど、それが喚起するイメージも鮮明になる。そこにある海も、詩に描写された海も、入力の経路が異なるだけで、等価なのだ」

詭弁（きべん）臭いな。

「そう思うのは、君がまだ物質文明にとらわれているからだ」

つまり言語文明というのは、海についての詩を耳にすることと、海を目にすることが等価な文明なのか？

「ようやく理解できたようだな」

いや、ぜんぜん理解していない。こう言うと気を悪くするかもしれないが、君たちの文明が素晴らしいようには見えないんだが。

「君たちの目には素晴らしさが見えないというだけだ。実際には私たちは君たちよりはるかに豊かなのだ。私たちの先祖もかつては君たちと同様、物質文明を築いていた。鉄とコンクリートで都市を造り、宇宙船を建造して星々を旅した。しかし、いつしかその限界に気づいた。物質宇宙は有限であり、物質も有限だ。私たちは無限に膨張することはできないし、無限に物質を所有することもできない。しかし、言語宇宙は無限だ。

私たちは無限の富を所有している。私たちは物語を食べ、歌を飲む。抒情詩の宝石で身を飾り、壮麗な叙事詩の屋敷に住む。常に新しい動詞の壺をこね、鋭い形容詞の刃を研ぐ。異義復用法や音位転換表現や倒言の戦いに興じ、比喩の刃で打ち倒し、シニフィエのトロフィーを得る。もはや物質的財産を必要としないのだ」

そんなはずはない。ピザについての詩を聞いたところで、腹がふくれるわけじゃない。

「もちろんだ。私たちだって言語活動を行なうためには、生命を保つのに必要最小限の物質的絆を持たなくてはならない。しかし、食糧はロボットが生産し、供給してくれる。それ以外に必要な物質といえば、この肉体と、それを保護する家、医薬品ぐらいのものだ」

それで都市を放棄した？

「そうだ」

宇宙船も？

「私たちには物質宇宙を旅する必要がなくなったからだ」

やっぱり理解できないな。宇宙についての詩を書くにしても、実際に宇宙を旅していろいろな惑星を探査しないことには書けないんじゃないのか。実際に体験して、知識を蓄(たくわ)えないことには。

「私たちは実際に体験している。言語宇宙の旅を。どんな宇宙船よりも速い言葉の宇宙船に乗り、広大な言葉の宇宙を渡り、言葉の惑星に降り立つ。詩が紡ぎ出す異星の海、その海岸に打ち寄せる波の音を聞き、水平線に沈む夕陽を見る。散文の魚と戯(たわむ)れ、韻文の木の実をかじる。見聞ではなく想像力によって世界を構築し、体験し、知識を蓄える」

　でも、それは現実の体験じゃない。

「私たちにとっては現実だ。海を見たことのない者でも、海の詩に感動できる。肉体がそれを体験したかどうかは無関係だし、喚起されるイメージが現実と合致するかどうかも無関係だ。私たちが何万年も蓄えてきた宇宙についての知識が、君たちが『現実』と呼ぶ物質宇宙の知識と合致しないからといって、何の不都合がある？　君たちだって、恒星間飛行の技術が完成する前から、宇宙探査や異星人とのコンタクトの物語をたくさん書いてきたのではないか」

　それはＳＦだ。

「ＳＦには価値がないとでも言うのか？　物質宇宙に合致しないものは無意味だと？」

無意味とまでは言わないが、それはあくまで空想だ。現実じゃない。

「その『現実じゃない』という言い方をやめれば、多くのことが分かるはずだ。言語宇宙は私たちだけではなく、君たちにとっても現実なのだ。君たちも言語の海に住んでいるのに、それを自覚していない。君は詩人だ。言語宇宙を理解できる素養を持っている。だから君に話したのだ」

言語学者たちに話さなかったのは、彼らがこの話を理解できないと思ったからか？

「そうではない。彼らを保護するためだ。言ったはずだ。私の話は危険だと」

どう危険なんだ？

「君たちは私たちが無力だと思っている。だが、私たちが三万年も進んでいることを忘れてはいけない。私たちは三万年間、何も進歩しなかったわけではない。それどころか、戦いを重ね、武器の性能を磨いてきたのだ」

その武器って、まさか言葉か？

「言葉以外に何がある？」

僕は笑った。まさか言葉で人を殺せると言うつもりじゃないだろうな。

「そう言うつもりだ」

悪いが、それは誇大妄想だ。言葉には人を殺す力なんかない。

「君たちの言葉にはないだろう。私たちの言葉にはある。言語兵器とでも呼ぶがいい。君たちが一度も遭遇したことがなく、想像もできないような危険な言葉が存在するのだ。君たちは巨大な宇宙戦艦やビーム兵器を持っていることで、自分たちが優位にあると思いこんでいる。それは幻想だ。君たちは言語兵器の前には無力なのだ」

　どんな言葉だ？

「短い詩だ。地球語に翻訳して、ほんの数行の」

　詩で人が殺せるって？

「殺すだけではない。発狂させることも、操ることもできる。もっとも、君たちの言語の背景文化について、私たちはすべてを知らない。だから君を自在に操ることは不可能だ。しかし、狂わせ殺す詩ぐらいなら、そんなに深い知識は必要ない。簡単に作れる。

　私たちはそうした言語兵器の技術を三万年も磨いてきた。言語文明にも闘争はある。物質的財産ではなく理念を守る闘争だが。敵を打ち倒す強力な言葉を、敵の言葉に対する防御を、私たちは開発してきたのだ。最も初期のもの、君たちの文明で言うなら弓矢のようなものは、今ではもうみんな免疫ができていて、日常会話の罵りの場面でしか使われない。だからこそ君たちには危険なのだ。君たちには免疫がないから。

　今こうして君と話している私は、君たちの言語技術のレベルに合わせている。私たちから見れば、ひどく原始的で稚拙なレベルに。私たちの言語を学ぼうとすれば、必然的に危険に出くわす。ちょっとしたジョークが君たちを狂わせ、日常的な言い回しが君たちを殺してしまう。聞いた者だけが死ぬならまだいいが、おそらく暴走した詩はその者の口から他の者に伝染し、増殖するだろう。

だから教えるわけにはいかなかった。君たちの世界の比喩で言うなら、幼児にライターを渡すようなものだからだ。だが、君たちは執拗に私たちのことを知りたがった。ついには暴力を使おうとまでした」

暴力？

「私たちの仲間を捕らえようと画策している者がいる。森に罠を仕掛けて」

まさか、マレー博士が？

「誰かは知らない。捕らえて強引に言語を訊き出そうとしているのだろう」

僕は考えこんだ。確かにあの博士ならやりかねない。インチワームを下等な原住民と思いこんでいるようだから。

「大陸の反対側でも同じことが起きているようだ。さすがにこの愚かな行為は看過できない。私たちを探ろうとする行為は、私たちにとってではなく、君たちにとって危険なのだ。もし自分や仲間の身に危険が迫れば、私たちは自衛のために言語兵器を使用する。繰り返すが、私たちは君たちをコントロールできないし、詩の効果もコントロールできない。いったん解放されれば、それはすみやかに伝染し、君たちを絶滅に追いやるだろう」

抗議はしたのか？

「もちろん何度も。しかし、効果はない。君たちは私たちを無力だと思っているから。だから真実を告げることにしたのだ」

アフリカ連合の連中には？　彼らには言ったのか？

「あっちには詩人がいないようだ。だから君に託すしかないのだ、詩人よ。私の話を信じるなら、仲間に警告してくれ」

悪いが、信じられないな。

「分かっている。実際に聞かなければ信じないのだろうな」

もちろんだ。

「予想したことだ。だが、それを聞けば君は死ぬかもしれない。私は最も弱い言語兵器を──子供同士の喧嘩に使われるレベルのものを用意してきた。それでさえ、免疫のない君を溺死させる危険がある。詩人ならば泳げる。だが、言語学者には無理だ」

こいつはまた大きく出たな、と僕は思った。ホラだとしても上等じゃないか。

いいだろう、試してみてくれ。僕が死ぬかどうか。

「詩に命をかける覚悟があるのか？」

もちろんだ。詩人だからな。

「では、意識をしっかりと保て。口を閉じろ。溺れないように」

そう言って、ハンプティは詩を暗唱した。

ここにその詩をそのまま書き記すことはできない。たった六行の散文詩、血液と五角形についての詩だったとだけ言っておこう。単語数三七の。

最初、意味が分からなかった。シュールレアリストの詩のように思えた。言葉と言葉が想像したこともないつながり方をしていたせいだ。通常の詩とはトポロジーが違う。ねじくれているのだ。にもかかわらず、それがまったくのでたらめではないことが、直感的に理解できた。僕はプレゼントを前にしてリボンのほどき方が分からなくて苛立っている子供のような気がした。やがて、ある単語をひっぱると、そこから意味がほどけることに気がついた。僕はがむしゃらにキーワードをひっぱった。無意味に思えた言葉たちがぱらりとほどけ、僕の目の前に広がった。それはとてつもなく広大で、とてつもなく狂っていて……。

その瞬間、言葉たちが牙をむきだし、僕に襲いかかってきた。抵抗する間もなく、ねじ伏せられ、ひねり上げられた。僕は悲鳴をあげた。その詩は僕をレイプした。僕の全存在を魂の殻からひきずり出し、僕自身の中に突入させた。世界が反転した。僕はメビウスの帯のように想像もできない角度にねじられ、それまで存在していなかったベクトルに向き合った。

全感覚が裏返っていた。眼球が僕の脳を覗きこみ、耳は僕自身の血流の音で充満した。

鼻は僕自身の肉に埋没して血の匂いに酔い、歯が僕自身を噛み砕き、舌が僕自身の血を味わった。皮膚が裏返って貼りつき、肉の感触で満たされた。僕は僕自身を抱擁し、押し潰しながら、僕自身に包まれ、押し潰されそうになっていた。今や僕は骨髄に包まれ、全宇宙はその外側にあった。

温かい――自分の体の温かさを感じたことなど、僕はなかった。今まで感じていたのは夏の陽射しであり、風呂の湯であり、他人の肌のぬくもりだった。自分という宇宙の中心で真っ赤なマグマが煮えていることを、その温かさを、僕は自分を外から包みこむことでようやく自覚した。それは同時に、僕が僕から離れ、骨髄の外に広がる暗黒の宇宙へと拡散することでもあった。自分が無限に引き伸ばされ、希薄になって、冷たい真空に溶けてゆくのを感じた。

助けて！　僕は叫んだ。ばらばらにされる！　僕が飛ばされる！

もちろんそれは現実に起きていたことではない。しかし、僕の感じた恐怖は本物だった。今こそ僕は、ハンプティの言葉の意味を理解した。海の詩が海と等価であるように、地獄の詩は地獄と等価なのだ。僕は荒れ狂う詩の海に救命具なしに投げ出され、溺れそうになっていた。

「乗りこなせ、詩人！」ハンプティの声が遠くで響いた。「君は言葉を紡ぐ者だ！　言葉の主人だ！　言葉を打ち据えろ！　ねじ伏せろ！　支配しろ！」

それからハンプティは、いくつかの単語を口にした。さっき詩をほどくのに使ったのとは逆の、詩を縛りつけるキーワードだった。僕は必死にそれをつかみ、たぐり寄せた。襲いかかってくる詩に逆に襲いかかり、馬乗りになり、ワニのような凶暴な口を縛り上げた。それはすさまじい死闘だった。僕は何度も気を失いそうになった。巨大な詩の口に呑みこまれかけた。負けるわけにはいかなかった。敗北は死を意味するのだ。僕は言葉を紡ぐ力を総動員し、詩を縛るキーワードをさらに頑丈に織り上げていった。詩は少しずつおとなしくなっていった。

ようやく戦いが終わった時、僕は地面に手をつき、犬のように激しく息をしていた。汗びっしょりだった。詩はようやく暴れるのをやめたものの、まだ記憶の中で牙をむき、鎖を断ち切ろうともがいていた。

何という恐ろしい詩だろう！　こんなものが存在するなんて想像したこともなかった。言葉をあんな風に結ぶことができたなんて、あんな比喩が可能だったなんて、あんな形容詞の使い方があったなんて、血と五角形にあんな関係があったなんて！

「乗りこなしたか？」

ハンプティが訊ねたが、僕は答えられなかった。打ちのめされていた。感想がとても言葉にならなかった。しかもこれは、インチワームの間では子供同士の喧嘩にしか使われないレベルのものだという……。

インチワームが三万年も進歩しているというのは本当だった。シェリー、キーツ、マーヴェル、ランボー、ウォーデン……地球の偉大な詩人たちの傑作も、彼らの詩に比べれば子供だましだった！　彼らはまさに言葉の主人であり、言葉にとびきりの特別手当を払っているのだ。

同時に僕は、言語文明というものを理解した。彼らの言葉は本物の海を創り出し、本物の嵐を起こせるのだ。彼らの宇宙船は本物の宇宙を飛翔できるのだ。頭の中の宇宙だが、まさにそれは本物なのだ。僕たち地球人はいまだ遺伝子（ジーン）から生まれた肉体に思想を縛られているため、肉体の属する物質宇宙が唯一の宇宙だと思いこみ、言葉より物質に価値を見出す。しかしインチワームは遺伝子よりもミームを、肉体よりも心を、体験よりも物語を重視する。もう金属で作られた宇宙船なんか必要ない。言葉さえあれば、いったい他の何が必要だというのか？

「仲間の元に戻って伝えてくれるか、私たちの意思を？」

ハンプティが言った。僕は弱々しくうなずくしかなかった。

もちろんあなたたちと同様、学者たちも容易に信じはしなかった。僕は隠しマイクを捨てたことを責められ、頭がおかしいのではないかと疑われた。無理もない。僕だって他の誰かがこんな話をしたら、笑い飛ばしただろう。

だが、僕は体験してしまったのだ。あの詩を——聞く者を死に追いやるメデューサの呪文を。もはやそれが存在することは疑いようがない。聞いてから何時間経ってもなお、その詩は僕の中で暴れていた。鎖をひきちぎろうともがき、頭蓋骨を内側からがんがん殴りつけていた。ああ、その荒々しさ、すさまじさをどう表現したらいいのか！

案の定、マレー博士は嘲笑して、「その詩を聞かせてみたまえ」と挑発した。できないんだ、と僕は言った。たった一度聞いただけなのに強烈に記憶に焼きついていたし、一字一句間違えずに暗唱できた。口にしたくてたまらなかった。だが、そんなことをすれば、ここにいる全員を殺してしまう。彼らは詩人ではなく、僕のように言葉を乗りこなすことなどできないのだから。

僕の態度は不信の目で見られた。僕は必死に説明を試みた。あれは一種のコンピュータ・ウイルスだ。人間というチューリング・マシンに破壊的影響を及ぼす言語だ。無論、僕たちの脳は「私は嘘をついている」といった単純な自己言及文でハングするほどやわではない。レベルとメタレベルを分離するのは子供でもできる。しかし、インチワームの詩はそれよりさらに高いレベル、メタメタレベルとでも呼ぶべき次元で動作するのだ。それは容易にレベルとメタレベルを混合し、計算停止不能の問題を脳に押しつけるのだ。

一人のスタッフが異を唱えた。

「仮にそんなプログラムがあるとしても、それはきわめて複雑なものになるはずだ。たった三七語で記述できるはずがない」

　僕は以前に情報工学科の学生から聞いた話をした。ヴィクトル・ユゴーが出版者と交わした有名な書簡、「?」と「!」からも分かるように、メッセージはそれ自体のビット数を上回る情報量を運ぶのだ。「夏の海で少女は波と戯れていた」という短い文章を考えてみるがいい。この文章のビット数をはるかに超える視覚イメージが脳内に喚起されるはずだ。なぜなら「夏」や「海」や「少女」といった単語は、単語それ自体だけではなく、その背景に膨大な情報の蓄積があるからだ。コミュニケーションで真に重要なのは、実際に運ばれる情報（インフォメーション）そのものではなく、その言葉の外にある情報――外情報（アウトフォメーション）なのだ。

　あの詩はわずか三七語に圧縮されているが、脳に侵入すると、そこでほどけて外情報を展開するように仕組まれている。壁に開いた小さな穴からも広大な世界が覗けるように、あの短い詩が意識の壁に穴を開け、膨大で耐え難いイメージを喚起させて、脳をオーバーフローに追いこむのだ。

　素人に専門分野を荒らされたマレー博士は憤慨した。

「だが、外情報は送り手と受け手に共通の背景があるからこそ成り立つものだ。異星人であるインチワームとの間に、共通する文化的背景はほとんどない」

　まさにその通りだ、と僕は答えた。それこそインチワームが僕たちを操れない理由なのだ。個々の単語の意味をパソパッドで知ってはいても、たとえば「ライオン」や「サンタクロース」や「野球」といった単語に含まれる膨大な背景情報までは把握していない。しかし、もっと基本的な単語、「海」や「血」や「雨」といった単語なら、かなりの部分まで共通する背景を持っている。彼らはそれを利用する。

インチワームは天才的な鍵開けの腕を持っているのに鑑定眼のない泥棒のようなものだ。僕たちの心には侵入できても、そこに散乱するイメージのどれがどんな価値を持つかまでは分からない。彼らにできるのは部屋を荒らし回ることだけだ。

別のスタッフが素朴な疑問を呈した。

「おかしいじゃないか。その詩はひどく単純なものなんだろう？　そんなものがもし存在するなら、どうして地球の詩人は何十世紀もそれを発見できなかったんだ？」

僕は反論した。クロールが発明されたのが一九世紀だと知っているか？　それまで人類は何千年も海や川で泳いでいたのに、こんな単純で速度の出る泳法を誰も思いつかなかったんだ。単純であるにもかかわらず、人類がまだ発見していない概念がたくさんあるとしても不思議じゃない。

思いつけなかった理由はもうひとつある。あの詩はあまりにも異質すぎ、脳に負担をかける。脳はそれに近づくことを拒否するのだ。あの言葉とこの言葉をこう組み合わせればいいだけなのに、それを思いつけない。それについて考えることを無意識に避けているため、存在に気がつかないのだ。

ただ一人、いくらか理解を示してくれたのはミーデン博士だった。彼はこんな話をした。

「大人になるまで映画を観たことのない人間に映画を観せると、どんな反応を示すか知っているかね？　彼らはこう言うんだ。『恐ろしい。頭や手がばらばらに置かれている』——私たちにとっては、顔や手のアップなど当たり前のことだ。だが、それは幼い頃から映画やテレビを観て慣れているからだ。免疫のない者にとって、巨大な頭だけがスクリーンの上でしゃべっている光景は、想像を絶する恐ろしいものなんだよ。私たちにとってのインチワームの言語とは、そういうものなんじゃないだろうか」

僕は失望を味わった。彼は信じてはくれたが、まだインチワームの言語を過小評価している。免疫がないから有害なのであって、慣れればたいしたことはないと思っている。それは事実だが、いったい僕たちが慣れるまでにどれぐらいかかると思っているのか。三万年のギャップを何年で埋めるつもりなのか。言葉を紡ぐ者でもないのに。

議論を聞いていた軍人の一人が口にしたことは、さらにナンセンスだった。

「本当にそんな言語があるなら、その構造を解き明かせば、兵器として利用できるかもしれんな」

ああ、よしてくれ！　あれが地球人の手に負えるものだと思っているのか。だいたい、どうやって研究する気なのか。聞くだけで死んでしまうというのに！

マレー博士はそいつに反論したが、その意見は僕が言ったことと正反対だった。僕が異状をきたしたのは「詩人の感性」のせいに違いないというのだ。僕はもともと精神が不安定だったから、奇妙な詩を聞いて影響を受けただけで、普通の人間ならそんなに強い影響は受けないだろう……。

僕は懸命に説明したが、しゃべればしゃべるほど空しさを味わった。自転車も一輪車も見たことのない人間に、車輪がひとつしかない乗り物にまたがってペダルを漕いで走ることが可能だと、どうやって信じさせたらいいだろう？　フィギュアスケートは？　スカイダイビングは？　バンジージャンプは？　そんなことが可能であると、知らない人間にどうやって信じさせる？

メデューサの呪文の存在を信じさせる方法はただひとつ、それを口にすること――だが、それこそ僕にできないことなのだ。

やがて彼らは、かんじんの僕をそっちのけで議論をはじめた。インチワームの言語と、それが脳に及ぼす影響について、自分たちの貧弱な知識を総動員して、勝手な推測を繰り広げた。イマジネールがどうの、異化概念がどうの、ダブルバインドがどうの――それはまったく滑稽な光景だった。飛行機の存在を聞いた未開人が、腕に鳥の羽根をつけ、はばたいて空を飛ぼうとしているかのような。

誰も僕の話を真に理解しようとはしなかった。

会見から二日目の夜、僕は寝床から抜け出し、こっそりブーツを履いて、キャンプの外に忍び出た。

やむを得なかった。外出の許可を求めたのに、拒否されたからだ。軍人たちは僕の話をすっかり信じはしなかったが、インチワームとの接触が危険をもたらす可能性を考慮し、より慎重に接触する方針に転換するよう調査班全員に指示したのだ。研究を妨げられてマレー博士は抗議したが、聞き入れられなかった。

その決定に誰よりも不服だったのは僕だった。五〇時間以上が過ぎてもなお、メデューサの呪文は頭の中で反響していた。最初の頃の凶暴性は失せていたものの、その叫び声はなおも強烈だった。僕は激しく恐怖しつつも、詩人としてそれに魅了される自分を抑えられなかった。二度と聞きたくないとおののく反面、もっと聞いてみたいという欲望が、麻薬の禁断症状のように僕を苦しめた。

だってそうだろう？　これは詩人の夢なのだ。途方もない力を持つ言葉。現実と等価のリアリティを持つ文章。口にするだけで相手を殺せる詩――それに魅了されない詩人がどこにいるだろう！

もしかしたら、これまで多くの地球人が、無意識のうちにそれに接近していたのかもしれない。昔から詩人や作家には、ニーチェやヘルダーリンやカフカのように精神を病む者、マヤコフスキーやプラスのように自殺する者が少なくない。天才数学者にも同様の傾向がある。ゲーデルは鬱病になり、サナトリウムで衰弱死した。チューリングは自殺した……彼らはみな、メデューサの呪文に惹かれ、それを記述しようとしてソフトウェアを破壊されたのではないか？

僕を待つのも破滅かもしれない。恐ろしかったが、僕はあえて再び近づくことを決意した。詩人ならばそうするしかないのだ。破滅を避けようとする者は詩人の名に値しない！

僕は夜のジャングルを抜け、この前の空き地にやってきた。夜空にはこの惑星の唯一の衛星が白く輝いていた。実はハンプティと別れる際に約束していたのだ。満月の夜にもう一度ここで会おうと。

「来たな、詩人」

ハンプティは枝の上でひっそりと待っていた。ハンプティ・ダンプティというより、チェシャ猫のようだ。

僕の顔が見分けられないかと思った、と言うと、彼は口笛のようなヒュッヒュッという音をたて（後で知ったのだが、それは彼らの笑い声だった）、こう言った。

「もちろん分かるとも。君は鼻の片側に眼が二つあり、口がてっぺんにあるからな」

あいにくと僕は笑える気分ではなかった。

「もっと聞きたいのだろう？」

ああ。

「予想していた。一度でも私たちの詩を聞けば、必ずそれに魅了されるだろうと」

助けてくれ。苦しいんだ。忘れられない。

「忘れることは不可能だ。その苦しみを取り除く方法はただひとつ、より深く知ること。完全に言葉を乗りこなすことだ」

僕にできるだろうか？

「一人ではできないだろうな。だが、二人ならできる。適当な手助けがあれば、七つでやめられる」

乗りこなしたい！　言葉にもっと特別手当を払いたい！　教えてくれ！

「教えることはできない。自分で学ぶしかない。いくつかの弱い言語兵器と戦い、勝利を重ねれば、自然に乗りこなし方を覚えるだろう」

ＲＰＧだな。戦ってレベルを上げていくわけか。

「しかし、今度こそ死ぬかもしれないぞ」

覚悟はできてる。

「よかろう」

ハンプティは暗唱をはじめた。

今度の詩は八行あった。甘い香りの果実と夜とらせんについての詩だった。やはりねじくれていたが、前のものとはまったく構造が異なる。僕はまた、それをほどくのに手間取った。この動詞はどこにかかっている？　主語は何だ？　この隠喩が意味するものは？　やがて隠喩があるべき場所にかちっとはまると、前と同様、詩はすみやかにほどけた。みるみるうちに成長し、途方もないらせん階段となって夜空にそそり立ってゆく。今度のは前ほど唐突でも凶暴でもなく、視覚と嗅覚を反転するにとどまっていた。僕はその見事な技巧に驚嘆し、美しさに感動する反面、心の奥でもの足りなさも覚えていた。

だが、それは錯覚だった。最初のステップに足を乗せたとたん、いきなり強烈なめまいとともに、原色のイメージの中にひきずりこまれた。重力が逆に作用して、僕は階段を転げ落ちながら昇りはじめた。巨大な万華鏡の内側を、らせんを描いて上昇してゆく。めくるめくイメージの奔流が脳の中で回転する。視覚化されたリンゴの香りが幾万というハチドリとなって乱舞し、嗅覚化された夜が古いマントの匂いとなって渦を巻く。その合間に鏡に映る僕自身の歓喜の表情がひらめく。僕自身の精液の匂いがする。しかも単純ならせんの繰り返しと思えたのは錯覚で、一周ごとに異なるイメージを喚起するではないか。僕は強烈な恐怖と感動に襲われた。有限の文字列が無限を生み出すとは！

これは無理数の言葉だ、と僕は気づいた。ルート2だ。単純な記号と数字が無限の数列を表現するように、八行の詩が膨大なイメージの列を喚起し、夜の底へと続く無限のらせん運動を生み出すのだ。階段には果てなどなく、循環すらなく、非物理的な永久運動を続ける。飛来し回転し砕け散り流れ去る終わりのないイメージの中で、僕はなすすべもなく転がり続けた。しかもその回転運動は加速してゆく。どんどん天へと昇ってゆく。

止まらない！　僕はエクスタシーにも似た混乱状態の中で、狂喜の悲鳴をあげた。ああ、天国に落ちる！　落ちる！　落ちる！

このまま転げ落ち続けたかった。だが、前と同様、ハンプティの言葉が詩を中和し、僕を引き戻した。リンゴの香りは色褪せ、夜は乾いてひからびた。回転は少しずつ遅くなってゆく。依然として回転運動は続いていたが、制御できないほどではなかった。僕は後ろ髪を引かれつつも、タイミングを見計らい、らせんから飛び出した。

僕は地面に大の字に横たわり、歓喜の余韻に酔っていた。泣いていた。愛する男に抱かれた少女のように。疲れ果ててはいたが、満足だった。実際、異質な詩に脳の中を蹂躙（じゅうりん）される感覚は、性行為に似たものがあった。プライドという衣服をずたずたにされ、裸の魂を抱き締められ、自意識の核を言葉のペニスで貫かれるのだ。その倒錯した歓びは、本物のセックスなど比較にならない超越的な体験だった。

もっと知りたい。

「一日にひとつだ」

お願いだ。もっと聞かせて。

「まず回復しろ。今の君では、次の戦いに勝てない」

死んでもかまわない。

「私は死ぬために教えるのではない」

もっともだ、と僕は思った。戦いに負けて途中で死ぬのは、僕としても本意ではない。これはほんの入口にすぎないのだ。その先に広がる広大な言語文明を見ずに死ぬわけにはいかない。

僕は強い未練をどうにか振り払い、疲れた体をひきずってキャンプに戻った。

キャンプは混乱に陥っていた。

僕は信じられない光景に呆然と立ちすくんだ。音楽のない舞踏会だった。科学者も兵士も、男も女も、宿舎の前の広場でくるくると踊っているではないか。四〇人あまりの人間がばらばらなステップとスピードで回転しながら、ビリヤードのようにぶつかり合い、全体として生きたカオスの渦を作っていた。泣いている者、わめきちらしている者、にたにた笑っている者がいた。何人かは地面に倒れ、痙攣していた。四つん這いになって尻を振っている男、樹にしがみついて神を呼んでいる女がいた。みんな狂っていた。

何があったんだ⁉ 僕は比較的正気を保っていると思える男を捕まえ、肩を揺さぶった。これはどういうことだ⁉

「悲鳴があがったんだ、マレー博士の」男は夢見るようにつぶやいた。「宿舎から飛び出してきて転げ回った。博士と二人の助手が。みんなで暴れている三人を取り押さえた。そうしたら彼らが叫んだんだ——あの言葉……あの言葉……」

男が口にしたのは、甘い香りの果実と夜とらせんについての詩だった。

「ああ、回る！　回る！」僕が手を放すと、そいつは叫びながら踊り出した。「落ちる！　落ちる！　助けてくれ！」

頭の中が真っ白になった。馬鹿な！　誰があの詩を聞いていたんだ？　何度も途中で振り返り、尾行されていないことを確認したはずだが。

思いついて、自分の服をチェックしてみた。案の定、ブーツの底から隠しマイクが出てきた。僕はかっとなった。マレーの奴め！　僕がこっそりハンプティに会いに行くのを予想していたのか。これで僕を出し抜いたつもりか。そんなにまでしてメデューサの顔が見たかったのか！

もちろん責任は僕にもある。もっと注意していれば、こんな事態は避けられたはずだ。だが、狼狽(ろうばい)したり後悔している場合ではない。被害を食い止めなくては。

僕は何人かを捕まえ、ハンプティから聞かされた詩を中和するキーワードを聞かせた。だが、やはり効果はなかった。あれは詩人にとってのみ有効なのだ。言葉を紡がない者には役に立たない。こうなったら〈バシリッサ〉に助けを求めるしかない。僕は通信室に駆けこんだ。

僕が見たものは、通信機のマイクに向かって、笑いながら詩を繰り返し叫んでいるマレー博士の姿だった。

僕はシャトルで軌道に上がった。もちろんシャトルの操縦などやったことはないし、AIにアクセスする権限は正規のパイロットにしかない。しかし、システムのメンテナンス用コードを知っていたから、点検用モードで起動し、新たに自分のIDをパイロットとして登録するのは、たいして難しい作業ではなかった。〈バシリッサ〉に戻るよう命令すると、AIは自分で軌道を計算し、僕が何もしなくても〈バシリッサ〉まで運んでくれた。

思った通り、〈バシリッサ〉内部も地獄と化していた。感染から五時間以上が経過し、すでに動いている者はほとんどいない。大半の者は苦しみに耐えかねて自殺するか、狂乱して殺し合うか、踊りすぎて疲労で死ぬかしていた。通路には死体が散乱し、床は血や吐瀉物で汚れていた。壁のあちこちに、あの八行の詩が乱暴に書きつけられていた。

本物のコンピュータ・ウイルスと同じく、あの詩も自己増殖能力を持っている。感染した者は脳内でリフレインする詩の圧力に耐えられなくなり、音声や文字の形で他人に詩を伝えようとして、感染を拡大する。それはインチワームが意図したことではない。ハンプティが言ったように、彼らは地球人に対する詩の影響をコントロールできないのだ。彼らにとってはほんの初歩的な言葉遊びにすぎないものが、僕たちにとっては壊滅的な打撃をもたらすのだ。

僕は泣いた。この艦に誰ひとり親しい人間などいなかったが、それでも四〇〇人以上の人間を殺してしまったという事実に、胸が詰まった。今日でなくても、いずれマレー博士か他の誰かが同じあやまちをしでかしただろうが、それでも僕の不注意がこの惨劇を招いたことに変わりはない。

超光速通信というものが発明されていなかったことは幸いだ。さもなければ、地球の人々もとっくに感染していただろう。

気になるのは〈ディンギスワヨ〉だ。彼らはたぶん僕たちの通信を傍受している。あるいはマレー博士がやったように、この艦の誰かが〈ディンギスワヨ〉に通信を送ったとも考えられる。彼らも感染している可能性は充分にある。確認しなくては。

ブリッジに到着した僕は、艦長や士官たちの死体を乗り越え、キャプテン・シートに座ると、まずAIを説得しはじめた。艦長が病気または死亡によって指揮を執ることが不可能になった状況では、副長が艦を指揮する権限を持つ。副長も倒れた場合にはその下の者が――順に権限は下の者に移行してゆく。当然、艦内に他に動ける者が誰もいない場合、最下級のエンジニアにも指揮権が与えられる。この論理は正しいか？

「誤りは認められません」とAIは答えた。

では、艦内を調べてみろ。僕の他に正常に活動している者はいるか？

「認められません」

では、僕に本艦の指揮権を委譲せよ。

「緊急時の処置として、一時的に指揮権を委譲します」

僕はほっとした。AIは正常に機能している。マシンはインチワームの詩を聞いても狂ったりはしないのだ——当たり前だが。

よろしい。〈ディンギスワヨ〉の現状を報告せよ。

スクリーンに〈ディンギスワヨ〉の軌道が表示された。追尾している観測ドローンからのデータだ。円軌道からはずれ、加速して上昇しつつある。僕は訝った。この艦を攻撃するつもりだろうか？

〈ディンギスワヨ〉の軌道から、目的を予想せよ。

すぐにAIは結果を表示した。〈ディンギスワヨ〉は明らかに〈バシリッサ〉には向かってきていない。あさっての方向へ加速している。系外に出て、FTLに入るつもりのようだ。その先にあるのは……。

地球だ。

僕は慌てて〈ディンギスワヨ〉に通信を送った。懸念した通り、返ってきたのは、混乱し、わめき散らす、スワヒリ語と思われる声だった。説得しようとするが、何を言っても通じない。

アフリカ連合の公用語は英語であり、〈ディンギスワヨ〉の中でも当然、英語が使われている。しかし、地方部族出身者の中には、英語が母国語でない者もいる。彼らは英語の詩を聞いてもそのままでは理解できず、母国語に訳して理解しようとするだろう。〈バシリッサ〉の中にもフランス語やドイツ語やイタリア語を母国語とする者がいるが、それらはどれもインド・ヨーロッパ語族であり、英語と濃い姻戚関係にある。関係の薄いスワヒリ語などの言語の場合、訳された詩では本来の破壊力を発揮できず、感染者を死に至らしめることなく、穏やかに発狂させるにとどめるのだろう。

間違いない。〈ディンギスワヨ〉は今、僕と同じく、士官ではない人間に操られている。そいつは精神に異状をきたしており、艦内の人間が踊りながら死んでゆく恐ろしい光景に耐えられず、地球へ逃げ帰ろうとしている。

そいつが地球に着くまで生きていられるかどうかは分からない。しかし、死んだとしても結果は変わらない。地球軌道に帰還した〈ディンギスワヨ〉には、調査のために人が乗りこんでくるだろう。〈バシリッサ〉と同じく、通路にはあの詩が書き連ねてあるはずだし、通信記録にも残っているだろう。それを目にした者は、たちまち狂気に見舞われ、マイクに向かってその詩を読み上げる……。

英語圏以外の人間で、英語を理解できない者なら、直接の影響は受けまい。しかし、いずれ誰かがその詩を翻訳する。訳された詩も限定的ながら破壊力を発揮し、その言語圏の人間を狂わせてゆく。生き残るのは、知力に障害を持つ者か、まだ言葉を理解しない幼児だろう。人類は絶滅しないまでも、何十億人もが死に、文明は原始時代まで退行するだけだろう。

八行の詩が世界を滅ぼすのだ。

そんな事態を招くわけにはいかない。僕はAIに、〈ディンギスワヨ〉を追跡するよう命じると同時に、向こうの生存者に向かって止まるよう呼びかけた。しかし、まるで理解している様子はない。

やむなく僕は、AIにビーム砲の使用を命じた。だが、拒否された。武器管制システムのセーフティを解くには、数人の上級士官のみが知るパスワードが必要だというのだ。当然だろう。おそらく〈ディンギスワヨ〉も状況は同じであるはずだ。

こうなったら方法はひとつしかない。

僕はAIにすべてを説明した。AIは受け入れた。人間たちのように、疑ったり嘲笑したりはしなかった。マシンは常に賢明だ。

「では、〈ディンギスワヨ〉が地球に戻るのを阻止しなければ、大西洋同盟を含めた人類の大半は滅びるのですね？」

そうだ。

「私の第一目的は大西洋同盟を守ることです。よって、〈ディンギスワヨ〉を阻止しなくてはなりません。あなたが命令してくだされば、それを実行します」

僕は命令した。

「受諾しました。あなたは脱出してください」

すまない。僕はそう言って立ち上がり、シャトルに向かった。本当にすまない。

決定的瞬間は目にしなかった。僕はすでにアルハムデュリラーに戻るシャトルの中にいて、何十万キロも離れていたし、シャトルの窓は小さかったからだ。しかし、数十万トンの宇宙戦艦同士が秒速何キロもの相対速度で激突するのは、さぞやすさまじい光景だったに違いない。核兵器にも匹敵する運動エネルギーが解放され、形あるものは何ひとつ残らなかったはずだ。すでにどちらの艦も第三宇宙速度を超えていたから、デブリの大半は系外まで飛び散ったことだろう。詩が誰かに回収される可能性は、まずない。

僕はまた泣いた。今度はマシンたちのために。身を投げ出して、人間の愚行の尻拭いをしてくれた、純真で無垢な彼らのために。

決意した。いつか絶対、彼らの詩を書こうと。

僕はまずアフリカ連合のキャンプに降りた。案の定、そこもすでに壊滅していた。僕はすべての通信記録を消去し、詩を書き記したメモの類も探し出し、すべて燃やした。それから大西洋同盟のキャンプに行き、同じことをした。

僕はハンプティの村に身を寄せた。そこでの三年間の生活でもいろいろなことがあったのだが、本題からはずれるので簡単に述べるだけにしよう。

僕はハンプティや他のインチワームから、毎日、特訓を受けた。様々な言語兵器と戦い、乗りこなす技術を身につけていったのだ。苦しい日々だった。死にかけたこともある。それでもハンプティたちの指導のおかげで、どうにか乗りきった。

あなたたちが何度も調査にやってきたのは知っている。二隻の宇宙戦艦がほんのわずかな破片だけを残して消滅した理由を、必死になって調べているのだと見当がついた。シャトルの影が空に現われるたびに、僕は身を隠した。見つかれば真実をしゃべらされる。それはあまりにも危険だ。インチワームたちにも、知らぬ存ぜぬで通すように言った。

身を隠したのには、もうひとつの理由もあった。インチワームの授業を途中で放棄したくなかったのだ。言語兵器との戦い方をマスターしたおかげで、僕はようやく彼らの言語に――英語に翻訳されたものではない、彼ら本来の言葉の世界に触れることを許された。

彼らの文明が三万年間に生み出した膨大なミームは、交配し、繁殖し、変異し、戦い、淘汰され、進化し、豊かなミーム生態系を形成していた。彼らは広大なミームの海で泳ぎ、ミームの獣に乗って大地を駆け、甘いミームの果実を味わうのだ。その素晴らしさをいくら強調しても無意味だからやめておく。あなたたには理解できない。僕自身、そのほんの一端を垣間見たにすぎず、とうていすべてを把握してはいない。人類が彼らに追いつくには、何十世紀も必要だろう。

悲劇から三年経って、何度目かの調査にやってきたあなたたちの前に、ようやく姿を現わしたのは、キャンプから持ち出して隠しておいた保存食の蓄えが尽きたからだ。この星の食物を構成するアミノ酸は、僕には吸収できない。飢え死にを待つばかりだったのだ。一時はこの星に骨を埋めようかと思ったが、気が変わった。僕はまだインチワームと三年しか接していない。できればもっと長く生き、さらに多くのことを学びたかった。そのためには、一時的に地球に帰るしかなかった。

思った通り、僕はたちまち拘束され、地球に連れ帰られた。そしてこうして、ここにいる。

三年間に地球で起きた出来事を聞かされ、僕は深い失望を味わった。人類は何も変わっていない。いや、むしろ悪くなった。〈バシリッサ〉と〈ディンギスワヨ〉の原因不明の消滅は、大西洋同盟とアフリカ連合の反目をいっそう悪化させたという。互いに相手を激しく非難し合い、戦争にまで発展しかねないという。

現代の戦争の多くは、土地や資源や物質的豊かさをめぐるものだ。どうしていつまでもそんなものにこだわり、奪い合うのか。インチワームの文明に触れた僕の目には、ひどく愚かしく見える。言語宇宙に目を向ければ、そこには無限の空間、無限の資源があることに気づくはずなのに。

もちろんインチワームの世界にも思想的な闘争は存在する。しかし、少なくとも彼らの戦争は血を流さない。言葉の剣で打ち合うだけだ。それは途方もなく高度で洗練されたゲームである。核兵器や反陽子ビームなど、それに比べれば石斧にも等しい。

人類もいずれ言語文明に進化しなければならない。この宇宙にはインチワーム以外にも、すでに言語文明に達した種族がたくさんいるに違いない。いつか彼らからのメッセージが届くかもしれない。言葉の力に無知なままでいたら、接触によって人類が滅ぼされる可能性は充分にある。

もちろん、インチワームの歴史がそうであったように、そうした転換は自発的に、何世代もの時間をかけて起きる。僕が生きている間にはとうてい完了しないだろう。だからまず、目の前にある危機を回避しなくてはならない。言語文明に進化するためには、まずこの物質文明を守らなくては。

最初に書いたように、僕はヒーローという柄じゃない。ヒーローになりたいと思ったこともない。ましてや支配者になんか。

しかし、自分では望まなくても、やらなくてはならないのだ。この危機を招いた原因の一端が僕にあるということもあるが、世界を救える力を持つのが僕だけだからだ。これは僕に課せられた責任なのだ。だからこの力を使わなくてはならない。

そろそろあなたにも、僕がどこで嘘をついたか、分かってきたのではないだろうか。たった三年ではあるが、僕はインチワームの言語技術を学んだ。ごく初歩的なものではあるが、人を殺したり狂わせたりする言葉を、自分でも紡げるようになった。その気になれば、今ここでそれを書いて、あなたを殺すこともできる。だが、そんなことをしても意味がない。役に立つのはむしろ人を操る言葉だ。インチワームは地球人の文化に精通していなかったので、地球人を操ることはできなかった。だが、地球人である僕には可能だ。たった数十語の詩にうまくまとめることはとてもできないが、どうにか数千語の散文にすることはできた。

あなたが今まで読んできたこの文章がそれなのだ。

さりげなくばらまかれた単語、随所に埋めこまれた比喩、無駄なように見えるおしゃべり、ありきたりの文体、全体としてのストーリー、それらがすべて互いに関連し、メタメタレベルのコマンドとなって、あなたの無意識を操作するのだ。ここまで読んできたあなたは、もうその虜（とりこ）になっているのだ。

もちろんあなたは劇的に変化したりはしない。急に僕の崇拝者になったりはしない。今、このくだりを読みながらも、「自分は何も変わっていない」と思っているはずだ。そして僕のこの文章を、軽い不安を抱きながらも、「そんなことがあるはずがない」とせせら笑っているはずだ。僕がそのように仕組んだのだから。

あなたが急に変わったら、あなた以外の人間は怪しむだろう。そしてメデューサの呪文の存在を確信し、僕をいっそう厳重に隔離するだろう。それは避けなくてはならなかった。だから僕は、この文章を読んだあなたや他の人たちが、僕の話を信じないようにした。僕の話はすべてたわごとであり、メデューサの呪文などあるはずがないと思うように。あなたはこの文章は安全だと確信し、笑いながら他の人にも読ませるだろう。こいつはこんなたわごとを書いていると。僕が妄想を抱いていると信じれば、催眠術や自白薬まで使って、強引に真実を引き出そうとも思わなくなるだろう。

これは遅効性の毒なのだ。あなたの無意識に沈殿し、何週間もかけて、ゆっくりとあなたを変えてゆく。変化のどの過程であれ、あなたはそれに抵抗できない。なぜなら、それはあなた自身による決断だからだ。僕に共感し、僕を牢獄から解放して、その言葉を全世界に広めようと考えるのも、あなたがそう望むからだ。それがあなたの意志である以上、抵抗しようという意志など起きるはずがない。

何度も言うが、僕は世界の支配者になんかなりたくないのだ。だが、人類を破滅から救うには他に方法がない。世界を僕の言葉で統一する以外には。

近いうちに、あなたに会えると信じている。

まだ見ぬ冬の悲しみも

怒り狂った熱風の拳が右半身を殴りつけてくる。俺はセンターの裏玄関のドアをどうにかこじ開けたものの、恐ろしさのあまり一歩も出られず、半開きになったガラスのドアにしがみついていた。大気を満たす轟音。強風が髪をかき乱し、濡れたシャツの裾がいっそう強く腕にへばりつく。土埃が絶えず顔にぶつかってくるので、手をゴーグル代わりに額にかざしていた。季節は冬、しかも夜明け前のはずなのに、サウナの中のように蒸し暑く、ひどく息苦しい。うっかり息を深く吸いこむと、肺の中まで熱くなった。

風に逆らってどうにか視線を上げると、南東の山の稜線全体から、まるで大火災のように、オーロラを思わせる赤い光が空に立ちのぼり、妖しくはためいているのが見えた。ビデオを早送りで見るように、空は刻一刻とその色彩の深みや色合いを変化させていた。細長い黒雲の龍が何本も、のたうちながら流れており、絶えず形を変え、もつれ合い、お互いを絞め殺し呑みこもうと死闘を繰り広げている。時おり稲妻がひらめく。雷鳴は暴風の音と混じり合い、空そのものが断末魔の悲鳴を上げているようだった。

大地は見覚えのないものに変貌していた。毒々しい真紅に染まった空が、荒廃した地表の光景に赤いフィルターをかけている。出発する前、通称「中庭」と呼ばれる直径一・九キロの加速器リングの内側には、小さな森や草原や花壇が広がっていたはずだ。ハトやカラスの姿もよく見られたはずだ。今、そこには生あるものは何も見えない。視野いっぱいに広がるのは、強風の吹きすさぶ火星のような赤茶けた大地と、林立する枯木の群れだけだ。空を舞っている黒いものはカラスではなく、風に吹き飛ばされた何かのゴミだった。

俺は混乱していた。ここは本当に日本か？　本当に地球なのか？　地球上にこんな土地があるとは思えない。しかし、この裏口の玄関ポーチの形状はもちろん、エクスチェンジ・プールからずっと走ってきた通路も、慣れ親しんだCHLIDEX（クライデックス）センターのそれと寸分違（たが）わなかった。センターから南北にゆるやかに湾曲しながら延びている土手が、全周六キロのSタキオン加速器であることも疑いようがなかった。

では時代が違うのか。ここが過去であるはずがない。では未来に来てしまったのか。突然の核戦争か何かで地球は滅びてしまったのだろうか。

だが、いくら考えても、そんなマヌケなミスが発生する原因は思い浮かばない。CHLIDEXは物理法則に従い、完璧に計算され、何重ものチェック機能に守られたシークエンスに従って実行される。スイッチをひとつ押し間違えたらプラスとマイナスが入れ替わるというようなものではないのだ。実際、これまで何十回もの無人CHLIDEX、一回の有人CHLIDEXが実行されているが、ひとつとして失敗例はない。

ではなぜだ？　何が間違っていたのだ？

ここはいったいどこだ？　何が起きているのだ？

俺以外に人類が生き残っているようには思えなかった。では明日菜も死んでしまったのか。俺の女神。あの高慢だが愛くるしい笑顔は、二度と輝くことはないのか。あの悪魔的なまでに美しい肢体が、夏の陽射しに躍ることはないのか。あの澄んだアルトで繰り出される生き生きとした罵詈雑言を、もう聴くことはできないのか。彼女が俺を愛することはもちろん、俺を憎むことさえもうないというのか。

俺は覚めない悪夢の中にいるような恐怖と混乱と絶望のどん底で、懸命にこれまでのことを反芻し、どこに間違いがあったのかを探ろうとした。希望がすべて潰えたこと、長く生きられそうにないことは分かっていた。だがせめて、どうしてこうなったのかを納得したうえで死にたかった。

そう、それは俺にとっての四八時間前のこと——

CHLIDEXセンターは北海道・根室支庁の原野に八〇〇億円をかけて建造された。

完成したのは昨年の暮れ。政府と企業連合が資金を出し合った。途方もない利益を生み出す国家的大事業だった。

なかば地中に埋没する形で作られた全周六キロのリングの内側は、二・九平方キロの公園になっている。センターの敷地内であるため、一般人の立ち入りは許されず、広い森や草地を散策するのは少数の研究者や職員だけ。セキュリティの問題から、職員の宿舎や食堂などもすべてリングの外に作られている。今時の日本で、こんな贅沢な土地の利用法はない。無論、ＣＨＬＩＤＥＸがそれに見合う価値を生み出してくれるからこそ許される贅沢なのだが。

その公園の森の中に、俺のお気に入りのスペースがある。センターの裏口から歩いて数分の距離、曲がりくねった遊歩道の途中にある小さな休憩所だ。樹々に囲まれた円形の空き地の中央に少女のブロンズ像が置かれ、そばには木製の白いしゃれたベンチもある。昼休みの憩(いこ)いのひと時や、恋人たちの逢瀬に格好の場所というコンセプトだろうか。あいにく現代物理の最前線にそんな時代錯誤なものを置いても、感心してくれるような初心(うぶ)なロマンチストはいない。みんな昼食は食堂に行き、昼休みは図書室やアスレチックジムで過ごす。休日には中標津(なかしべつ)の街に遊びに繰り出す。

しかし、俺はここが気に入っていた。昔から人づき合いが苦手で、孤独を好むタイプだ。ここなら誰にも邪魔されず、のんびりとひまを潰せる。その日の午後も、ベンチのそばの芝生に腰を下ろし、ブックを読んでいた。

ミステリの結末まで来て、名探偵が得意げに解明してみせたトリックが物理的にありえないものだったことにあきれかえり、ブックの表示を切って放り出した。芝生に横たわり、顔だけを横に向けて、ぼんやりとブロンズ像を眺めて思索にふける。

この像というのが、またひどく場違いな代物だ。センターを建造する際、そこそこ名の売れた彫刻家に「時間」をテーマに製作を依頼したのだという。出来上がってきたのは、古臭いセーラー服姿で、風の中で踊る少女の像だった。目を閉じ、うっとりと自己陶酔にふける表情。のけぞった首筋の、顎から鎖骨にかけての絶妙な曲線。高く振り上げられた細い腕。波打ってたなびくポニーテールとリボン。下品にならない程度にめくれ上がったスカート……そこには確かに素晴らしい躍動感があった。芸術なんてさっぱりな俺にも、完成度だけは高いことは理解できる。像自体は嫌いではない。だが、テーマ的にはどうだろうか。「この像は時間を表現している」なんて主張は、どう見たってこじつけだ。

像の台座には、一八世紀だか一九世紀だかの戯曲から引用されたという、ドイツ語の碑文が刻まれている。これも彫刻家が選んだものだそうだが、日本語に訳すとこんな感じになる。

過ぎ去りし夏の喜びも

まだ見ぬ冬の悲しみも
時の碑(いしぶみ)に等しく刻まれ
永遠に摩滅することはない

こんな文章を選んだということ自体、彫刻家がCHLIDEXという概念に、いや現代物理学そのものに無知であることを示している。この詩が表現しているのは、二〇世紀以前の古典物理学、ニュートンやラプラスの頃の時間観だ。時間は一本の流れであり、あらゆる事象は歯車のように正確に誤差なく進行し、未来はすでに決定済みで変えられないという宿命論的思想だ。

今やそうではないことは明白だ。二〇世紀に発展した量子論は、時間の概念をくつがえした。量子的なゆらぎがバタフライ効果によって拡大されるため、未来は無数の可能性に分岐している。二一世紀に誕生したCHLIDEXは、過去を変更することが可能であることを証明した。俺たちは今や、過ぎ去った夏に戻ることも、まだ見ぬ冬を知ることもできる。

だが、げんにCHLIDEXセンターが稼働しているというのに、一般人の多くは現代的な時間観を受け入れない。いまだに「そうなる運命だった」とか「そんな可能性は絶対にない」とか「起こってしまったことはどうにもならない」といった古典物理学的言い回しが平然と使われる。この彫像は、そうした無知の象徴だ。

俺はそんな考え方が大嫌いだ。過去は変えられる。失敗しても何度でもやり直せる。げんに俺はそうするつもりだ。過去のあやまちを帳消しにし、今度こそ彼女を手に入れてみせる……。

何度も言うが、この像自体は嫌いではない。眺めていると心が落ち着く。この少女は明日菜と正反対だ。明日菜のように激しく自己主張しない。明日菜のように笑顔の下に強烈な悪意を秘めてはいない。明日菜のように俺を振ったりはしない。俺の心を狂おしくかき乱すことがない。穏やかな笑みを浮かべ、俺の視線をただ許容する。

それでも俺は、動かないブロンズ像より生身の女が、何も喋らない少女より俺を口汚く罵る明日菜の方が好きだった。二〇代になって体験した、遅すぎる事実上の初恋。ゲームの中で多くの女の子に恋をしたが、実世界で恋した女は明日菜が初めてだ。免疫がなかったせいで、愛は激しく燃え上がった。最初は彼女のうわべのかわいらしさに惹かれた。本性を知った時、激しいショックを受けたものの、それでも嫌いになれなかった。愛する娘の仮面の下から現われたもうひとつの意外な顔に、さらに強く魅了された。今では表の顔よりも深く愛している。

同時に俺は、実世界の恋はゲームとは違うことを思い知らされた。安直な攻略本なんかない。自分自身のパラメータすら客観的に分からない。選択肢はあまりにも多すぎ、容易にデッドエンドになる。だが、まだ終わりじゃない。俺は三か月かけて冷静に分析し、何がまずかったのか理解したと確信した。今なら自信がある。リセットして、もう一度やり直せる……。

そんなことを考えていると、人が近づいてくる気配がした。俺は上体を起こした。予感があった。この時刻、ここにはほとんど人は通りかからない。来るとしたら、たぶんあいつだ。

思った通り、小道の向こうから姿を現わしたのは〈俺〉だった。

「おう」〈俺〉は俺と同じ顔で、手を上げてにこやかな表情を浮かべた。「やっぱりここだったか」

俺はこいつの笑顔が嫌だ。本気で笑ってなんかいないのが分かる。俺自身、こいつに向かって同じ笑顔をしているからだ。鏡に向かっているように、俺たちは同じ表情を投げかけ合っている。内なる敵意と屈折した心理を隠す仮面……。

「携帯切るなよ。呼び出せないだろ」

「お前に言われる筋合いはないな——何か用か？」

「用かって……もう一時過ぎだぜ。見学者のみなさんにごあいさつしなきゃいかんだろ」

「ああ」

忘れていたわけではない。気が進まなかっただけだ。もうこれで四度目か五度目だが、いくら鶴屋教授の指示とはいえ、見学者の前で道化のような演技をしてみせるのは、どうにも情けなくて気が滅入る。だいたい俺は人と話すのが苦手なのだ。できればボイコットしたいがそうもいかないので、時間ぎりぎりに滑りこむつもりでいた。

「しょうがないな」

俺はブックを拾って立ち上がり、尻についた芝生を払うと、〈俺〉といっしょにセンターの方へ歩きはじめた。

「お前は平気なのか？　あんな……恥ずかしいことをやるのが」

「平気じゃないさ。でも、衆目にさらされるのは有名人の定めだからな。鶴屋教授の言ってることは正しい。世間の理解を得るにはパフォーマンスが必要なんだ」

それは俺にも分かっている。CHLIDEXにとって最大の障害は、技術面や予算面ではなく、科学を知らない一般大衆の偏見だ。古いSFを例に挙げ、「過去に干渉すると宇宙が破壊されるかもしれない」などとナンセンスなことをのたまう奴。「時間は人間が手をつけてはいけない神の領域だ」などという、聞き飽きたフレーズを連呼する奴。「歴史の歪曲（わいきょく）につながる研究を許すな」と、見当違いな政治的イデオロギーを根拠に反対する奴……こうした声は、無視できないほど大きい。

それが有人CHLIDEXが実行された理由だ。純粋に科学的見地から見れば、無人だろうと有人だろうと、その意義に違いはない。必要なのはスターだ。かつてアームストロングが月に行ったのと同じだ。世間の人間に、科学の世界を身近に感じさせ、理由のない不安や偏見を払拭するには、空っぽのカプセルや冷たいメモリーディスクではだめなのだ。CHLIDEXを象徴する〝顔〟が必要だ。

それで〈俺〉が選ばれた。志願者の中から、くじびきで。

理解できないのは、そんなことじゃない。俺が不審に思うのは、〈俺〉の言動がまるで優等生的だということだ。鶴屋教授の唱えるお題目に、何の疑問も抱かずに従っているふりをしている——俺がそんなこと真剣に信じちゃいないことは、知っているはずなのに。

俺から何かを隠せるとでも思っているのだろうか。

エクスチェンジ・プールに戻ったのは午後一時三〇分だった。見学者はまだ来ていない。加速器の見学に時間を食ってるらしい。

明日菜のやつ、例によってド素人を煙に巻いているに違いない。彼女はかわいくて頭も切れるが、ちょっぴり高慢でサディストだ。素人に専門的な解説をぶつけ、困惑させるのを楽しんでいる。

俺は妄想する。彼女が巨大なコイルが並ぶトンネルの中を歩きながら、とびきりのにこやかな顔で見学者に説明する光景を。これがSタキオン加速器です。このような超伝導コイルが四〇〇〇基、全長六キロのドーナツ状に並んでおります。内部は二重になっており、反対の電荷を持つ二種類のSタキオンが逆回りに回転します。タキオンとは違うのかね？　Sタキオンはタキオン・フェルミオンの超対称性粒子です。明日菜はSタキオンについてぺらぺらと説明するが、もちろん見学者は理解できず、適当にふんふんとうなずいて、別の質問に移る。こいつはどのぐらいの電力を食うのかね？　せいぜい一般家庭二万世帯分ほどです。Sタキオンは加速するのに大きなエネルギーを必要としません。超光速粒子は速度が上がるほどエネルギーを失いますので、むしろコイルの方が粒子から電力を受け取ります。ただ、大量のSタキオンを安定してコイル内に封じこめておくのに、エネルギーが必要となります。

それから彼女はリニアコライダーの方へ見学者を導く。リングに蓄えられた二種類のSタキオンは、リングから分岐したこの直線部分に誘導されます。二本のコライダーはそれぞれ六〇度屈曲し、この先にあるエクスチェンジ・プール内で正面衝突します。爆発とか放射線の放出は起きません。粒子の実体はすべて失われます。残るのは粒子のパラメータが創り出す純粋に数学的な場、すなわちマクロ情報保存場です。塩水内のカプセルが場に包まれることにより、CHLIDEXが起きます。厳密に言えば、カプセルの独自情報が打ち消され、過去の水の情報と入れ替わることにより、カプセルは塩水に溶解し、過去の時点に転移するのです。時間を未来と過去、どちらの方向にどこまで移動できるかは、Sタキオンのスピンとエネルギーによって決まります――このあたりになると、見学者はまったく説明についてこれなくなり、黙ってうなずいていることしかできない。

　ざっとこのように、鳥井明日菜は人を愚弄する。彼女は頭がいいので、決して内なる悪意を表情には出さず、愚弄していることを相手に気づかせない。その無邪気な微笑みが実は嘲笑であることを見抜ける者は少ない。見学者は彼女のお喋りを何十分も聞かされるが、結局、何ひとつ具体的なことは理解できず、明日菜の頭の良さばかりを印象づけられ、自分の知能の低さを恥じる。

　もっとも、現代物理学の最先端の実験装置の仕組みを、素人に短時間で正確に解説するなんて不可能なことだ。だからとりあえず「よく分からないけど、ものすごく難しい仕組みなんだ」と納得させるしかない。その意味で、彼女は適任だ。

「ここが中央実験棟です」

　ああ、彼女が降臨した！　妄想ではない本物の彼女が。プールから六メートルの高さにかかったキャットウォークの上を、みすぼらしい見学者の群れをぞろぞろ引き連れ、戦争の女神のように大股でさっそうと歩いてくる。俺はプールサイドに立ち、目を細めてそれを見上げる。いつものことながら、何というまぶしさ。今日のファッションは夏にふさわしい白一色。凶悪なまでに短いレザーのスカートから伸びた、すらりとした脚。下着が見えることは計算済みだ。ひるがえる長い髪は、あのブロンズ像の少女を連想させせないでもない。

ちらっと横を見た。〈俺〉もまた、まぶしそうに彼女を見上げていたが、俺の視線に気づき、気まずそうに顔をそむけた。彼女に未練があることを俺に悟られるのが恥ずかしいのか？　いや、自分の心理を見抜いている人間がすぐ傍にいることが恥ずかしいのだろう。俺だって同じだ。

八角形をした直径一四メートルのプールの真上で、彼女は立ち止まり、ファッションモデルのようにくるりと振り返る。

「ここが当センターの心臓部、CHLIDEXが実行される場所です。下にあるのがエクスチェンジ・プールです。テレビで何度も紹介されましたからご存知ですね」

見学者たちは手すりからおっかなびっくり顔を突き出し、透き通った深い水や、プールの銀色の内面、水底に揺らめく青いランプを、こわごわ覗きこんでいる。うっかり落ちたら過去に行ってしまうとでも思っているのだろうか。ありそうなことだ。明日菜はそれを楽しそうに見つめている。

「深さはおよそ一〇メートル。水の中には一五〇トンの塩化セシウムが溶けており、密度を一定に保っています。セシウムが選ばれたのは、溶解度が大きいことと、中性子数のバランスを取るためです」

ああ、彼女の歯切れのいい声が実験棟に響くのは、何度聴いても心地いい。三か月前、あんなこっぴどい振られ方をしたというのに、彼女が俺に対して抱いている感情は侮蔑と嘲笑でしかないと思い知らされたというのに、彼女への崇拝の念が少しも衰えていないことに、俺自身、少し驚いていた。恋愛を司る内分泌物質の効果は、そう簡単に減衰したりはしないということか。

「そして、私のすぐ下、プールサイドにありますのが――」

彼女は話しながら何歩か歩いて、プールサイドの上まで来ると、下を指差した。見学者たちがそれを見るためには、いっそう身を乗り出さなくてはならない。

直径一・八メートルの透明な球体が、キャットウォークの下を走るレールからホイストで吊り下げられ、プールサイドすれすれに浮かんでいる。起動時にはプール中央に移動し、水中に降ろされる。頂部にはハッチがついていて、タラップで出入りできる。赤道部の円周に沿って赤いベルトが一周しており、圧搾空気でふくらむフロートが内蔵されている。内部には戦闘機のコクピットにあるような大層なGシート（実はあまり意味がない）と、メモリーディスクなどを収納するケース、それに非常用の酸素ボンベ。

「有人CHLIDEXに用いられるカプセル、通称タイムカプセルです。あれが塩水の中に降ろされ、Sタキオンの衝突によって起きるマクロ情報保存場に包まれ、時間的同一性交換を生じます。繰り返しますが、消滅するのではありません。質量保存則は保たれますし、情報の絶対量も減りません。変化するのは情報の質のみです」

彼女の俺への仕打ちは、ミステリの犯人なら充分に殺人の動機になるところだろう。実際、彼女を殺そうと思ったことはある。こっそり凶器も買った。ポーランド製のハンティングナイフで、刃渡りは一二センチ。刃の曲線や柄の意匠が美しい。一万七〇〇〇円もした。素晴らしい彼女を殺すには安物の包丁なんかではいけない、最高のナイフでなくてはならないと思ったからだ。

だが、その刃をじっくり眺め、殺し方をあれこれシミュレートしているうちに、俺は彼女に殺意を抱いていないことに気づいてしまった。殺したところでやはり彼女は俺のものにはなりっこないのだと。この時間線にいるかぎり、彼女は絶対的に勝者だ。何をしようが俺の敗北は決定済みで、変えようがない。

「カプセルの体積は三立方メートル。CHLIDEX時にはパイロットの体重も含め、正確に三・三トン、つまり同体積の塩水と同じ重量になるよう調整され――」

「あっ、北畑さんだ！」

見学者の一人、中学生らしい少年が、手すりから身を乗り出して嬉しそうに叫んだ。俺たちの姿を見つけたのだ。他の見学者もこっちを見る。

「そうですね」解説を中断されたというのに、明日菜はちっとも腹を立てた様子はない。「では退屈な説明はこれぐらいにして、みなさまお待ちかね、当センターのスターとお引き合わせしましょう」

そう言って金属製の階段を下りてきた。俺はようやく彼女の後ろの見学者たちにも注意を向けた。今回はずいぶんまとまりのない集団だ。元気そうな中学生もいれば、歩調ののろい老人もいる。太った中年の婦人もいれば、骸骨のように痩せた青年もいる。確かアマチュアのネット・ニューズ・ユニオンの面々だったっけ。今ではテレビよりもネットを信用する人間が多い。イメージアップのためには、マスコミや政財界人だけでなく、こういう連中のご機嫌も取らなくちゃいけないわけだ。

「ご紹介します。当センターの研究員、北畑圭吾です」

明日菜はまず俺を紹介する。俺は軽く頭を下げた。彼女は俺の前を通り過ぎ、〈俺〉に近づいて、横に立った。

「そして、こちらも北畑圭吾。世界初のタイムトラベラーです。今から二か月前、五月一〇日に、五月二四日からやってきました」

ニュースで見た有名人の顔を前にして、見学者たちは感心してうなずいたり、意味もなく微笑んだり、目を丸くしたり、様々な反応を示していた。あの中学生は興奮して目を輝かせているし、例の骸骨のような青年は訝しげに俺たちをにらみつけている。ちょっと危なそうな奴だな、と俺は思った。

「世間では、『実は双子だ』とか『CGだ』とかいう声もあるようですが」明日菜のお決まりのジョークに、見学者は軽く笑う。「こうして間近でご覧になれば、CGじゃないことはお分かりですね。もちろん双子でもありません。双子でも完璧にそっくりになることはありません。この二人は、指紋も、ホクロの位置も、盲腸の傷跡も、虫歯の形も、まったく同じです。ただ、未来から来たこちらの北畑くんの方が、虫歯が少し悪化してますけど」

またも笑いが起きる。彼女は俺を指し示し、

「ちなみに、ニュースでご存知でしょうが、あちらの北畑くんの方は、明後日、CHLIDEXを行ないます。世界で二番目の——と言っていいんでしょうか、タイムトラベラーになる予定です。本来、最初の有人CHLIDEX実験は五月二四日に予定されていたのですが、その二週間前に北畑くんが出現したことで、騒ぎが大きくなり、一時延期されていたのです。最初の有人CHLIDEXは、テストの意味で、わずか二週間過去へさかのぼるだけでした。テストは成功しましたので、今度の到達目標は六か月前、一月二四日の午前六時三〇分の予定です」

明日菜のお喋りで場が和(なご)んだところで、恒例の質問タイムに突入する。当然のことながら、質問は奴にばかり集中する。タイムトラベルってどんな感じですか？　ショックはありました？　元の世界に戻れないというのは寂しくありませんか？……何十回も繰り返され、耳にタコができた質問ばかりだ。

それだけじゃない。好きな女性のタイプとか、どうして物理学の道を志したのかとか、俺に訊ねても同じ回答が引き出せるはずの質問も、〈俺〉にばかりぶつけられる。俺には

「自分がもう一人できた気分は？」というしょうもない質問（および、言い回しを変えただけのそのバリエーション）ばかりだ。そんなの「おかしな気分ですね」という以外、どう答えりゃいいんだ？

どうして実験に志願したのか、と訊ねる奴もいた。その質問も俺にしろ。奴はちょっと恥じらいながら、タイムトラベルの意義がどうこう、人類初の実験に参加できる名誉がどうこう、嘘八百の説明をする。正直に言ったらどうだ。あの頃は明日菜に振られたばかりで、やけになっていたと。ヒーローになれば彼女を振り向かせられるのではという淡い期待を抱いてたが、見事に目論見がはずれたと。

これまで何度も記者会見やインタビューを受けた〈俺〉は、もうすっかり慣れたもので、質問にシナリオ通りに答え続ける。俺は退屈で、〈俺〉の横顔をあいまいな笑みで見つめているだけだ。見学者は俺に興味を示さないし、俺が〈俺〉に向ける視線に秘められた感情など、想像してみようともしない。

ヒーローはあくまで〈俺〉であって、俺ではない。その点がこいつと俺の最大の違いだ。〈俺〉は世界初のタイムトラベラーという大きな栄誉を得たが、俺はそうじゃない。少なくとも今はまだ。

俺は〈俺〉に羨望と嫉妬を覚えている。

それに対し、〈俺〉が俺に対して抱いている感情は何だろう。あの笑顔の仮面の下にあるのは――優越感？　憐れみ？　侮蔑？

少なくとも、弟に対する兄の愛のようなものではないことは断言できる。なぜなら、俺は自分がナルシストじゃないことを知っているからだ。しかし、そこから先が分からない。奴は俺より二週間長く生きているばかりでなく、俺とは五〇日以上の違う体験をしている（奴の世界では、五月一〇日にタイムトラベラーが出現するという事件はなかったという）。その食い違った人生の中で、〈俺〉がどんな考えを抱くようになったか、俺には完璧にシミュレートできない。

俺は〈俺〉じゃないからだ。

質問が一段落したところで、明日菜は見学者をミーティング・ルームに案内する。俺たちもそれに続く。

白で統一された広い部屋に通されると、明日菜はいったん退室、一分ほどして、反対側のドアから鶴屋教授が入ってくる。真打は最後に登場、というわけだ。

「どうも。よくいらっしゃいました。私が当プロジェクトの責任者、鶴屋です」

大きなスクリーンをバックに立ち、明るい声であいさつする教授。まだ四〇歳の若さ、タレントになれそうなハンサムな風貌で、よく通る声で流れるように喋る。物腰は少し芝居がかっているが、そこがまた魅力的。この人物に敵意を抱くのは難しい。常に笑みを絶やさず、どんな敵意もとろかしてしまうのだ。セールスマンや教祖になっても成功していたに違いない。

ノーベル賞は確実とされている教授だが、科学者としての才能があるかどうか、俺には疑問だ。彼には目立った研究実績はない。CHLIDEXだって彼の理論ではない。今の地位に登りつめたのは、カリスマと政治的手腕に長けていたからで、それは科学者としての有能さとは別物だろう。

とは言うものの、〈俺〉や明日菜と同様、CHLIDEXの顔として、こういう人物が必要なのは、俺も異論はないのだが。

「ところで、みなさんは鳥井くんの説明、ご理解いただけましたか？」

そう言われ、顔を見合わせて恥ずかしそうに笑う見学者たち。笑っていないのはあの痩せた男だけだ。

「しょうがないですね」教授は苦笑してみせる。「どうも彼女の説明は、一般の方に不親切なところがある。もちろん、ニュースなどでさんざん解説されているからご存知の方も多いでしょうが、CHLIDEXの基本原理について、私がもう一度、分かりやすくご説明いたしましょう」

もちろん、これも戦術だ。明日菜のキャラクターと対比させることで、自分をより親しみやすく印象づける。無論、明日菜もそれを承知したうえで協力しているのだが。

「みなさんはアイデンティティという言葉をご存知でしょうか？　『自己同一性』などと訳されます。簡単に言えば、あなたという人間はこの世にたった一人しかいない。他の誰かと入れ替えることはできない。なぜなら、すべての人はみんな違っているからです。双子だって完璧に同じではありません。自分が自分であり、自分以外のものではないこと――それがアイデンティティです。

ところが、素粒子にはアイデンティティというものがありません。あの電子とこの電子、という区別はないのです。なぜなら、素粒子には人間と違って、ホクロとか傷といった個体を見分ける特徴や、過去の記憶というものがないからです。質量、スピン、電荷とかいった単純な要素があるだけで、これは同じ種類の素粒子であればみんな同じです。単にそっくりで見分けがつかないということではありません。本当に同じなのです」

教授は芝居がかったしぐさで、人差し指を立ててみせる。

「今、私のこの指先にある電子も、遠いアンドロメダ星雲にある電子も、まったく同じです。ですから、アンドロメダ星雲からはるばる電子を運んできて、この指先の電子と入れ替えても、変化は何もありません。移動は起きなかったのと同じなのです。電子をいっぺんに二個入れ替えても同じです。一〇個入れ替えても、一〇〇個入れ替えても、一万個、一億個入れ替えても……いえ、私のこの体を構成している電子や陽子や中性子を、すべて別の場所にあるものと入れ替えても、まったく支障はないのです。私は依然として私です。

つまりアイデンティティというのはミクロの世界には存在しない、人間の住むマクロの世界にのみ存在するものだということです。ではアイデンティティというのは何によって決まるかというと、それは〝情報〟です――北畑くん」

さあ、俺たちの出番だ。俺はしぶしぶ歩いていってスクリーンの右側に立ち、そこで右手を上げた。〈俺〉はスクリーンの左側に立つが、上げるのは左手だ。

「ここに二人の北畑くんがいます。実際には微妙な違いがあるのですが、ここでは分かりやすくするため、まったく同じであると仮定します。ただ、一方の北畑くんは右手を上げていて、もう一方は左手を上げている。それだけの違いです。

では、この二人を入れ替えてみます」

教授の合図で、俺たちは位置を入れ替えた。俺は手を上げたまま、〈俺〉とすれ違い、さっきまで〈俺〉が立っていた場所に立つ。〈俺〉は俺がいた場所に立つ。

「このように、二人は入れ替わりました。もちろん、移動にはエネルギーが必要ですし、時間もかかります。一瞬で移動することはできません。スピードを上げれば上げるほど移動に要する時間は短くなりますが、スピードを上げるにはものすごいエネルギーが必要ですし、いくらエネルギーを注ぎこんでも、決して光の速度より速くなることはありません。つまり移動にはどうしても有限の時間が必要だということです。光より速く移動することはできませんし、ましてや過去へのタイムトラベルも不可能です。

ところが、これには抜け道があるのです。こうすればいいのです」

教授がポンと手を叩いた。俺は右手を下ろし、左手を上げる。同時に〈俺〉は左手を下ろし、右手を上げる。

「ご覧のように、二人は一瞬で入れ替わりました。実際には移動していないし、エネルギーも消費していない。にもかかわらず、入れ替わったのです。何が変わったのでしょう？――そう、どちらの手を上げているか、その情報だけが入れ替わったのです。

アイデンティティの本質は情報です。そして情報は物質ではありません。ですから光の速度には制限されません。無論、無の中から情報が勝手に湧いて出たり消えたりするということはありえません。難しい言葉で言うと、情報とはエントロピーであり、エントロピーは決して減らないからです。情報を減らすにはエネルギーが必要です。ところが、ここにも抜け道があります。エネルギー保存則とかエントロピー増大の法則にとって、重要なのは情報の量だけなのです。情報の内容まで縛る法則はありません。『右手を上げている』と『左手を上げている』の情報量が同じだとするなら、右手を上げている状態と左手を上げている状態を入れ替えても、情報量は変化しません。すなわち、エネルギーもエントロピーも、増えも減りもしないのです。

みなさんは先ほど、実験棟でカプセルをご覧になりましたね。あのカプセルは人が乗った場合、プールの中の塩水とまったく同じ比重になるように調整されています。つまりカプセルを同じ体積の塩水と入れ替えても、質量はまったく変わらないということです。また、カプセルが有する全情報量は、同じ体積の塩水が有する情報量と同じになっています。つまり情報も増えたり減ったりしない。これにより、光の速度を超えて、現在と過去の物質を、厳密に言えば物質の有するアイデンティティを交換することが可能になります。これが時間的同一性交換——すなわちCHLIDEXの原理です」

教授が手にしたリモコンを操作すると、バックのスクリーンに「CHrono-Like IDentity EXchange」という文字が浮かび上がった。続いてCGによる解説がはじまる。画面が左右に分割され、まったく同じ映像が映る。塩水プールを縦に割った図解だ。一方には『現在』、もう一方には『過去』というテロップ。現在の方のプールでは、カプセルがホイストによってプール中央まで移動、ゆっくりと水中に吊り下ろされる。

「仮に半年過去へタイムトラベルするとします。カプセルはまずプールに下ろされ、半年前のプールの、同じ位置にあった同じ体積の塩水と、情報を交換されます。現在にいる我々の目から見ると、カプセルは水に溶けたように見えます。一方、過去の人から見ると、水の中からカプセルが現われたように見えるわけです」

画面の中では、現在のプールからカプセルがフェイドアウトし、過去のプールに出現した。ただちにカプセル側面のフロートがふくらんで、カプセルは水面に浮上。頂部のハッチが開いてタイムトラベラーが出てくる。

「言うまでもありませんが、目標の時点にも同じ塩水プールがないと、CHLIDEXは行なえません。このセンターが完成し、プールに塩水が満たされたのが半年前、今年の一月二四日の早朝です。つまり、それより過去にタイムトラベルはできないわけです。ですから残念ながら、歴史上の有名人に会いに行くことはできません。その代わり――」

「あのう」

さっきから退屈そうに聴いていた婦人が、たまりかねたのか手を上げた。苛立った様子で、早口にまくしたてる。

「原理の説明はいいんです。私たちが知りたいのは安全性についてなんです。過去へのタイムトラベルは歴史の流れを変え、現在に住む私たちを消滅させてしまうのではないかという批判があります。あなたがたの実験が世界を破壊しているのではないかと。それについてはどうお考えなのでしょうか？」

おやおや、「歴史はひとつ」主義者か。俺はそっと〈俺〉と視線を交わし、微笑み合った。いつの時代にも、新しい考えが受け入れられず、古い考えに頑固にしがみついている奴がいるものだ。地球平坦論者とか、反進化論者とか、反相対論者とか。

教授は愛想のいい笑みでそれを迎え撃つ。

「パラレルワールドの存在は一九五〇年代から予想されてきました。その実在を証明したのが、二〇一九年のヒッパードの量子もつれに関する実験です。この実験は世界中の科学者によって追試されています。今の科学界でパラレルワールドの存在を疑う者は一人もおりません」

「でも、A・V・リンジー博士はパラレルワールドという概念は科学者の妄想だと主張しています。リンジー博士によれば、時間の流れが唯一無二であるのは必然であり――」

「失礼ですが」鶴屋教授はおだやかにさえぎった。「私はそういう名前の物理学者に心当たりがないのですが、そのリンジー博士というのは物理学者なのですか？」

「いや、神学者です。でも――」

「ああ、それはつまり素人ということですね」

教授の笑顔から発せられる強烈なパンチに、女は黙りこんだ。

「繰り返しますが、世界の物理学者で、パラレルワールドを否定している者は一人もいません。これは実験で証明された事実だからです。否定しているのは物理を知らない素人だけです。当然、その反論は実に初歩的な間違いだらけで、まったくお話にならない代物です。タイムトラベルについても、過去に干渉すれば歴史の異なるパラレルワールドが分岐する、すなわちこの世界には何の影響もないというのが、科学界の統一見解です。本職の物理学者で、そうではないと主張している人がいるというなら、一人でもいいから名前を挙げてください。神学者とかオカルト研究家とか、町の自称天才科学者とかではなしに」

見学者から笑いが起こる。女は顔を赤らめ、それ以上、何も言おうとしなかった。

「いい頃合いですから、質疑応答に移りましょうか。他に何か質問のある方は？」

冴えない中年男が手を上げた。

「過去を変えても現在が何も変わらないのだとしたら、過去にメッセージを送る理由は何なのですか？　金の無駄遣いのように思えるのですが」

おっと、これまたマヌケ野郎だ。まったく、ニュースをちゃんと読んでいないのかと言いたくなる。

「その理由はですね、過去にメッセージを送らなければ、私たちは未来からのメッセージを受け取れないからです。このプロジェクトの最大の意義は、未来からの情報です。それがどれほど多くの人を救うか、日本経済の活性化にどれほど貢献するか、すでにみなさんもご存知のはずです」

そう、ニュースを見れば分かるはずだ。ＣＨＬＩＤＥＸが本格稼働をはじめ、無人カプセルがたびたび到着するようになって半年、未来からもたらされた多くの情報により、たくさんの災厄が未然に防がれ、あるいは被害が最小限に抑えられてきた。トルコの大地震、アメリカの旅客機墜落事故、サンパウロの大火、デリーの爆弾テロ……。

今のところ、未来からの情報は無料で公開されている。だが、将来的には契約者に有料で提供することが検討されている。国や大企業にとって、たった半年先のことであっても、正確な未来予測はとてつもない価値がある。仮想敵国が半年後にどんな政策を取っているか、テロリストが半年間にどんな活動をするかが事前に分かっていれば、対応策はいくらでもある。株価やギャンブルの結果などは未来からの情報がもたらすバタフライ効果によって大きく変動するから、あまり当てにはなるまいが、この秋が豊作になるかどうか、破壊的な台風やサイクロンが発生するかどうかが分かっているだけでも、とてつもなく有利になることは間違いない。どんな額をふっかけたって、買う奴はいくらでもいるだろう。

当然、未来情報の有料化は情報格差を生むとして、世論からは根強い反発がある。だが、アメリカやロシア、中国などの大国にしてみれば、情報格差はあった方がありがたいのだ。テロリストや反政府分子が未来を知らず、自分たちだけが知っているという構図は、権力者にとって魅力的だ。当然、アメリカやヨーロッパでもCHLIDEXセンターの建設計画が持ち上がっているが、完成はまだ何年も先のことで、それまでは日本が利益を独占していられる。

別の男が手を上げた。

「フィンランドの列車事故を警告しなかったことについて、非難の声が上がっていますが。あなたがたが事故が起きることを知っていて隠していたのではないかと」

教授は冷静に答える。

「あの事故に関しては、誓って申しますが、未来からの情報にはありませんでした。情報はパラレルワールドから来るのだということをご理解ください。未来からの情報によって、歴史の流れが変わり、別の歴史にシフトします。ですから、情報にない事件がたくさん起こるのはしかたのないことです。日本からフィンランドへどんな影響が波及したのかは分かりませんが、これは典型的なバタフライ効果の例だとご理解ください」

「では、北九州の那智さん夫妻の主張をどう思われますか？」

那智さん夫妻というのは、今年の春、通り魔に娘を殺された人たちだ。その責任は事件を知っていながら警告しなかったCHLIDEXセンターにあると非難している。

「お子さんを亡くされた悲しみはお察ししますが、個人レベルの犯罪については、バタフライ効果の影響があまりにも大きすぎ、正確な予知は不可能です。未来予知が可能になったことを知った犯罪者が、用心して計画を変更することが多いからです。また、まだ起きてもいない犯罪について、犯人の名を公開するのは、プライバシーや名誉毀損の問題が解決していないため、現状では不可能です。ただ、テロなどの大規模な犯罪や、すでに発生した犯罪の犯人が特定された場合については、社会的利益を考慮し、従来通り、情報を公開する方針です」

今度は若い女が手を上げる。

「明後日の実験も北畑さんが行なうそうですが、なぜ彼ばかり選ばれるのですか？　彼には何かタイムトラベラーとしての適性でもあるんですか？」

こいつもニュースを読んでいないのか。うちの公式ホームページにも、ちゃんと解説してあっただろうに。

「オリジナルの時間線で彼が選ばれたのは、実験の一週間前に行なわれたくじ引きによるものです。今度の実験で彼が選ばれたのは、トラブルを解決するためです。ひとつの世界に同一人物が二人いることは、様々な問題を生じます。銀行預金はどちらの北畑くんのものなのか。年金はどちらが払い、どちらが受け取るのか。どちらかが死んだ場合、もう一人はまだ生きていても死亡届を出すべきなのか……そうした諸問題はまだ解決されていません。ですから、どちらか一人に過去に行ってもらうのが望ましい。私たちは、こちらの世界に元からいる北畑くんの方が旅立つべきだと判断しました。到着した世界ではまた北畑くんが二人になるわけですが、そこでもやはり、同じ方法で問題を解決するでしょうね」

さっきからずっと手を上げていながら無視されていた中学生が、「はいはい！」と声を上げた。教授は微笑んで、「はい、そこの君」と指さす。

「質問なんですけど」少年は興奮気味に喋りだした。「パラレルワールドは未来に向かって分岐してゆくわけですよね？　つまりパラレルワールドは増える一方なんですか？　減ったりしないいんですか？　あと、過去にさかのぼっていったら、世界はたったひとつしかなかったってことなんでしょうか？」

俺はその一瞬、教授が妙に真剣な顔になるのを見た。子供の素朴な質問なのに、やけに真面目に考えこんでいるようだ。

「……なかなか鋭い質問ですね」少し考えてから、教授は喋りだした。「まず最後の質問からお答えしましょう。宇宙が一三七億年前にビッグバンによって誕生したというのはご存知ですね？」

「はい」

「最初の宇宙は一点に凝縮されていました。原子よりずっと小さいサイズに、すべてが押しこめられていたんです。そうなると、取りうる状態はたったひとつしかありません。つまり宇宙の最初、世界はたったひとつしかなかったと考えられます。宇宙が膨張するにつれ、可能性がどんどん広がり、パラレルワールドは増えていったわけです。

では、パラレルワールドが減ることはあるか？　たぶんあるでしょう。隣り合ったパラレルワールドが、たまたままったく同じ状態になることがある。すると二つの世界は融合するでしょう。でも、そんな確率は非常に小さい。パラレルワールドが収束する確率より、分岐する確率の方が大きいから、パラレルワールドは増える一方です」

「じゃあ、そのうちパラレルワールドがいっぱいになったりしませんか？　ぎゅうぎゅうづめになって、それ以上、増えなくなったりとか？」

見学者の間から失笑が洩れる。教授も苦笑して、

「まあ、そんな心配はありませんね。パラレルワールドの数に上限はありません。いくら

増えても支障はありません。分かりました？」

中学生はやや納得できない様子で引き下がった。今度は老人が手を上げた。

「今のところ、最も遠い未来からのメッセージは、七年先からのものでしたか？」

「はい、そうです。五か月前に到着した無人カプセルです」

「未来からのメッセージがやけに少なくありませんか？　原理的には何十年先からでもメッセージを送ってこれるのでしょう？　どうして七年以上先からカプセルはやってこないのですか？」

「それは我々の世界がオリジナルに近いからでしょう」教授は即答する。「オリジナルの――つまり最初にＣＨＬＩＤＥＸを行なった世界は、一度もメッセージを受け取ったことがないわけです。未来からの干渉を受けて生まれた新しいパラレルワールドの中で、さらにＣＨＬＩＤＥＸを行なうことにより、コピーのコピーの、そのまたコピーの……というように世界は分岐してゆきます。私たちの世界はオリジナルに近いから、干渉の回数が少ないということです」

だが、老人は食い下がった。「それは回数が少ないことの説明にはなっても、何十年後の未来からのメッセージが届かないことの説明にはならないんじゃありませんか？」

「こんな説がありますよね」さっきの婦人が割って入った。「七年より先からのカプセルが届かないのは、未来がそこまでしかないからだ。つまり世界は七年後には滅亡する…

…」

　教授は声を上げて笑った。「いやはや、困ったものですね。そういう珍説を吹聴する人がいるのは」

「ないと言い切れますか？」

「ええ。核戦争にせよ、小惑星の衝突にせよ、いきなり起きるなんてことはない。必ずその予兆があるはずだし、だったら未来の人が我々に警告してくるはずでしょう？　今のところ、そんな警告はまったくありません。ですから、世界の滅亡というものは当分ない、と結論してよいと思います」

「じゃあ、このセンターが何らかの理由で七年後に閉鎖されるとか？」

「そんな可能性もちょっと考えられませんね。ここはできたばかりで、老朽化するまで何十年もかかります」

「事故か何かで破壊されるということは？」

「ここには爆発するようなものは何もありません。考えられるとしたら爆弾テロぐらいですが、警備体制は厳重ですから、外部から爆発物を持ちこむのは困難です。飛行機を衝突させるという手もないではないですが……うーん、まあ、この広大な施設の一部を破壊できるだけですね。数か月か、遅くても数年以内に復旧できるでしょう」

「だったら、七年より先からのメッセージが届かないのはなぜですか？」

「それはすでに申し上げました。我々の世界がオリジナルに近いからです」

その時、それまで一度も発言しなかったあの痩せた男が、静かに手を上げた。

「よろしいですか？」

男は気管支に病気でもあるのか、空気が洩れるような妙な喋り方をしていた。

「どうぞ」

「神沼論文のうわさをご存知ですか？」

俺たちはどきっとした。教授の顔にも緊張が走るのが分かった。

「……聞いたことはあります」

神沼論文——それはネット上に流れる一種のフォークロアだ。それを読んだ人間は誰もいないし、内容も分からない。有名な怪談「牛の首」を思わせる、不気味な話なのだ。

それを書いたのは日本有数の物理学者、神沼仁であると言われている。二年前、まだこのセンターが建設途中だった頃、神沼の自宅に深夜、賊が押し入り、彼とその妻子を殺害、現金と宝石類、それにパソコンを奪って逃走した。賊はまだ捕まっていない。

事件の直後、こんなうわさが広まった。神沼は世界の物理学者の中でただ一人、CHLIDEX理論に重大な欠陥を発見した。彼は「CHLIDEX実験は宇宙を破滅させる」「タイムトラベラーは必ず死ぬ」などと親しい人に洩らしており、センターの建設中止を訴えるため、論文の執筆を開始した。だが、神沼が殺され、賊が完成直前の論文の入ったパソコンを持ち去ったため、その説は失われてしまった。一説によれば、センターの建設に多額の投資をした勢力が、論文のもみ消しを図って、神沼を抹殺したのだという……。

「その論文がどんな内容だったか、あなたはご存知ですか？」

「いいえ」教授はきっぱりと答える。「存じません。私は神沼先生と親しくありませんでしたし。そもそも、そんな論文が実在したかどうかも疑問です。神沼先生の悲劇に便乗した誰かが創作した話だと思いますね」

「断言できるんですか？　ＣＨＬＩＤＥＸが世界を破滅させるという説は間違いだと？」

「当たり前です」

　俺は驚いた。温厚な鶴屋教授が、声を荒らげ、露骨に不機嫌そうな顔をしている。あの鉄壁の笑顔が剝がれるとは、よほど動揺しているのだろうか。

「これまで何回もＣＨＬＩＤＥＸは行なわれました。げんにこちらの北畑くんのように――」と、〈俺〉を指し示して、「未来から来た人もいます。事故が起きたことは一度もない。ＣＨＬＩＤＥＸが宇宙を破壊するなどというのは、妄説であるのは証明済みです。だいたい、もしそうなら、センターの建設はただちに中止されたはずです。どこの世界に、宇宙を危険にさらしてまで実験を行なおうとするバカがいるでしょうか？」

　まったくその通りだ、と俺は思った。ＣＨＬＩＤＥＸは確かに画期的ではあるが、ひとつの物理実験にすぎない。大宇宙の片隅の、地球というちっぽけな星の上で行なわれる実験が、宇宙全体を破壊するなど、あるわけがないではないか……。

その時、俺はまだそう思っていた。


ショータイムが終わった後、俺は思いきって〈俺〉に声をかけてみた。以前からもやもやしていたことを、はっきりさせておきたかったのだ。

「俺が羨ましいんじゃないか？」

〈俺〉は苦笑した。「お前が過去に戻って明日菜をものにするかもしれないことがか？それはパラレルワールドの明日菜だろ。パラレルワールドには考えうるかぎりのあらゆる可能性がある。可能性にまでいちいち嫉妬してられるかよ」

「そんな風に割り切れるのか？」

「まあ、未練がないと言えば嘘になるがな。だが、俺はお前ほど執着しちゃいない」

「どうして？」

それが分からなかった。たった二週間、長く生きたからといって、恋愛を司る物質が急に減衰するとは思えない。

「お前が明日菜への執着を捨てきれないのは、希望があるからだよ。過去に戻ってやり直せるという希望がな。俺にはそんなのはなかった。二週間前に戻ったってどうにもならない。半年前に――明日菜とつき合う前の時点に戻れるのは、俺じゃなくてお前だ。俺にはもう一度タイムトラベルする機会は回ってきそうにない。他にも希望者がわんさかいるしな」

〈俺〉は気安く俺の肩を叩き、親友のような口ぶりで言った。

「俺に代わってがんばってきてくれ」

「ああ……」

俺は返事をしながらも、違和感に苛まれていた。どうもしっくりこない。同じ立場になった時、俺はこんなにもさばさばと振る舞えるだろうか？　もっと往生際が悪いのではないだろうか。

俺は自分が信用できなかった。

いよいよ過去に出発するという前日の夜、明日菜に電話をかけた。

「今度こそ君を落とす」

「そう」彼女の返事はそっけなかった。

「半年前なら、俺はまだ君に告白してなかった。過去の俺よりも先に、俺が君にアタックをかける。どこで失敗したか、みんな分かってる。同じ失敗はしない。今度こそ、君を俺のものにしてみせる」

「俺のもの！」明日菜はせせら笑った。「サイコな台詞ね。だいたい、そんなこと私に宣言してどうすんの？」

「別に。ただ、言っておきたかっただけだ。君をどれほど愛してたかってことを」

「ああ、はいはい。別れの言葉として聞いておくわ。せいぜいがんばってちょうだい。もっとも、あなたに可能性があるとは思えないわね。振られてもねちねちとつきまとって、ついには過去に戻ってやり直そうなんて後ろ向きな性格の奴、根本的に私の趣味じゃない。正直言って、うるさいのが一人減るんでせいせいしてるの。もう一人残ってるけど、あれもどうにかなんないものかしら。視界に入って、目障りなんだけど」

そう言ってのける明日菜。悔しいが、その気っぷのいい言葉を、俺はあらためてまぶしく感じた。彼女が欲しいという想いが、より強固なものになった。あきらめて次の女を探すなんて、身の毛もよだつ考えだ。他のどんな女も代用にはならない。明日菜でなくてはだめなのだ。

そうとも、必ず彼女をこの腕に抱いてみせる。どんなことをしてでも。

実験当日。

退屈でたまらない身体検査と、苦痛でたまらない記者会見が終わると、俺はみんなの目を盗んで、ちょっとの間だけフケることにした。緊張でいらいらしているうえ、実験棟や控え室をうろついていたら、ひまな研究員がしきりに「大変ですね」とか「がんばってね」とか、くだらないことを言ってくるので、うっとうしくてたまらなかったのだ。実験開始にはまだ一時間もある。のんびり時間を過ごし、緊張をほぐしたかった。

俺は森の中の遊歩道をぶらつき、あのブロンズ像のところにやってきた。ベンチに腰を下ろし、ぼんやりと像を見つめて時間を潰す。この像もこれで見納め——いや、違った。半年前に行けばまた見られるじゃないか。その頃は雪が積もっているだろうが。

いよいよ過去に行く。明日菜とやり直す。不安がないと言えば嘘になる。だが、俺の胸には希望が燃えていた。失敗を繰り返すものか。彼女を手に入れるために、俺はすべての知恵を振り絞り、あらゆる努力をするつもりでいた。

背後で草を踏む音が聞こえたので、慌ててにやにや笑いをひっこめ、振り返った。樹の蔭から、男が半身を現わしていた。

「よう」見つかった〈俺〉は、ばつが悪そうな表情で左手を上げた。「ここに来ると思ってた」

「脅かすなよ」俺はほっとした。「何の用だ？　まだ時間はあるだろ？」

腕時計を見ると、実験開始二四分前だった。鶴屋教授たちスタッフはおおわらわだろうが、俺がやることと言えば、実験棟に行ってカプセルに入り、シートベルトを締めるだけ。五分前に滑りこんだって、充分に間に合う。

「きっとお前が時間をもてあましてると思ってな。俺もそうだったから」

「分かってるなら、そっとしといてくれよ。無粋な奴だな」

「いや、実を言うとな……」〈俺〉は歯切れの悪い口調で言いながら、樹の蔭から出て、ぶらぶらとこっちに歩いてくる。「お前にちょっと用があって……」

俺は不審を抱いた。〈俺〉はなぜか、右手を背中に回していたからだ。

「おい、何持ってるんだ？」

〈俺〉は俺から一〇歩の距離で立ち止まった。あきらめたようにため息をつき、右手をゆっくりと前に出して、握り締めていたものを見せる。

刃渡り一二センチ、磨き上げられたポーランド製のハンティングナイフを。

「……何のつもりだ？」

俺の咽喉はからからになった。警戒しつつ、ゆっくりとベンチから立ち上がる。〈俺〉はうつむき、上目づかいに俺を見て、いたずらを見つかった子供のように笑った。

「分かってるだろ？」

そう、分かっている。分かるのが遅すぎたぐらいだ。俺はどんなことをしてでも明日菜を手に入れたいと願っている。それは奴だって同じはずだ。話し合いで解決？　そんなの問題外だ。俺が絶対にタイムトラベルの権利を譲るはずがないことを、〈俺〉は知っている。奴の立場になってみれば、こうするしかないことは理解できる……。

奴は何週間も前から、これを計画していたに違いない。最後の瞬間まで意図を悟られまいと、俺の前で演技を続けてきたのだ。

「……すぐに見つかるぞ」

「何分か隠しておくだけでいいんだ。俺が出発するまでの、ほんのわずかな間。後で死体が見つかったって、どうってことはない。誰も俺を追いかけてはこない」

その通りだ。一月二四日の夜明け前が目標に選ばれたのは、エクスチェンジ・プールに塩水が満たされた最初の時点だからだ。塩水は前日からひと晩かかって注水された。それよりも前に通信は送れない。〈俺〉の到着によって分岐するパラレルワールドに、後から真実を伝えることは不可能なのだ。

「返り血はどうする？」

「この服を脱ぐ。後ろに――」と、今まで隠れていた樹を親指で指し、「別の服を用意してある。今、お前が着てるのと同じやつだ。誰にも見分けはつかないさ」

「……慎重だな。さすが俺だ」

「ああ」〈俺〉はひきつった笑みを浮かべた。「嬉しいよ、褒めてくれて。『バカなことはよせ』とか言ったら、『だったらお前もバカだ』ってツッコんでやるつもりだった」

お互いに冗談を言える余裕があるふりをしている。無論、本当は余裕なんかない。お互いに相手に気圧されまいと、精いっぱいの虚勢を張っている。

それにしても――歯を剥き出して笑う〈俺〉を見て、俺は悪寒に襲われた。こいつは何て嫌な顔をしてやがるんだ！

〈俺〉はナイフを手に、一歩、踏み出してきた。俺は迷った。声を上げて助けを求めるべきか。それともセンターまで逃げ帰るべきか——いや、どっちもだめだ。こんなことが発覚したら、俺は情緒不安定、タイムトラベラーには不適格と判断される。過去に戻る機会は永遠に失われる。

やるしかない。

〈俺〉は無言で突進してきた。俺はとっさに身をかわし、奴の右手首をつかんだ。こわくなどあるものか。奴が格闘技の心得なんかなく、ナイフを振り回すのも生まれて初めてなのは、俺が一番よく知っている。

そこから先のことは、あまり覚えていない。俺たちは無我夢中でナイフを奪い合った。無言で、ぎこちなく殴り合い、ひっかき合い、蹴り合った。力は完璧に互角。お互いまともにヒットしないから、たいして痛くもない。ずいぶんぶざまな格闘だったはずだ。しかし、俺たちは真剣だった。同じ執念に燃えていた。

こいつに明日菜は渡さない。

幸運なことに、俺の何回目かの膝蹴りが奴のみぞおちにめりこんだ。奴は腹を押さえてうめいた。一瞬、動きが鈍る。俺はその手からナイフをもぎ取ると、すかさず持ち直し、奴の心臓に突き立てた。

人を殺す際にはナイフはえぐりながら引き抜くのだ、とミステリで読んだことがある。俺はそれに従った。引き抜いた瞬間、血が派手に噴出する。俺は慌てて飛びすさったが、手とズボンを汚してしまった。

〈俺〉は口をぱくぱくさせ、俺に向かって何かを言おうとしているようだった。だが、言葉は出なかった。シャツの胸から下が真っ赤に染まり、さらにズボンも染まってゆく。やがて〈俺〉は白目を剝いてマヌケな顔をすると、ゆっくりと後ろ向きに芝生に倒れ、大の字で動かなくなった。

俺はナイフを落とし、〈俺〉に駆け寄った。脈拍を診るまでもない。だいたい、そんなことをしている時間はない。〈俺〉の両手を持ち、草むらにひきずってゆく、くそ、こいつこんなに重かったのか。

どうにか死体を道から見えない場所に運んだ。芝生についた血はごまかしようがないが、大部分が土に染みこんで目立たなくなるのを祈った。どっちみち、長い時間隠さなくてもいい。ほんの数分、見つからなければいいのだ……。

樹の蔭には、〈俺〉の言ったように、替えの服が用意してあった。俺はシャツとズボンを脱いで、手や靴についた血を拭うと、新しい服に着替え、センターに駆け戻った。

「すみません、遅くなりました！」

俺の呼吸が乱れているのを、みんなは走ってきたせいだと勘違いしてくれた。何をやってたのかと誰かが訊ねたので、「ちょっと居眠りしてまして」とごまかす。スタッフの間に笑いが起きた。俺も無理に笑った。

そんなに急ぐことはなかった。実験開始時刻には、まだ一〇分あった。カプセルの最終調整はすでに終わっていたので、俺はスタンバイすることにした。タラップを上がってカプセルに入る際、鶴屋教授と握手を交わし、タラップのてっぺんではカメラの砲列に向かって手を振る余裕があった。もっとも、笑顔はひどくこわばっていたが。

俺はハッチを閉じると、シートに座り、ベルトを締めて、じっと待った。その時になってようやく、ナイフのことを思い出した。このマヌケめ！　死体は隠したが、ナイフはあの場所に落としたままじゃないか。誰かが通りかかったら、一発で見つかってしまう。

人生で最も長い一〇分だった。マイクで管制室と会話しながらも、いつ「そう言えばもう一人の北畑くんは？」と聞かれるか、気が気でなかった。あるいは、誰かが息せききって駆けこんできて、死体が発見されたことを告げるのではないかと――俺は祈った。何をしている、早く過ぎろ、早く一〇分経てと、時間を擬人化して叱咤した。

ついに時間が来た。カプセルはゆっくりとプール中央まで移動し、水中に吊り下ろされた。静かな水音とともに、水面がプラスチックの外側を上昇してきて、プールサイドにいた取材陣の姿が見えなくなった。俺は明日菜の姿が見えなかったことに気がついた。管制室にいるのだろうか。まあいい、じきに向こうでまた会える。

水の揺れがおさまると、カウントダウンが開始された。

「五、四、三、二、一……」

ゼロ、の声は聞こえなかった。いきなり真っ暗になったかと思うと、沈みこむような感覚があり、カプセルが大きく揺れた。すぐに非常灯が点灯、カプセル内を照らし出す。

さっきまで青く光っていた周囲の水が、今は暗幕を張りめぐらせたように黒々としていた。何かトラブルか？　俺はとっさに緊急浮上ボタンを押した。くぐもった爆発音とともにフロートが展開、カプセルは水面へと押し上げられる。俺は揺れが収まるのを待って、ハッチを開き、顔を突き出した。

暗くて何も見えない。ただ、水音が天井に反響する気配から、エクスチェンジ・プールであることは間違いなかった。

おかしい。俺は不安に襲われた。いつ未来からのカプセルが来てもいいように、エクスチェンジ・プールは夜でも常に照明が灯り、カメラで監視されているはずなのだ。それに、この変な蒸し暑さは……。

「おーい」

何度か呼んでみたが、返事はなかった。俺はカプセル内の救命キットにペンライトがあったのを思い出した。中に戻り、プラスチック・ケースから取り出す。こんなもの何の役に立つんだと笑ったものだが、まさか必要になる時が来ようとは。

俺は再びハッチから身を乗り出し、周囲を照らし出した。ペンライトの光量は貧弱で、頭上のキャットウォークやホイスト、それにプールの壁面がかろうじて見えるだけだった。なぜかプールの水位が基準よりやや下がっているらしく、プールサイドは視線より少し上にある。

カプセルが到着したらすぐに警報が鳴り、当直の人間が駆けつけてくるはずなのに、いくら待っても誰も現われない。俺はしかたなく、ペンライトを口にくわえると、プールに入った。泳ぎは得意ではないが、塩水の比重は大きいので、溺れる心配はない。水は妙に生ぬるかった。

苦労してプールサイドにたどり着き、壁面のハシゴにつかまった。もう一度「誰か！」と呼んでみるが、やはり返事はない。俺の胸に疑念が渦巻いた。この蒸し暑さは何だ？それに壁の外からかすかに聞こえるびゅうびゅうという嵐のような音は？ CHLIDEXが成功したなら、今は冬のはずじゃないのか？ どうして照明が点いてない？ それに——なぜ誰も出てこないんだ？

俺は息の詰まりそうな不安を覚えながら、プールサイドに這い上がった。したたる水音が空しく実験棟内に反響する。ペンライトで足元を照らしながら、そろそろと歩いた。階段の下あたりに何か袋のようなものが転がっている。いや、人が倒れているようだ。俺は足を速めた。

白衣を着た男が床に仰向けになっていた。顔は灰色で、紙をくしゃくしゃにしたようにしわだらけ、ぽかんと口を開けている。最初、老人かと思った。だが、すぐに思い違いに気がついた。目が落ち窪み、洞窟のように暗い空洞になっている。ミイラだ――死骸が腐敗せず、干からびているのだ。

しかも死体はひとつではなかった。よく見れば、プールサイド一面に散乱している。

俺は悲鳴を上げそうになった。パニックに陥ってその場から走り去り、出口を目指す。途中の廊下にもいくつも死骸が転がっていた。俺はそれを飛び越え、夢中で走った。「誰か！　誰か！」かすれる声で叫んだが、返事はなかった。

ようやくセンターの裏口にたどり着いた俺が見たのは、血の色に燃える空と、赤く変色した不毛の荒野だった。

風が少し弱まった。俺は無意識のうちに歩き出していた。あてなどなかった。生き延びられるとも思わなかった。ただ、同じ場所にじっとして死を待つことが耐えられなかったのだ。せめてこの世界のことを知りたかった。ここはいったいどこなのか――いや、いつなのか。

風に逆らって歩くうち、枯木の林の向こうに、見覚えのあるシルエットが見えた。踊るようなポーズで立ち尽くす少女。俺は地獄で旧友に出会ったようにほっとして、その方向に向かった。

そこにたどり着いた時、俺は涙が出そうになった。変わり果てた世界の中で、少女だけが変わっていなかった。陶酔した笑みを浮かべ、腕を振り上げ、髪とスカートをなびかせて、風の中で凍てついている。無論、俺に何かを語りかけてくるわけでもない。それでも俺は救われた気分になった。ここがまったくの見知らぬ世界ではなく、俺のいた世界と結びついていることを実感し、絶望のどん底でなぜか心が休まるのを覚えた。

ふと、俺は像の足元にあるものに気がついた。

ふたつの死体が少女にひれ伏すように、もつれ合って転がっていた。何か月も風雨にさらされたせいか、衣服はボロボロで、皮膚も剝がれ落ち、骨が露出している。だが、見たところ、上に覆いかぶさっている方の男が着ている服は、今の俺が着ているのと似ているように思えた。

俺は恐ろしい予感にかられた。足が自然にそちらに向く。何歩か歩いた時、足元でちりんという金属音がした。舗道に落ちていたものを蹴飛ばしてしまったのだ。俺はしゃがみこみ、土埃にまみれたそれを恐る恐る拾い上げた。

茶色い汚れがこびりついたハンティングナイフ——まさに俺が落とした位置に落ちてい

た。

わけが分からなかった。ナイフを落としたのは、ほんの十数分前だ。ここが半年前の世界なら、ナイフが落ちているはずがない。それに、あの死骸はいったい何だ。あれはどう見たって俺……。

「そんな……そんなはずはない」

俺はかぶりを振った。ここが過去なら、なぜ俺が死んでいる？　なぜナイフがここに落ちている？

「落ち着け、落ち着いて考えろ……」

俺は深呼吸し、自分に言い聞かせた。論理的に考えてみるのだ。時間をさかのぼってみよう。ビデオを逆回しにするように、起こったことを頭の中で逆にたどってみるのだ。俺はセンターから後ろ向きに走って戻ってくる。服を血に染まったものと着がえ、茂みから〈俺〉の死体をひきずり出す。地面に落ちていたナイフが魔法のように飛び上がり、俺の手に収まる……。

いや待て、本当にそうか。

俺の手から離れたナイフは地面にぶつかって停止する。その運動エネルギーは地面に伝えられ、衝撃となって地球全体に拡散する。時間の流れが逆になると、地球全体から衝撃が戻ってきて、ナイフの下の地面に集まり、ナイフを真上にはじき上げる。俺はそれを受け取り、〈俺〉の胸に開いた傷口に刺しこんで血を止める。ナイフを引き抜くと傷口はふさがる……。

本当にそんなことが起きるのか。地球全体に拡散した運動エネルギーが、ひとかけら残らず元通り集まってくると断言できるのか。量子的ゆらぎというものがある。運動エネルギーは完全には収束せず、一部は戻ってこないのではないか。

俺はようやく真相に気がついた。ナイフは舗道から飛び上がる。だが、わずかな差で俺の手には達しない。俺はつかみそこね、ナイフは再び舗道に落ちる。〈俺〉は生き返って、血を傷口に吸いこみながら起き上がってくる。俺は決められた台本通り、拳を〈俺〉の胸にぶつけるが、その手にはナイフはない。当然、拳をひっこめても〈俺〉の傷はふさがらない。俺たちは逆回りの格闘を続けようとするが、それはもはや同じ動きにはなりようがない。さっきまで血を吸いこんでいた〈俺〉の傷は、今や血を流しはじめている。やがて〈俺〉は逆行する時間の中でも死ぬ。俺はそれでも空しく格闘を続けようとして、〈俺〉ともつれ合って倒れる。〈俺〉が死んでも俺はしばらく生き続けるが、立ち上がることもできず、ゼンマイ仕掛けの人形のように意味もなくもがき続けるばかりで、やがて朽ち果ててゆく……。

「何てことだ……」

俺は全身の力が抜けるのを感じた。ブロンズ像の横にずるずるとへたりこみ、台座に寄りかかる。
同じことが世界中で起きている。すべての人間、いやすべての生物は、最初の数分は逆回転の動きをしようとするが、やがてそれを維持できなくなり、死んでゆく。減少に向かっていたエントロピーは増大に転じる。過去は俺が知っていたものとはまるで違うものになる。

「何てことだ……」

俺は今こそ、神沼論文が警告しようとしていたのが何だったかを知った。これがそうなのだ。タイムトラベルで過去に戻っても、そこにあるのはすべての生命が死滅した世界だ。微生物さえ絶滅してしまうので、死体は腐らず、ミイラ化するのだ。

あの中学生の疑問をもっと真剣に考えるべきだった！　パラレルワールドは未来に向かって増えるだけではない。過去に向かう際にも増えるのだ。未来に無数の可能性があるように、過去もまた無数にある。俺たちはそのうちのひとつしか記憶していないから、過去はひとつだと錯覚しているのだ。記憶していない無数の過去で自分たちが死んでいるなんて、想像もしていない。

じゃあ、〈俺〉が無事に過去に戻れたのはなぜか？　決まっているではないか。過去に向かってタイムトラベルした者は無数に分岐し、無数のパラレルワールドに到着する。すなわち、少なくとも一人は必ず正しい過去にたどり着くはずだ。だから過去の住人たちも、タイムトラベラー自身も気づかない。CHLIDEXが行なわれるたびに、無数の世界が滅んでいるということを。

鶴屋教授は知っていたに違いない。CHLIDEXセンター建設に投資した連中も。この事実が知れ渡ったら、CHLIDEX実験は中止されるだろう。投資した莫大な金が無駄になる。だから彼らは選択した。自分たちの世界の利益のために、他の無数の世界を犠牲にすることを。

だが、いつかは知れ渡る。神沼博士でなくても誰かが、このことに気づく。それが七年より先からメッセージが届かない理由だ。過去に警告することさえ過去を破壊することになるので、真相を伝えられないのだ。

俺はすべてを理解した。しかし、それが何になる。誰も助けになど来ない。俺はここで死ぬしかないのだ。

過去に向かった俺の一人は、正しい過去に到着したに違いない。世界初のタイムトラベラーとして賞賛され、今度こそ明日菜を落とせるという希望に胸をふくらませているのだろう。だが、そんなのは慰めにもならない。無数に近い俺のうち、ただ一人が幸せになれたからといって、どうだというのか。そんなことは、ここにいる俺に関係ない。

俺はすすり泣きながら、寄りかかっている台座の碑文を見た。「まだ見ぬ冬の悲しみも」――そう、自分のまだ見ぬ未来に何が待ち受けているか、俺は何も知らなかった。知ろうともしなかった。

「俺はバカだ——なあ？」

顔を上げ、ブロンズの少女に同意を求める。少女は変わらぬ笑みを浮かべたまま、無言で俺を許容した。

東の山がひときわ明るく燃え上がったかと思うと、真っ赤な光の矢を放ちながら、ゆっくりと太陽が昇ってきた。太陽は狂っていた。赤色巨星化したかのように、毒々しい赤に染まり、ぶよぶよと膨張している。黒点がはっきりと肉眼で見えた。この半年間、自分が放射し続けた全エネルギーを、全方向から浴びせかけられ、消化不良に陥っているのだ。エネルギーの多くは中心部へ逆流し、ヘリウムが水素に分裂する反応によって吸収されるが、完璧には吸収しきれない。余分な熱量が蓄積し、太陽活動のバランスを根本的に崩しているのだ。きっと宇宙のすべての星に同じことが起きているに違いない。

風がまた強まってきた。残された時間は長くなく、できることはもう何もない。俺はただ一人の友であるブロンズの少女の足元で、静かに最期の時を待った。

七パーセントのテンムー

「ねえ、聞いてよセンセイ、信じられる？　俺、テンムーなんだってさ！」

私は科学雑誌向けの連載エッセイの原稿を書いていたところだった。キーボードを叩いていた指を止め、仕事部屋の入口の方を振り返る。瞬は大学から帰ってきたばかりで、夕飯の食材の入ったスーパーの袋を抱え、ドアにもたれてぷんぷんむくれていた。

同棲しだして八か月ほどになる。私より一三歳も下だ。俳優やホストには及ばないが、そこそこイケメンの青年である。少しひょろっとして頼りなさそうだが、そこがまた母性本能をくすぐられる。世間ではこういう関係はあまり良く思われていないので、私は親しい友人を除いては、おおっぴらにしていない。もっとも瞬の方ではそんなこだわりはなく、「俺、作家のセンセイと同棲してるんだぜ！」と大学で友人たちに吹聴しているらしいが。

「テンムー？　瞬が？」

何かの冗談かと思った。数週間前、T大学の医学部にいる知り合いから、最近何かと話題の充原（みつはら）教授の研究室でセレブロの被験者のバイトを募集しているという話を聞き、瞬に紹介してやった。退屈な実験だったがちょっとした小遣いぐらいにはなった、と瞬は話していた。その話題はそれっきりだったと思っていたのだが。

「そうなんだよ！」

彼は近寄ってかがみこみ、私と鼻が触れ合うほどの距離に顔を近づけた。

「なあ、俺、ゾンビに見える？」

「ゾンビには見えないけど臭い。バナナ食べたね？」

私はバナナの匂いが苦手だった。「あ、ごめん」と瞬は体を離し、口を隠して「三時間も前なんだけどなあ……」ともごもごと弁明する。こういうところはかわいい。

「そう宣告されたの？　I因子欠落者だって？」

「いや、宣告じゃないけどさ。建前として被験者に結果は告知しないことになってるから。でも、実験手伝ってる女子学生の一人がすっげえ軽薄な奴でさ。結果をべらべら喋りまくりやがってて、誰がテンムーかって噂がいつの間にかキャンパス中に広まってんだよ。それが回り回って俺の耳に入ってきたってわけ」いまいましそうにかぶりを振って、「何で女ってのはお喋りなんだろうな」

女を目の前にしてそういう差別的言い方をする瞬も、どちらかと言えば軽薄だと思うが。

「でもそれ、ただの中傷じゃないの？」

「でも、その女に恨み買うようなことしないし。で、そいつを見つけて問い詰めたら、『そういう結果が出てるんだからしかたがないでしょ』って言いやがるんだ。それこそゾンビ見るような汚らわしそうな目でさ。鈴木や大塚まで『お前、Ｉがなかったんだなあ』なんてからかいやがるし……ほんっと、腹立つ！」

彼は自分の胸を親指でつついた。

「なあ、俺どう見たってテンムーじゃないだろ⁉　ごく普通の人間だろ、なあ！」

私は動揺していたものの、すばやく頭を回転させた。よく考えなしに喋って他人を怒らせてしまう瞬と違い、私はこういう状況で相手を傷つけない言い回しを即座に検索することを心がけている。

「あなたは自分がゾンビじゃないって分かってるんでしょ？」

「あったり前じゃん！　だいたい、Ｉ因子とかいうもんがなかったら、こんなに腹が立つかよ」

それは違う。Ｉ因子は感情とは別だ――とは指摘しなかった。そんなことを言ったらいっそう怒らせるだけだ。

「だったら間違いなんじゃない？　検査のミスか何かよ。そうかその女の子が嘘ついたか。気にすることない」

「だよなあ」

「そうよ。気にすることない」

平静を装ってそう言いながらも、私は自分の心を瞬に読まれないかとどきどきしていた。気にすることないって？ 私は気にする。彼がテンムーかもしれないという話には説得力があった。思い当たるふしがいくつもあったからだ。

平城瞬と知り合ったのは、あるネットゲームのオフ会だった。ゲームの中では彼がかわいい女の子の戦士で、私が若い男の魔法使い。よくパーティを組んで行動した。だもんでオフ会で初めて顔を合わせてすぐに意気投合した。

私は調子に乗って飲みすぎ、べろんべろんに酔って、瞬にマンションの部屋まで送ってもらった。いちおう彼は礼儀正しく帰ろうとしたが、私の方から「ねえ、ミレーナぁ」(彼のキャラクター名だ）と抱きついてベッドに連れこんだ。

それから数週間後、なし崩しに同棲に発展した。私はべつに年下趣味というわけではなく、彼も年上趣味じゃないのに、こういうことになるとは意外だった。去年の私に「あんた一三歳下の男の子と同棲するようになるんだよ」と言っても、絶対に信じまい。人の縁というのは不思議なものだ。

彼には「ヒモになることだけは絶対許さない」と宣言してある。部屋を提供し、毎月の家賃・食費・光熱費などを負担してやっているのだから、それ相応の労働力を提供してくれなければ困ると。だから料理と掃除洗濯はもっぱら瞬の担当だ。

彼は「俺、カレーは得意だぜ」とか「俺、ラーメンは得意だぜ」などと言う。彼の「得意」とは、パッケージの裏にある作り方の解説に忠実に作ることだ。自炊生活が長かったこともあって、そこそこ無難なものには仕上がるが、バリエーションには欠ける。だいたい月に五回のカレーは多すぎる。「たまには変わったもの作ってよ」と注文し、料理の本を渡したりもしたが、やはりレシピに忠実に作るので精いっぱいで、オリジナルの料理を作ろうとは思わないようだ。

彼は私を「センセイ」と呼ぶ。だが、私のファンというわけではない。私の小説はほとんど読まない。というか、小説そのものをめったに読まない。一度、私の本を読ませたら、「センセイの小説って読みにくいよ」と文句を言われた。登場人物の設定やシチュエーションが冒頭で説明されていないのが不親切だ、会話の意味がよく分からないまま読み進めなくちゃいけないのが面倒だ、というのだ。作者が故意にシチュエーションの説明を遅らせて読者をじらすのは、娯楽小説では古典的な手法のひとつなのだと説明しても、納得してくれない。

小説だけではない。いっしょに映画を観ても、「あのシーンの演出が冴えてたよね」とか「あの展開は前半に伏線があった方が良かったかも」といった私の感想は、彼にはちんぷんかんぷんらしい。彼の感想は「面白かった」か「イマイチだった」かのどちらかだ。それ以上の複雑な分析はできない。

つき合ううちに分かってきたのは、瞬には独創性とか創造性とか芸術的センスといったものが根本的に欠如していることだった。一流大学に入れたぐらいだから、優れた学力を持っているのは間違いない。だが、人と違った何かをやりたいという意志や、何かを創造したいという強い欲求は何もない。将来の夢も、人生を歩むうえでの指針のようなものもなく、なりゆきまかせに毎日を生きている。私とこうなったのだって、なりゆきみたいなものだ。ファッション誌の記事を参考に服を選び、攻略本を見ながらゲームを進め、ヒットしている映画を観に行きたがる――マニュアル通りに生きているだけで、それ以上のものは何も望まない。

そんなことで彼を嫌ったりはしない。確かにちょっとオバカだが、それもチャームポイントと言えなくもない。何度か私に嘘をついたことがあるが、一瞬でバレるような稚拙なもので、怒る気にもなれなかった。むしろ嘘もつけないほど不器用であることに安心した。こんな性格では上手に二股などかけられまい。浮気をされたことはないが、されてもすぐに見抜けると、私は確信している。

凡人であることは何も悪くない。大切なのは心だ。私は彼を愛している。彼も私を好きだと言ってくれている。それで充分ではないか――そう思っていた。

だが、彼がゾンビかもしれないとなると、話は別だ。

瞬が夕食を作っている間、私はT大学の医学部にいる知人の千沙（ちさ）に電話した。被験者のバイトの件を私に教えてくれた人物だ。

『かかってくる頃だと思ってたよ』

彼女は面白がっているようだった。

「どうなってんのよ。個人情報だだ漏れじゃない」

私は文句を言ったが、彼女は平然としていた。

『あのね、今の世の中で情報の守秘義務なんてもんが忠実に守られてると思う方がおかしいよ。近頃の若い者（もん）は生まれた時から携帯とネットがあって、著作権法違反の映像をアップしたり、あることないこと掲示板に書きこむのが当たり前って価値観になってきてるでしょ？　だから日常生活でもその延長で、喋っちゃいけないことまで平気で喋っちゃう奴がいるもんなのよ。うんうん』

彼女は自分の言葉に相槌を打った。私と同い年なのに、やけに年寄り臭い言い回しをする。いつものことながらつかみどころのない女だ。一度、頭の中をセレブロで覗いてみたい。

「あなたが紹介したバイトでしょ？」

『漏らしたのはうちの研究室の子じゃないし。それに、あなただってこうしたことが起きるかもしれないってリスクぐらい、予想してたんじゃないの？』

私は詰まった。予想なんかしていない。瞬がI因子欠落者かもというのは、冗談でふと思ったことはあるが、本当にそんなことがあるなんて思ってもいなかった。

「で、どうなの？」

『何が？』

「噂よ。瞬のこと。事実なの？」

『それこそ守秘義務に抵触するのでお答えできません』

「いいかげんにして！」

思わず声が大きくなってしまった。私はダイニングの方をうかがった。瞬は炒め物に夢中で気づいていないようだ。私は声をひそめた。

「私には告知を受ける権利があると思うんだけど？」

『いいわ。事実よ。彼は間違いなくI因子欠落者だった』

あまりにあっさり言われたので、かえってショックを受けた。

「それでその……本当なの？　I因子欠落者がテンムーだって説は……」

『ああ、その件についてはよく分かんない。充原先生、今度の情報漏洩でちょっと過敏になってて、研究室全体に緘口令(かんこうれい)敷いてるの。ほら、差別問題とかもからんできそうだし…

……』

「でしょうね」

『だから研究がどこまで進んでるか、どんな結果が出てるのか、私の立ち位置からじゃ見えないのよね』

「でも、評判ぐらいは聞いてないの？」

『まあ、聞いてるっちゃ聞いてるけど……』

千沙は言葉を濁した。私は強く迫った。

「どうなの？　テンムー説は本当なの？」

彼女はあきらめたように言った。

『ええ、どうも本当らしいわね』

私は難病を宣告されたような気分だった。


その夜、私は気になって、ネットでＩ因子欠落者について調べ直してみた。

数年前、新しい超伝導素子の開発によって、ｆＭＲＩの空間分解能が一〇〇ナノメートル単位に、時間分解能が一〇マイクロ秒単位に達した時、大脳生理学者や認知心理学者の間に大きな期待が生まれた。これまでの装置では、人が何かの作業（暗算をする、音楽を聴く、クイズを解く、人の顔を思い出す、などなど）をやっている間、脳のどの部分が活動しているかという漠然とした情報しか手に入らなかった。だが、脳内の神経活動が詳細にモニターできるようになったことで、これまで学者を悩ませていた大きな謎——意識とかクオリアといったものは、脳のどの部分で、どのようなプロセスによって生まれるのかという問題に、解決の糸口がつかめるのではないかと思われたのだ。

問題は、データ量が飛躍的に増大しても、それを解析するノウハウがまだないことだった。ロゼッタストーンなしで古代文字を解読するようなものだ。しかし、自然界には脳の活動を理解できるハードウェアがすでに存在する。脳それ自体だ。

そこで他人の脳の活動をモニターする実験、いわゆる「人工テレパシー」の試みが世界各地の研究機関で熱心に行なわれるようになった。その中でも、瞬の通う大学の充原郁彦(いくひこ)教授の研究室は、ライバルたちを一歩リードしていた。アメリカのグループが開発した「セレブロ」という装置に独自の改良を加え、fMRIと組み合わせることによって、被験者の脳の活動を他の観測者にも擬似体験させることが可能になったのだ。

写真でしか見たことはないが、セレブロは巨大で不恰好なヘルメットだ。その内側は何百万という数の微細なコイルに覆われていて、fMRIが捉えた被験者の脳の磁気共鳴と同じものを観測者の脳内に作り出し、神経活動を惹き起こす。ただし脳に与える悪影響を考慮し、発生する電位は実際の神経活動より小さいものになるよう設定されている。

人工テレパシーと呼ばれてはいるものの、まだ他人の思考を完全に読み取ることはできないし、将来的にも困難だろうと言われている。というのも、人間の脳には個人差があり、他人の脳と同じ箇所が励起しても同じ反応を示さないからだ。それでも「この人は何かを思い出している」とか「何か頭を使う作業をやっている」「リラックスしている」といったことを漠然と感じ取れるようにはなってきている。

その実験中、充原教授のグループはある現象に遭遇した。特定の人物を被験者にした場合に、観測者が「この人には何か大きなものが欠けているように感じる」と報告する例があるのだ。錯覚ではない証拠に、観測者が交替しても、同一の被験者に対し、やはり同じ印象を報告した。見かけは普通の人間で、知的停滞も精神疾患も認められないのに、正常な人間とは何かが決定的に違う、というのだ。

一〇〇人以上の被験者を調べるうち、「何かが欠けている」と判定される人が他に何人も見つかった。充原教授はその欠けている要素をI因子と名づけ、学会に発表した。Iは「郁彦」の頭文字だという。

充原教授は学者として慎重な立場を取った。I因子の正体について何ひとつ仮説を述べず、ただI因子欠落者の存在だけを報告して、各国の研究者による追試を期待した。その結果、出遅れていた他のグループも次々に、充原教授の発見が正しかったことを証明した。

全世界で計一六八五人の被験者が調べられ、うち一一九人がI因子欠落者と判定された。未成年に関するデータは乏しかったが、少なくとも二〇歳以上の被験者に関しては、性別、人種、学歴などに、大きな偏り（かたよ）は認められなかった。すなわち、I因子欠落者は成人の約七パーセント存在することになる。

通常人とI因子欠落者は何が違うのか。様々なテストが行なわれた。全般的なIQには大きな差はなかったが、エピソード記憶に関するテストでは、I因子欠落者の成績がやや劣っていることが判明した。ある文章を読み聞かせたり、ビデオで短いドラマを見せたりした後、何時間かしてからその内容について質問すると、誤って記憶していることが多いのだ。性格に関するテストでは、I因子欠落者は他者に対する感情移入が苦手であるという結果も出た。創造性や想像力についてのテストでも、通常人よりやや低いスコアが出た。

今、科学者たちはI因子の正体を突き止めようと躍起になっている。通常人とI因子欠落者の脳の活動を比較し、「何かが欠けている」と感じさせる部分はどこなのかを見つけようとしているのだが、fMRIのデータはあまりに膨大であるうえ、脳の活動には個人差があるため、単純な比較はできない。その作業は複雑な間違い探しクイズのようなもので、科学者たちは頭を悩ませている……。

これだけなら単なる科学トピックスであり、世間の注目を集めることもなかった。だが、数か月前から医学・心理学関連の掲示板上で、I因子の正体がささやかれだして、ちょっとした騒ぎになっていた。誰が言い出したのかは分からない。充原教授に近い誰かが洩らしたのだという話もある。その主張は風変わりではあるが、説得力があった。

そもそも充原教授はI因子の正体に気づいていたふしがある。なぜI因子などと名づけたのか。「充原郁彦」ならM因子と名づけるはずではないのか。そう、Iには別の意味がある。いきなり荒唐無稽な仮説を唱えても恥をかくだけだし、かと言って他の誰かに先に指摘されるのもしゃくだから、名前で匂わすにとどめたのだ……。

それは〈私〉のIだというのだ。

I因子欠落者は自意識を持たない。これは昔から哲学者が「ゾンビ」と呼んでいた概念だ。普通の人間と同じように思考するが意識を持たない人間。ロボットのようにプログラムに従って動いているだけで、その脳の中には〈私〉という概念がない。心あるもののように振舞ってはいるが、心を持っていない。無論、それはあくまで哲学的な概念であって、誰もそんなものが実在するとは思っていなかった。だが、それは実在した。全成人の約七パーセント、全世界で何億人ものゾンビがいたのだ。

そんな重大な事実がこれまで分からなかったのは、他人の心の中を直接知る方法がなかったからだ。ゾンビと言っても、顔が腐っているわけではないし、よたよたと歩くわけでもない。日常のすべての動作はスムーズに行なえる。自転車に乗る時のことを考えてみればいい。慣れないうちはペダルを漕ぐのもバランスを取るのも難しいが、慣れれば何も考えずに乗れるようになる。自転車に乗るのに意識は必要なく、ロボットでもできる。げんに自転車に乗るロボットは存在する。

頭を使う作業だって同じだ。アクション型のTVゲームは、慣れてくると指が勝手にコントローラーを操作するようになり、プレイしながらべつのことを考えられるようになる。将棋やチェスなどの思考型ゲームにしても、名人になるといちいち意識して考えなくても次の手がひらめくという。つまりゲームをするのにも意識は要らない。

日常の行為のほとんどは、意識を持たないコンピュータやロボットにもできることだ。現代のロボットはピアノを弾けるし、車を運転できるし、卵も上手に割れる。大学の入試問題を解くロボットだって、その気になれば造れるだろう。文章を理解し、ひらがなを漢字に変換し、英語を日本語に翻訳し、歴史上の事件の年号や人物名を答え、数学や物理の問題を解くぐらいなら、現代でも可能なソフトウェアが存在する。自然界のスーパーコンピュータである脳なら、もっと高度な問題を解くソフトが生まれつきインストールされていても不思議はない。そうしたソフトが学習を重ねれば（つまり受験勉強をすれば）、ゾンビが大学に入学できてもおかしくない。

ここで当然、反論が起きる。試験問題を解くだけなら確かに心を持たないロボットでもできるかもしれない。だが、人間関係はどうなのか。心を持たないロボットのような人間は、それこそロボットのようにしか反応しないのではないか。通常人と違うことがすぐに分かってしまうではないか。

それに対する再反論。ひと昔前の恋愛シミュレーションゲームは単純な選択肢しかなく、キャラクターはあらかじめ収録された声優の声でしか話せなかった。だが、最近のギャルゲーを見ろ。プレイヤーの問いかけに合わせて返答を自動的に生成し、合成された音声を発する。感情のパラメータを持ち、それに合わせて声にも感情の起伏が表現される。悪口や下品な単語を使うと怒り出し、優しい言葉をかければ喜ぶ。プレイヤーはあたかも本物の人間のように、モニターの中の女の子に接する。だが、ギャルゲーの女の子に本当に心があるわけではない。それはあくまで擬似的なもの、プログラマーが設定した通りに喋っているだけなのだ。豊富な語彙を持ち、文章の前後関係を理解する能力は与えられているものの、結局のところ、昔ながらの「人工無脳」が進歩したものにすぎない。

それと同じだ。I因子欠落者は自然界の進化が生んだ、いわば「天然無脳」とでも呼ぶべき存在なのだ。

(無論、この言葉は不正確だ。I因子欠落者は脳を持っているし、現在の最先端のAIを上回る高度な知能も有しているのだから。だが、「ゾンビ」という不気味な言葉は差別的な印象があり、多くの人が使用をためらったのに対し、「天然無脳」略して「テンムー」という言葉はユーモラスな響きがあり、たちまちネット上のスラングとして定着してしまった)

またも反論。しかし、ギャルゲーのキャラクターの反応はやはり不自然だ。そんな存在がチューリング・テストに合格するとは思えない。

再反論。アラン・チューリングの提唱したチューリング・テストは、あくまでAIが知的活動を行なえるかどうかを判定するものであり、意識があるかどうかを判定するものではない。チューリング・テストにパスするにもかかわらず、意識を持たないプログラムというものを想定することは可能だ。

それに人間は日常生活でチューリング・テストなど行なっていない。自分と同じ人間だから、心を持っているに違いないと、単純に信じている。その先入観があるから、相手に心がないことを見抜けないのではないか。実際にチューリング・テストを——視覚に頼らず、テンムーと通常人を文章による会話だけで見分けられるかどうかというテストをやってみたら、外見からでは分からない違いがはっきりするのではないだろうか。

こうした主張の根拠ではないかと思えるエピソードもあった。充原教授の被験者となった人物の一人は、同じ大学の哲学科の唯町正治(ただまちまさはる)助教授だった。彼は『相対性理論はやはりまやかしだった』という本を書き、現代物理学は根本的に間違っている、全世界の物理学者は権威の失墜を恐れてそれを隠蔽していると主張している変人だった。その彼が、何とI因子欠落者と判定されたというのだ。

唯町助教授が物理学系の掲示板で批判者と行なった議論のログが残っている。それを読めば、彼がどういう人物であるか分かる。自分に対する批判にまともに答えようとせず、厄介な質問ははぐらかし、あるいは感情的に反応し、批判者を嘲笑する一方で、どれほど証拠を突きつけられても決して自分の意見を改めようとはしない。なるほど、その反応を見る限り、生きた人間ではなく人工無脳だと言われても信じてしまいそうだ。彼はおそらくチューリング・テストにパスしないだろう。

もしかしたら彼はＩ因子欠落者の典型例なのだろうか。ネット上には彼のようなタイプの人間は少なくない。人間でありながらプログラムのように振舞う者。日常生活では普通の人間と変わらないが、顔の見えないネット上の会話では、人工無脳のような反応を示す――彼らはみんな心を持たないプログラムだったのだろうか？

私は考えこんだ。こうしたＩ因子欠落者の特徴は、言われてみれば瞬に当てはまることばかりだ。彼はしばしば非常識なことを信じこんでしまい、私を困惑させる。「ダイアナ妃ってイギリスの王室に暗殺されたんだろ？」とか「９・11テロってみんなアメリカのでっちあげだったんだぜ」とか。コンビニ売りのマンガで仕入れた知識らしい。私がそうした話の矛盾点を指摘しても、なかなか納得しない。

また彼は、私の心理を理解してくれないことが多い。よく、オチのないつまらない話をえんえんとする。私は無表情で適当に相槌を打って、そんな話は早く切り上げてほしいというサインを送るのだが、瞬に通じたことは一度もない。自分が話すことばかりを考えていて、聞かされている側の心境を理解できないのだ。かと思えば、私が仕事で疲れている時に抱きついてくる。一人でリラックスしたい気分なのだと説明すると、いきなり「俺を嫌いになったのか!?」と怒り出したのには驚いた。どんなに好きでも始終べたべたしていたくはない。疲れている時には距離を置いてそっとしてあげるのが愛する者への思いやりだろうと思うのだが、彼の頭の中では「愛」＝「抱き合うこと」でしかないらしい。

もしかしたら、彼には心がないのだろうか。心がないから私の心を理解できないのだろうか。

I因子欠落者にも生殖本能はある。動物がつがいを求めるように、異性と抱き合いたい、結ばれたいと思うのは当然だ。その意味では、瞬が私に対して好意を抱いているのは確かだろう。

だが、「愛してるよ、センセイ」という彼の言葉はどう解釈すればいいのか。意識の活動を伴わない好意を「愛」と呼んでいいのか。それはワニが交尾相手を求めているのとどう違う。「愛してる」という言葉は、鳥の求愛行動と同じように、単なる動物的本能に従ってプログラムが言わせただけであって、本当は彼の中には愛など存在しないのではないか……?

「まだ仕事してんの、センセイ?」

唐突に背後から声をかけられた。私は慌ててブラウザを閉じた。何を調べていたか知ったら、彼はどんな反応を示すだろうか?

「もう遅いよ。それとも今晩も徹夜?」

「いえ、もう終わる。気分が乗らないから」

実際、今夜は動揺していて、文章を書ける心境ではなかった。

まだパソコンの終了処理が済まないうちに、瞬は背後から抱きついてきて、耳元にささやきかけた。

「じゃあさ、ベッド行く？」

一瞬、ぞっとしたが、私はあくまで平静な口調で、偽りの笑みを浮かべて答えた。

「ええ、いいわね」


その夜の行為はそれまでで最悪だった。

私の体を這い回る瞬の指。昨日まで、それは文字通りの「愛撫」だと信じていた。私を抱く腕には愛がこめられているのだと。だが、今は信じられない。彼は心のない自動機械にすぎず、本能とプログラムに従って動いているだけなのではないかと思うと、いくら否定しようとしても嫌悪感が湧き上がるのは避けられない。「愛してるよ」という彼のささやきが不気味に響く。

私はこれまでゾンビに抱かれてきたのか。愛だと思っていたものはすべて幻想だったのか。

こんな心境でセックスに没頭できるはずがない。だが、自分が冷めていることを瞬に悟られるのも恐ろしかった。だから感じてもいないのに感じているふりをした。いつもと同じ反応に見えるように必死に演技をした。わざと声を上げ、おおげさに身をよじった。

自分までロボットになったような気がした。

それから数日間、私は軽い被害妄想に苛まれた。瞬の言動のひとつひとつを猜疑の目で見てしまう。この言葉は本心から出たものなのか、それとも心を持たないプログラムが言わせているのか。あの動作は意識して行なっているのか、あるいは単に学習で身につけた反射動作なのか。

こんなことを疑うのは、私が彼を愛していない証拠なのだろうか？ いや違う。愛していなければこんなに苦しみはしない。愛しているからこそ、彼が心を持っていないかもしれないことで悩むのだ。

瞬だけではない。私がこれまでの人生で直接知り合った、あるいはネットで会話した何百人もの人。その七パーセントは心を持たないテンムーなのかもしれない。五〇〇人中約三五人。いったい誰がそうなのか？

知り合いの会社社長に、「栃木県の人間はみんな頭が固い」という持論を持っている男がいた。その根拠は、彼の知る一人か二人の栃木県人が頭が固いから、というものだった。私は栃木県生まれだけど頭は固くないと反論すると、「ほらほらそういうとこが頭が固いって言うんだよ」と嘲笑された。酔っ払うと「栃木県人は頭が固い」とエンドレスで一時間に五〇回は繰り返し、さすがに辟易した。今から思えば、彼の言動はまさに融通のきかない人工無脳のそれだった。

大学時代の後輩に、悪い男に騙されて虐待されたうえに金を貢がされている女の子がいた。しかし、私たちがいくら説得しても、「彼に愛されているの」「彼は私がいないとだめなの」と主張して手を切ろうとしなかった。結局、多額の借金を背負いこんだ末に、用済みになって捨てられた。それでも彼女は目が覚めず、男にもっと金をあげるべきだったと泣いていた。

新聞にもそれらしいニュースが毎日のように載っている。小学校で大量殺人をやると冗談半分でネットに書きこみ、たちまちIPアドレスをたどられて逮捕された教師。有害物質であるベンジジンや4－ニトロジフェニルを、特に目的もなしに違法に合成し、大量に貯めこんでいた化学部の学生。親がゲームを買ってくれなかったことに抗議して自殺した少年。かなりの財産を持ち、大きな家に住みながら、大量のゴミを庭に貯めこんで近所に迷惑をかけている老人。「私はシャーロック・ホームズの生まれ変わり」と主張するインチキ霊能者を信じ、多額の金を騙し取られた被害者たち……。

彼らは実はテンムーなのではないか。心を持たないプログラムで動いているから、時として、通常の人間ではありえない非常識な行動をしてしまうのでは？

今、私は出版社から返ってきたばかりの単行本のゲラを読み直している。校正者による膨大な量のチェックが入っていた。校正者にもいろいろなタイプがいるが、この人物はいわゆる「差別語」にやけに過敏だった。「それは盲点だった」とか「権力者に盲従する」とか「狂騒状態に陥った」とか「荒れ狂う嵐」とか、「盲」「狂」という文字すべてに鉛筆で丸がついているのだ。果ては「狂言自殺」「屈強な黒人」「片目をつぶった」といった表現までチェックが入っているのにはあきれた。不適当な表現だから修正してはいかがですかというのだが、大きなお世話だ。そんなのが差別表現ではないことぐらい、常識で考えて分かりそうなものではないか。

チェックだらけのゲラを読み進めながら、私は背筋が寒くなってきた。この校正者のやっていることは、単純に「狂」や「盲」という文字を検索し、丸をつけているだけだ。そんなのは機械にもできる。文書編集ソフトをロボットにインストールして、鉛筆を持たせればいいだけだ。そこには心ある人間としての判断力が欠落している。

一〇年以上もこの業界にいて、何冊も本を出しているのに、私は校正者本人に会ったことは一度もない。彼らは実在しているのだろうか？　それともすでにその作業はロボットが代行しているのだろうか……？

ああ、だめだ。何を見てもテンムーと関係づけてしまう。自分でも妄想だと分かっているのに、考えるのを止められない。

私は差別には断固反対の立場だ。身障者や外国人を差別したことは一度もない。だが、この問題に関してだけは別だ。瞬がテンムーかもしれないと思うと、不安と嫌悪感が湧き上がるのを抑えられない。彼が本能とプログラムで動いているだけのゾンビだとしたら？　心のない口が愛を語り、愛を持たない腕が私を抱いているのだとしたら？

そんなのは耐えられない。気が狂いそうだ（ああ、あの校正者ならここでチェックを入れるんだろう！）。

しかし、本当にそうなのだろうか。千沙はああ言っていたが、本当に瞬はI因子欠落者と判定されたのか。そしてI因子とは本当に〈私〉のことなのか。どちらかが間違っていれば、希望はある。

私は決意した。こんな不安な気持ちで瞬との関係を続けたくない。はっきり白黒つけよう。

思いついてすぐ、千沙に電話して、充原教授の連絡先を教えてもらった。幸いなことに、私は小説以外にも科学関係のエッセイを書いている。取材という名目でなら会ってもらえるのではないかと思ったのだ。

千沙から教えられたアドレスに取材申し込みのメールを送ると、すぐに返信が来た。ガードが固いと聞いていたので、説得するのに骨が折れるかと思っていたが、あっさりＯＫされたので拍子抜けした。何と充原教授は科学雑誌に連載している私のエッセイを読んでくれていたのだ。それなら話は早い。

翌週、私はT大学の研究室に充原教授を訪ねた。

教授は五〇歳。いかにも優しげな眼をした人物だった。死んだ父に似たところもある。人間を外見だけで判断してはいけないと思いつつも、私はこの人は悪い人ではなさそうだと感じた。

「佐々木さんから話は聞いています」

名刺を見て、彼は言った。佐々木というのは千沙のことだ。

「私たちの研究のせいで、ご迷惑をおかけしたそうで」

彼は神妙な顔で深々と頭を下げた。私は恐縮した。千沙の奴、そんなことまで喋ってたのか。それこそ個人情報の漏洩ではないか。

「かなり悩まれたんじゃないですか？　平城瞬くんのことで」

「ええ、まあ……」

「情報の管理が行き届かなかったのは私たちのミスです。問題が問題だけに、もっと慎重になるべきでした。そのせいであなたに不安な想いをさせてしまった。この取材をお受けしたのは、その罪滅ぼしという意味もあるんです。あなたにすべてを知っていただくのがいいと思いまして。これまでの研究成果を特別にお見せしたいんです」

「極秘じゃなかったんですか？」

「来月二日の学会で発表する予定です。でも、それよりひと足先にあなたにお話ししておきたいんです」

「どうしてですか？」

「世間に流布しているI因子欠落者に関する誤った知識を訂正したい。そのためにはメディアで正しい情報を広めなくてはなりません。そう思っていたところでしたから、あなたの取材申し込みは、まさに渡りに船といったところでして」

「でも、今から書いても、雑誌に文章が載るのは来月末になりますけど」

「かまいません。むしろ学会発表より前にマスコミで発表する方が問題でしょう」

「なら、取材は学会発表の後でも良かったのでは？」

「いいえ、そんなに待たせるわけにもいきません。あなたと平城くんの人間関係を修復するのが急務ですから」

私は教授の誠実さにあらためて好感を持つと同時に、希望を抱いた。瞬はやはりテンムーではなかったのだろうか？

さっそくインタビューをはじめようとする私を、教授はやんわりとさえぎった。

「お話しする前に、まずテストを受けていただけないでしょうか？」

「テスト……ですか？」

「ええ。fMRIで脳の活動を調べるテストです。被験者になっていただきたいんです」

好奇心をそそられたものの、教授の意図がよく分からなかった。私は「どうしてですか?」と訊ねた。

「意識とはどういうものかを説明するのに、あなた自身の脳をサンプルにするのが分かりやすいと思うからです。先入観を与えると結果に影響するかもしれませんので、説明はテストの後で行ないたいんです。お手間は取らせません。せいぜい四〇分ぐらいで終わります。いかがですか?」

私は少し不安と疑念を抱いたものの、好奇心には勝てなかった。すぐに「ええ、お願いします」と答えた。


身に着けていた金属製品をヘアピンやピアスにいたるまですべて取り、専用の検査着に着替えてMRI室に入った。指示通りにベッドに横たわると、ベッドはゆっくりとスライドし、私の上半身は白いプラスチックカバーに包まれた巨大な円筒の中に入っていった。目の前にあるのは円筒の内側の白い壁ばかり。閉所恐怖症の気味はないはずなのに、少し息苦しさを覚える。

スピーカーから教授の声がした。

「正解数やスピードを計るテストではありません。ゆっくり考えていただいてけっこうです。分からなかったり答えたくない質問には答えなくてもかまいません。一分考えても答えが浮かばない場合、次の質問に移ります。よろしいですか？」

私が「はい」と答えると、教授の助手がゆっくりと質問を読み上げはじめた。計算問題、一般常識問題、なぞなぞ、倫理的な問題、記憶力を試す問題などがランダムに出題される。

「円周が一キロある池があります。AさんとBさんが池の縁の同じ地点から同時に反対方向にスタートし、池に沿って走り出しました。Aさんは時計回りに時速二〇キロで走り、Bさんは反時計回りに時速一六キロで走ります。二人が出会うのは何秒後ですか？」

「イギリス清教徒がメイフラワー号でアメリカに移住したのは、関が原の合戦より前ですか後ですか？」

「東京から神戸に向かっていた列車が止まってしまいました。一日経っても二日経っても三日経っても動き出しません。ようやく何日かして動き出しました。列車が動かなかったのは何日間でしょう？」

「あなたは公園で、一〇歳ぐらいの子供が長さ二〇センチぐらいのトカゲを捕まえているのを目にしました。子供は石を振り上げ、今まさにトカゲの頭を潰そうとしています。あなたはどうしますか？」

「五〇〇円硬貨の裏の模様をできるだけ正確にイメージしてみてください」

即答できる問題もあれば、かなり悩んでも分からない問題もあった。テストは三〇分ぐらいで終了した。

ＭＲＩ室から出て着替えた私を、充原教授が笑顔で迎えた。

「お疲れ様でした」

「これが実験中のあなたの脳の状態です」

そう言って、私にモニターを見せた。３Ｄで表現された半透明の脳の中に、赤・オレンジ・黄・緑・青の色彩がうごめいているのが見える。

「これは子供がトカゲの頭を潰そうとしていると言われた時の反応です。実際の八分の一のスピードで表示しています。まず左半球のウェルニッケ野、つまり感覚性言語野が刺激され、耳から入ってきた問題の意味を理解します。その直後に感情を司る扁桃核が反応しています。あなたの脳がこのシチュエーションに不快感や困惑を覚えていることが分かりますね。あなたがどうすべきかを考えている間、活動は前頭連合野全体に広がっています。ここは思考や創造、意思決定を司る部分です」

教授の言葉通り、脳の前の方の部分では、色彩が複雑に混ざり合い、渦巻いていた。

「実際には数秒間のことですが、あなたの脳が激しい葛藤に陥っていることが分かります。最後に決断が下され、ブローカ野が刺激され、答えが音声として発せられます」

興味深いものの、たいして珍しい映像ではない。前にテレビの科学番組で似たようなものを見たことがある。

「このように、人間の精神活動は脳全体で行なわれています。どこか一箇所に心があるわけではありません。確かに思考や決定を行なうのは前頭連合野ですが、たとえば扁桃核の活動が麻痺していれば、あなたの感情は昂ぶることはありません。脳全体が協同してあなたの精神活動を構成しているわけですね」

「じゃあ、意識というものは脳全体に存在していると？」

「そうではありません。今言ったのはあくまで精神活動、いわば心のことです。意識――私がI因子と名づけた活動は、脳の中のごく狭い領域でのみ発生しています」

頭がこんがらがってきた。それが表情に出たのだろう。教授は微笑んだ。

「混乱されるのは分かります。あなたも意識というものを、心と同一視されてるんじゃありませんか？　I因子欠落者には心がないと？」

「ええ、まあ……」

「それは違います。心というのは意識よりもはるかに広大で複雑な現象です。大脳だけでも一四〇億もある神経細胞の協同作業。感情、記憶、思考、判断……それらすべてをひっくるめたものが心なんです。それに比べれば意識というのは実にちっぽけなものにすぎません。脳の感覚系は感覚器官から流れこんでくる情報を、一秒間に約一〇〇〇万ビットも処理していると言われています。その中で意識にのぼってくるのはごくわずかです。ほとんどの情報は無意識のうちに処理されてるんです。

たとえば、盲点というものをご存知ですか？」

「盲点ですか？」

と答えながら、私は（あの校正者ならまたチェックを入れるな）と思っていた。

「ええと、網膜の中の光を感じない領域のことでしょう？」

「そうです。視野の中のその部分は情報が欠落していますから、本当なら視野の中に黒い丸が現われなくてはいけない。でも、そんなものは見えません。時代劇映画を作る際に、背景の電信柱なんかをCGで消してしまうのと同じで、意識に入る前に脳が画像を処理し、盲点を消してしまうからです。

あるいはガラス越しに写真を撮ったことはありませんか？　肉眼でははっきり見えていたガラスの向こうの風景が、写真ではガラスの反射が重なって見えにくいことがある。これは写真の方が現実に近いんです。肉眼でもガラスの反射は見えているんですが、脳がそれを補正し、意識に入る前に消してしまうんです。意識にのぼる情報というのは、リアルタイムに観測された生の現実ではありません。すでに情報処理され、編集されたドラマのようなものなんです。

一九七九年のことですが、アメリカの神経生理学者ベンジャミン・リベットがこんな実験を行ないました。被験者をテレビの前に座らせます。画面には二・五六秒の周期でぐるぐる回転している時計の針が映し出されています。被験者は好きな時に指や手を動かします。そして、その決断を下した際、針が文字盤上のどの位置にあったかを記憶しておきます。針の位置によって、いつ決断が下されたかが分かるわけですね。被験者の脳の活動は、頭に貼りつけた電極でモニターされます。

手が動き出す直前、○・五五秒前に、脳の中に準備電位と呼ばれるものが発生します。脳が手を動かすためのウォーミングアップに入ったわけですね。この準備電位の存在は以前から知られていました。ところが被験者が『この瞬間に手を動かす決断を下した』と記憶していたのは、手が動き出す○・二秒前だったんです」

「えっ？　だってそんなのは……」

「理屈に合わないでしょう？　意識が決断するよりも早く、脳は指を動かそうとしはじめていることになります。しかし、この実験は別の研究者も何人も追試しており、間違いはありません。つまり意識が『決断した』と考えているのは幻想なんです。脳は無意識のうちにそれよりも先に決断しており、意識はそれを後追いする形で生じるんです。

さて、ちょっとご自分の手を見てください。そして動かしてみてください」

私はその指示に従った。指を曲げたり伸ばしたりしてみる。

「『動かそう』と思ってから指が動き出すまで、○・五秒もタイムラグがあるように見えますか？」

「いいえ」

いくら見ても、指は私の意志とぴったり同期して動いているように見える。

「でも、そうじゃありません。実際は脳が決断してから指が動き出すのに、〇・五五秒のタイムラグがあるんです。ここからリベットはこう結論づけました。意識的な決意は無意識の決意より遅れて生じる。それが実際の手の動きと同期しているように見えるのは、意識が編集されているからだ、と」

私は自分の手を見下ろし、困惑していた。だがたった今まで、私の意識が私の指を動かしているのだと信じていた。だが教授は違うという。指は無意識によって動かされており、意識もまた無意識によって、現実より遅れて生み出されるのだと。

私は人形使いになった自分を想像した。私は肉体という名の人形を操っていると思っていた。だが、そうではなかった。私も人形も、もっと巨大な無意識という名の人形使いに操られているだけだ……。

「私たちは、意識が『この瞬間に決断を下した』と知覚した時刻を、意識が生じた時刻だと考えています。しかし、これはおかしい。感覚がすべて編集されているなら、決断を下した瞬間に関する知覚も編集されていると考えるべきです」

「確かに……」

「交通事故に遭った人の体験を聞くと、衝突の直前、時間が急にゆっくりになったと証言する人がいます。ほんの一瞬の出来事なのに、とても長く感じられたと。しかし、脳の活動が急に加速するとは思えません。つまり時間の遅延現象はリアルタイムで起きたのではなく、事故の瞬間より後になって、事故に関する意識が生じる際の編集作業によって創り出されたと考えるべきでしょう」

まだ教授の話がどこにたどり着くのか見当もつかない。

「じゃあ、あなたの意識を見てみましょう」

教授は画面を切り替えた。地震計の波形を思わせるグラフが平行に四本並んでいる。クリスマスツリーを横倒しにして、何本もつないだような感じだった。

「これは脳の中のある場所の電位の変化だけをピックアップしたものです。前頭連合野の活動にやや遅れて、それをトレースする形で発生しています。上の三つは通常の被験者のもの、一番下があなたのもの。大きな違いは認められません。次に——」

教授がマウスをクリックすると、一番下の波形が別のものに変わった。

「これが平城瞬くんのものです。通常のグラフと比べて、ここがフラットなのが分かりますか？」

教授は瞬のグラフを指し示した。他の被験者の波形が大きく上下しているのに、瞬のそれはほぼ平坦だった。私はピンときた。

「じゃあ、これが……？」

「そうです。I因子を表わす波形です。I電位と呼んでいます」

驚いた。教授は世界に先駆けて、I因子の発生している場所を突き止めたというのだ。

「試しにこの電位だけを選別してセレブロで再現してみると、観測者は被験者の意識の存在を強く感じたと報告しています。つまり、これこそ意識の正体であると考えて間違いないでしょう。つまり平城くんは意識を持っていない」

その宣告をどう受け止めるべきか、私がとまどっている間に、教授は話を進めていた。

「問題はなぜこれが長いこと見つからなかったかということです。私も世界中の研究者も、大きな思い違いをしていたのです。精神活動が脳の広い範囲で起きているから、意識もそうだと思っていた。そうではなかったんです。ごくごく狭い範囲で生じていました」

「前頭連合野ですか？」

「いいえ、海馬の一画です」

私は意表を突かれた。海馬というのは記憶を司る部分ではなかったのか？

「意外でしょう？ 私も意外でした。てっきり前頭連合野あたりだと思ってましたから。いくら探しても見つかるわけがない。おまけに〇・一立方ミリ程度のきわめて狭い領域なんです。さらにタイムラグも問題です」

「タイムラグ？」

「脳の活動をトレースする形で意識が生じるなら、それはせいぜいコンマ数秒のずれだろうと思いこんでいた。そうではなかったんです」

教授はまたモニターを切り替えた。上下に二つの波形が現われる。

「上の波形は脳全体の活動を示すもの。このTイコール四〇三・一の時点で大きく盛り上がっています。この直後に、あなたは『子供を止めます』と口にしています。つまりこれが、あなたがトカゲを救うために子供を止めようと決意した瞬間というわけです。そして――」

教授は下の波形のずっと右側を指した。

「これがそれに対応して生じたI電位です。実際の体験よりずっと遅れて現われているのが分かりますね。海馬で生じているのは当然でした。I電位、つまり意識は、短期記憶が長期記憶に変化する際に発生するものだったんです」

私は恐る恐る訊ねた。

「遅れて現われるというと、何秒ぐらい？」

「個人差はあります。思考内容によっても差があります。あなたの場合、平均して……」

教授はクリックして平均値を算出した。

「一九・二秒ですね」

私はマンションに帰ってきた。仕事部屋に入り、真っ先にパソコンを立ち上げ、文書ソフトを起動する。

私はしばらく画面を見つめる。真っ白な画面にはまだ何の文字も表示されていない。私はキーを叩く。画面に文字の列が現われる。

指を止め、私は画面を見つめた。そこにはこう書かれている。

〈私はしばらく画面を見つめる。真っ白な画面にはまだ何の文字も表示されていない。私はキーを叩く。画面に文字の列が現われる〉

現在進行形で書かれているが、これは現在の出来事ではない。すでに最初の「私は」を打ってから、一〇秒以上過ぎている。文字を打った私は、モニターの中の〈私〉よりも未来にいる。

意識というのはこういうものなのだ。無意識が体験し、思考し、決断したことのすべては、いったん短期記憶に蓄えられてから編集されて長期記憶に移される。人が日記を書くように、無意識は絶えず自分の体験を海馬に記述する。その際、モニターに浮かび上がる文字列。それが意識なのだ。

私たちがリアルタイムで現実を体験していると思っているのは幻想だ。意識があれやこれやを「決断している」「体験している」と思っている間、外部の現実世界の時間は何十秒も先に進んでいる。日記の文字がすでに起きてしまった現実世界の出来事を変えられないのと同じで、意識は無意識に対して何の力も持たない。すべてを決断しているのは〈私〉ではない。私の脳の無意識の活動なのだ。

私は脳であることはどういうことか想像してみようとした。毎秒一〇〇〇万ビットもの感覚情報を処理し、瞬時に外界の状況を認識する能力。特定の図形を文字として認識し、読み取り、文章の意味を理解する能力。原始的な本能や感情と、論理性や知識のバランスを取り、膨大な記憶を検索し、的確な（たまには間違うが）判断を行なう能力。考えを文章に変換し、声帯や舌を正確にコントロールして音声を発する能力。どんなロボットにも不可能な作業をよどみなく実行し続ける、地球上で最も優れたスーパーコンピュータ……。

そんなものは想像できない。私は、私の脳であることはどんなことか、イメージできない。

それこそ脳がそれ自身を記述できない理由なのだ。脳が行なっている膨大な処理をすべて記憶しようとしたら、海馬は数秒でパンクするだろう。だから脳は自らの体験を大幅にダイジェストし、脚色して記録する。その際、間違いがないかモニターするために生起されるのが意識なのだ。いわば〈私〉とは、脳という作者が描写する自伝的フィクションのキャラクターだ。

I因子欠落者にも記憶力はある。ただ、彼らはモニターを持たない。画面を見ずにキーを叩く、まさに「ブラインド・タッチ」を実行している。だから彼らはよく記憶違いをするし、自分を客観的に観察する能力も劣っている。だが、そんなのは些細なことだ。意識がないだって？ 私だって同じようなものではないか。意識を持たないプログラムに従って行動しているという意味では、人はみなゾンビなのだ。現実よりずっと遅れて生起する意識とやらがあろうとなかろうと、リアルタイムで無意識が行なう決断に何の違いがあるだろう。

私の瞬に対する愛だってそうだ。なぜ私は彼を好きになったのか。言葉で記述しようとすればできる。だが、そんなのは嘘だ。彼を好きになったのは〈私〉ではなく、私の脳だ。意識などというちっぽけな神経活動とは比較にならない、巨大で複雑な精神活動。それが心であり、愛なのだ。その膨大な情報を数行にダイジェストして語れるわけがない。そもそも精神活動のほとんどは言語に翻訳できないものだ。

「ただいまー」

瞬が帰ってきた。ぱんぱんにふくらんだ買い物袋を提げている。ちょっと疲れた様子だった。

「ごめん、遅くなって。すぐ夕食作るからさ」

「いえ、いい。疲れてるでしょ？ 今日は私が作ったげる」

瞬は怪訝（けげん）な顔をした。

「どうしたの？ 気持ち悪いなあ」

「今日はちょっと作ってあげたい気分なの」

そう言って、彼の手から買い物袋を取り上げ、ダイニングに運んだ。彼は慌ててついてくる。

「ええ、何それ？　何かのサービス？　後で何か請求されるの？　ねえ」

「バカね」

私は笑って、彼にキスした。

「愛よ、愛」

もちろん、「料理を作ってあげよう」と思ったのは〈私〉ではない。私の脳だ。〈私〉は現実より一九秒遅れて、その感情や決断を擬似体験しているにすぎない。

そう、意識があろうとなかろうと関係ない。私の脳が彼を好きになり、彼の脳が私を好きになったのだ――それで充分ではないか？

闇からの衝動

1. 一九二一年八月

　キャサリンはベッドに突っ伏し、肩を震わせてすすり泣いていた。幼い心はやり場のない恥辱と憎悪に満たされ、小さく虚弱な体の中で原始の野獣が怒りの咆哮をあげていた。時間が経ってもそれはしぼむ気配はなく、膨れ上がる一方だった。これまで生きてきた一〇年と七か月で初めて、彼女は目もくらむほどの強烈な殺意というものを覚えていた。今、ナイフで肌を傷つけたなら、体内に荒れ狂っている真っ赤な憎悪が目に見えるものとなって、蒸気のように噴き出しそうに思われた。

　デヴィッドの奴、絶対に許さない！——彼女は悔しさのあまりシーツを噛んだ。いくら拭い去ろうとしても、昼間、自分を強引に路地裏に連れこんだ年上の少年の顔は、記憶の中でいつまでも高笑いをあげ続けていた。屈強な腕で壁に押さえつけられた時の恐怖、白い歯を見せて下品に笑うそばかすだらけの顔が近づいてきた時の嫌悪感は、魂に深く焼きつけられていた。

少年にとっては単なるいたずらであったろう。実際、キャサリンは肉体的には傷ひとつつけられたわけではなかった。しかし、かけがえのないファースト・キスを大嫌いな奴に奪われたのだ。たくましいヒーローの登場する西部小説を読みふけり、ロマンスに対する憧れを抱きはじめたばかりの純真な少女にとって、それは人生観を破壊されるほどの強烈な衝撃であり、恥辱であった。

泣いて帰ってきた彼女に、両親は何があったのかと問い質したが、キャサリンは何も話さなかった。デヴィッドに脅されたせいもある。しかし、それ以上に彼女の口を封じさせたのは、少女自身のプライドであり、意志の強さであった。

生まれつき体の弱いキャサリンは、家に閉じこもって本を読んでいることが多く、自分でもよくお話を作っては、大人たちや近所の子供たちに語って聞かせていた。彼らの目には、キャサリンは夢見がちで気弱な女の子と映っている。いじめっ子の標的にされたのもそのせいだろう。しかし、読書と空想に埋没しがちなその生活は、かえって彼女の想像力を広げ、普通の子供とは決定的に異なる鋭敏な感性と、強い意志を育んでいた。物語の中のヒーローの心、ヒロインの心が宿っていた。

大人たちには想像もつかなかっただろう――わずか一〇歳のひ弱な少女が、詩人の感性と戦士のプライドを秘めているなどとは。

デヴィッドに仕返しするほどの腕力が自分にないことが呪わしかった。だが、親に言いつけて叱ってもらうなどという子供っぽい発想を、彼女は断固として拒否した。そんな生ぬるいやり方ではこの怒りは収まらない。第一、親の力に頼ったりしたら、それこそ自分がみじめになるだけだ。

時計の針は一時を回っていた。いつもならとっくに無邪気な夢をむさぼっている時刻である。だが、激情が体を興奮させ、眠気を追い払っていた。デヴィッドを殺してやりたい――いや、殺すだけでは飽きたりない。永遠に続く地獄の苦しみを味わわせてやりたい。何か方法はないのだろうか……？

憎悪にまかせて妄想を暴走させ、残酷な復讐方法を探しているうち、「地獄」という言葉が引き金になって、突拍子もないアイデアが芽生えた――地獄の悪魔に頼むというのはどうだろう？　悪魔と交渉し、体の弱い自分に代わって、デヴィッドに復讐してもらうのだ。

考えれば考えるほど、それは素晴らしいプランに思えてきた。憎むべきデヴィッドが地獄で悪魔にいたぶられる光景を想像し、少女は闇の中でほくそ笑んだ。心の中のクリスチャンとしての部分は、その発想のおぞましさに身震いしたが、別の部分はむしろ邪悪さに歓喜を覚えていた。サディスティックな妄想が膨らむにつれ、心の痛みが癒され、涙が引いていった。その瞬間、彼女の心の中には、悪魔に対する恐怖も、罪の意識も存在しなかった。強烈な憎悪がすべてを忘れさせていた。

幸いなことに、悪魔に会えそうな場所に心当たりがあった。

この家は一八世紀に建てられた古い家を取り壊し、その上に建てられたものだった。六日前、父が地下室の改修を行なっている時、壁の一部が崩れて秘密の通路が現われたのだ。好奇心旺盛なキャサリンは父といっしょに通路の中に入り、その突き当たりにある部屋をこわごわ覗きこんだ。懐中電燈で照らされたがらんとした室内は、面積の割に天井が高かった。窓はもちろん、家具も何もなく、床の中央に古い金属製の大きな円盤があるだけだ。どうやら円形の穴をふさいでいる蓋のようで、鉄とは異なる黒っぽい金属でできていた。かなり重いものらしく、父が持ち上げてみようとしたが動かなかった。その時、地鳴りのような振動があり、天井から埃が降ってきたので、二人は慌てて外に出た。

以後、父は崩れる危険があると言って、その部屋に入ることを禁じた。キャサリンは言いつけには従ったものの、自宅の地下に出現した正体不明の部屋という素敵な謎に、子供っぽい空想が広がるのを抑えることはできなかった――開拓時代の無法者が宝を隠した場所だろうか？　それとも魔女の隠れ家だろうか？

手がかりは円盤形の蓋しかなかった。妄想を広げるうち、彼女はしだいにその蓋に恐怖と魅惑を覚えはじめた。蓋の表面には、かなり磨り減ってはいるものの、未知の文字のようにも見える奇妙な文様が刻まれていた。あれは地獄に通じる穴に違いない。魔女があの穴から悪魔を呼び出し、邪悪な儀式を行なっていたのだ。おそらくは子供を生贄(いけにえ)にして……。

キャサリンは秘密の部屋に入ることはもちろん、地下室に近づくことさえ恐れるようになった。蓋がしてあるからといって安心はできない。悪魔がいつか蓋をこじ開けて上がってきて、自分をさらっていくのではないかと思うと、不安でならなかった。地下室の扉の前を通る時には、飛び出してくる悪魔に捕まらないよう、足を早めた。

だが、それは昨日までのことだ。今のキャサリンは悪魔に会うことを望んでいた。問題は自分にそれを行なう勇気があるかどうかだ。しばらくベッドに横たわったまま、彼女は自分自身の心と戦っていた。不気味な予感に心臓が引き締まる。はたして自分にできるだろうか？　真夜中にたった一人、地下室に降りてゆく恐怖に耐えられるだろうか？　だが、小さな心臓をむしばむ冷たい恐怖も、魂の中で燃え盛る炎を消すことはできなかった。やがてキャサリンは意を決して起き上がった。ぐずぐずしていては勇気がしぼむ一方だ。今、激情にまかせて行動しなくては、明日には後悔することになるだろう。

窓から差しこむ淡い月光が、ベッドの脇に立ち上がった少女の姿を、幻想的なスポットライトのように照らし出した。白いネグリジェをまとったその姿は、ほっそりとしていて、さながら羽根のない妖精だ。黒い髪は闇の中に溶けこみ、決意を秘めた白い顔が月の光を浴びてぼんやりと浮かび上がっていた。

スリッパは履かなかった。足音を両親に聞きとがめられるかもしれないからだ。夏なので、裸足でも床はさほど冷たくない。

自室の扉を少しだけ開くと、その隙間からするりと抜けて、灰色の闇に沈んだ廊下に出た。耳が痛くなるほどの絶対的な静寂があたりを支配しており、一階の居間にある柱時計の振り子の音さえ明瞭に聞こえる。真夜中の家の中で動いているものは、少女と振り子だけだった。それに気づくと、孤独感がマントのように肩を包んだ。

足音を忍ばせ、両親の眠っている寝室の前を通り過ぎる。ずっと〝よい子〟として振る舞ってきたので、こんな体験は初めてだった。階段は中央を踏むときしむのを知っていたので、慎重に端を選び、手すりに体重を預けてそっと降りた。禁じられた行為の魅力が、彼女をわくわくさせた。怪盗になったような気分だった。

だが、その子供らしい高揚感も、地下室に近づくにつれてしぼんでいった。忘れていた恐怖がよみがえってくる。咽喉(のど)までこみあげてくる重苦しいものをこらえようと、キャサリンは何度も唾を飲みこんだ。地下室の扉に向かって歩くという、ごく日常的な動作が、今の彼女にとっては魂をすり減らす重労働なのだ。肩にのしかかってくる孤独と不安が重みを増し、恐怖が潮のように素足にまとわりついて、前進をさまたげていた。

ようやく地下室の扉に到達し、おそるおそる開いた。予想通り、地下に降りる階段はインクを満たしたように真っ暗で、黒い生き物が息をひそめているように感じられた。恐怖と懸命に戦いながら、壁面にあるはずの電気のスイッチを探るが、なかなか見つからない。キャサリンはあせった。今にも闇の中から黒い手が飛び出してきて、自分の腕をつかむように思われた。

ようやく指がスイッチに触れた。夢中でそれを押すと、裸電球が輝き、階段にぱっと光があふれた。少女はまばゆさに目を細めながらも、怪物がいなかったことを確認し、ほっと胸を撫で下ろした。

少し落ち着きを取り戻すと、彼女は自分の矛盾した感情に気がつき、くすくすと笑った――悪魔を探しに来たのに、悪魔がいなかったことで安心するなんて！

闇に慣れた目には太陽のようにまばゆく感じられた裸電球も、目が明るさに順応してくるにつれ、本来の貧相な印象を取り戻した。それでも光は恐怖をいくらかやわらげてくれた。少女は再び意志を奮い起こすと、さっきまでより少ししっかりした足取りで、地下室に続く階段を降りていった。

地下室は倉庫に使われている。部屋の一方の側には、古着、ガラクタ、食糧、日曜大工の道具などが、箱に詰められて乱雑に並べられ、反対側にはストーブに使う薪が積み上げられている。問題の穴は、間違って誰かが迷いこまないよう、古着の箱を積み上げてふさがれていた。

自分の背の高さまで積み上げられた大きな段ボール箱を、ひとつひとつ取りのけてゆくのは、か弱い少女にはかなりの重労働だった。だが、不可能なことではない。むしろ大きな音を立てることを恐れ、埃で体が汚れることを気遣った。明日の朝、ネグリジェが汚れているのを母に発見されたら、言い訳できない。

箱を移動させるにつれ、黒い不気味な穴がしだいにその全貌を現わしてきた。父がそれを煉瓦（れんが）とセメントで完全にふさいでしまわないのは、問題の部屋が位置的に見てムーア家の敷地の外、公共の道路の真下にあることと、歴史的に何か価値があるのではないかと考えたからだった。ふさいでしまう前に役所の人間の判断をあおぐべきだ、と父は言った。しかし、役所は夏休みで人手が足りないとかで、いくら催促しても人をよこそうとしなかった。おかげで穴は六日間もそのままだった。

ようやくすべての箱を移動させ終えると、小さな体で大事業を成し遂げた少女は、疲労のあまり段ボール箱に腰を降ろした。激しく鼓動する心臓が落ち着きを取り戻すのを待つ間、あらわになった壁の穴を眺めていた。

煉瓦壁にぽっかりと開いた穴は、ほぼ三角形をしていて、彼女の背よりも少し低いぐらいだった。大人だと腰をかがめないと入れない。穴の奥には電球の光は届かず、宇宙空間のように真っ暗だった。それはあたかも自分を呑みこもうと狙っている怪物の口のように思われた……。

激しい呼吸も、心臓の動悸も、なかなか収まらなかった。それが終わったばかりの重労働のせいなのか、それともこれから直面しなくてはならない恐怖のせいなのか、彼女自身にもよく分からない。

何にせよ、いつまでもこうしているわけにはいかなかった。勇気はロウソクの炎のようなもので、いつかは燃えつきてしまうのだ。その前に何としてでもやり遂げなくてはならない。彼女は小さな体の中に意志の力をたぎらせ、恐怖を振り払って立ち上がると、そろそろと穴に近づいていった。

おじぎするように頭を下げ、穴をくぐり抜けた。壁の向こうは少し広くなっている。平たい石を敷き詰めた床には、細かい砂粒がたくさん落ちていて、素足には少し痛い。後で足を拭かなくては、とキャサリンは思った。

通路はわずかに傾斜し、下に向かっていた。側面のざらざらした石壁に手をつき、一歩ずつ慎重に闇の中を進む。何とか前方を見極めようと、つぶらな目をいっぱいに見開いたが、ビロードを重ねたような厚い闇の他には何も見えなかった。台所の懐中電燈を持ってくればよかったと気づいたが、今から取りに戻る気も起こらない。一歩でも後戻りすれば、意志の力がくじけてしまうように思われたからだ。

もうやめよう、と何度考えたかしれない。それでも引き返さなかったのは、憎むべきデヴィッドの顔が脳裏に焼きついていたからだった。自分を嘲笑った下品な顔、唇に押し当てられた気味の悪い感触を思い出すたびに、怒りがかきたてられ、前進する勇気がわいてきた。これは試練なのだ、と思った。今、おびえて引き返したら、自分は一生、デヴィッドのような奴に虐げられ続けるだろう。恐怖に満たされた闇はほとんど物質的な濃度となって立ちふさがっていたが、少女は熱い感情でそれを溶かし、強引に押しのけていった。

どれぐらい進んだだろうか。通路の壁を探っていた右手が、不意に宙に泳いだ。周囲から圧迫されるような感覚が軽くなった。素足で探ってみると、傾いていた床が水平になっているのが分かった。問題の部屋に入ったのだ。

少女は犬のように四つん這いになると、手で床を探りながら、慎重に前進した。問題の金属円盤は部屋の中央にあったはずだ。まっすぐ進めば簡単に発見できる……。

あった！　細い指がまぎれもない金属の感触を探り当てた。夢中になって顔を近づけ、円盤の縁に沿って指を走らせる。

その時、ちりん、という澄んだ音が胸の下で響いた。少女は闇の中で恐怖に硬直した。その音の正体を理解するまで数秒を要した。馬鹿馬鹿しい真相に思い当たったとたん、恐怖の反動で笑い出しそうになった。

いつも首から吊るしている小さな十字架のペンダントが、かがんだ拍子にネグリジェの胸からこぼれて、金属盤に当たったのだ。それは病弱な娘を案じて両親が与えたもので、寝る時でも肌身離さず身につけているお守りだった。

少女は闇の中で苦笑した。悪魔に会おうというのに、こんなものをつけていたなんて！　彼女は震える指で鎖をはずすと、それを蓋の横の床に落とした。邪悪な力に対して、今や自分が完全に無防備になったことを感じた。闇と恐怖が重さを増してのしかかってきて、ひどい息苦しさを覚えた。

空気を求める魚のようにあえぎながら、あらためて金属円盤の上にかがみこみ、期待をこめて手探りした。直径は四フィートといったところか。円周に沿って、象形文字のような複雑な文様が深く刻まれている。父でも無理だったぐらいだから、自分の力でこの蓋が持ち上げられないことは、試してみるまでもなく分かっていた——しかし、悪魔を呼び出すための手がかりが何かあるのではないだろうか？

いや、きっとあるはずだ。何もないとしたらあまりにも空(むな)しすぎる。恐怖と戦いながらここまで来たのは、いったい何のためだったのか……？

苛立(いらだ)ちを覚えつつ、円盤に刻まれた奇妙な文様を指でたどるうち、不意に、脳裏にひらめくものがあった。何かを思い出したとか、思いついたとかいうのではない。まして論理的な推理による結論でもない。原始の本能の奥の、さらに奥で、何かが信じがたい真相をささやいたのだ。彼女は不安を覚えながらも、文様に沿って震える指を走らせた。

読める！　キャサリンは驚異に打たれた。そんな文字など習ったことはないし、そもそも地球上には存在しないはずの文字なのに、正確な発音が分かり、意味もぼんやりと理解できるのだ。

目で見て分からなかったのも無理はない。それは触覚による言語――永遠の闇の中に棲息し、視覚を持たない生物が創造した意志伝達手段なのだ。人間が色や形を操って絵画を生み出し、音を操って音楽を生み出したように、彼らは触覚による芸術を究極まで進歩させた。彼らの文字は触覚を通じて受け手の脳に共鳴を生じさせ、種族や言語体系を超越してメッセージを伝達するのだ。

少女の脳は瞬時にそうしたことを理解した。詳細な原理は彼女の知力をはるかに超えていたが、おおよそのことは把握できた。その文字を刻んだのが何者かも――そして、文字を発音することによって生じる破滅的な結果も知った。

発音したい、という欲望が魂の奥からあふれ出し、急速に膨れ上がった。その誘惑には抗しきれなかった。それは円盤上の文字が少女の脳にささやきかけている命令であったが、同時に彼女自身の秘めた邪悪な衝動とも共鳴していた。破滅することが分かっていながら、それを自分の身に試してみたくてたまらなかった……。

身を焦がす欲望に耐えきれず、少女の唇がおずおずと開いた。「すう……ふ……ああ……」人間の言語にはありえない単語、人間の声帯には不向きな音を発音しようと、小さな脳が苦悶し、か細い咽喉が震えた。一音節を発することさえ苦痛だった。それでも彼女は力を振り絞り、発音した。幼い指は金属盤の上を愛撫するようになまめかしくうごめき、恐ろしい意味を秘めた文章をたどった。

めくるめく混乱の中で、彼女は正確に言葉を発し終えた——自分に破滅をもたらす文章を。

最後の一音節が発せられると同時に、手の下で円盤が持ち上がった。奇妙なため息のような音がして、空気が抜けた。驚いて手を離すと、円盤はぐんぐんと持ち上がっていった。巨大な何かが穴の中から上昇してきたのだ。少女は恐怖のあまり身動きもできず、想像を絶する破局を待ち受けた。

次の瞬間、数十本の太い触手が優しく少女の体をからめ取ると、悲鳴を上げる暇さえ与えず、穴の中にひきずりこんだ。

2. 一九三六年八月

その年の夏、異常な熱波がアメリカ全土を襲った。南部を中心として三〇〇〇人もの人間が熱射病で死に、穀倉地帯は旱魃（かんばつ）に見舞われ、多くの農家が致命的な打撃を受けた。中西部では洪水で一〇〇人以上が犠牲になり、二日連続して発生した竜巻は五〇〇人近い人命を奪った。

酷暑に苦しんでいたのは南部ばかりではない。インディアナ州の州都、ここインディアナポリスでも、暑さはひどいものだった。

バスから降り立った青年は、アスファルトの発散する熱気にあおられ、思わず顔をしかめた。家々の白い壁に反射する陽差しのまぶしさに目を細める。陽は西の空に傾いているというのに、暑さが衰える気配はまるでない。駐車している車の屋根には陽炎(かげろう)がたちのぼり、街路のはるか彼方には逃げ水がゆらめいていた。さすがに外出する人間は少ないらしく、大通りなのに人影はまばらだ。

「参ったな……」

ハンカチで汗をぬぐいながら、青年は地獄のような暑さを呪った。この訪問のために買った白い半袖シャツも、汗でべっとり濡れて台無しになっている。これから会うのは尊敬すべき人物なので、悪い印象を与えたくなかったのだが。

青年は小さな鞄(かばん)を脇に抱えると、ポケットから紙片を取り出した。そこには女性の美しい文字で、バス停留所からの道順が詳しく説明されていた。ここからさほど遠くないはずだ。青年は通りの名前を確認すると、紙片を片手に歩きはじめた。

ほどなく目的の家に到着した。住宅街にあるごくありきたりの二階建ての家で、魔女の屋敷のようなものを漠然と予想していた青年は拍子抜けした。

彼は玄関の前に立った。手で髪をとかしつけ、シャツの乱れをできるかぎり修正すると、意を決してドアベルを押した。ぴんと背筋を伸ばし、緊張して待ち受ける。

ドアが開いた。

その瞬間、青年は電気に打たれたような衝撃を覚え、言葉も忘れて立ちすくんだ。美しい人だという評判は聞いていたが、これほどとは――そこに立っていたのは、理知的な顔立ちに温和な笑みを浮かべた若い女性だった。二一歳の彼よりも四つ年上だ。その表情は明るいものの、病気がちなせいか、どこか神秘的な影を感じさせる。艶やかなブルネットの髪、闇のように黒い瞳も、その不思議な魅惑を彩っていた。彼女には女優のような人工的な媚態（びたい）も、化粧やアクセサリーも必要なかった。そこに立っているだけで、彼女は青年を確実に魅了した。

ひと目惚れというものはあるのだ――青年は霧のかかった頭で、ぼんやりとそう考えていた。いや、厳密にはそれは〝ひと目惚れ〟とは呼べない。彼は三年近くも前から彼女を知り、ずっと憧れていた。彼女が〈ウィアード・テールズ〉や〈アスタウンディング〉に発表した小説にすべて目を通し、何回もむさぼるように読み返していたのだ。手紙も何度も交わしていた。

「あ……あの、初めまして」青年はようやくかすれた声を絞り出した。「キャサリン・ルシル・ムーアさん……ですよね？」

「ええ」

青年の狼狽ぶりがおかしくて、キャサリンは顔をほころばせた。自分に出会った男性がしばしばそうした反応を示すことは知っている。しかし、彼女は自分の美しさを意図的に武器にしたことはない。その気になればいくらでも男を惑わす機会はあっただろうが、そんなのは愚かしいことだと思っていた。彼女にとって、生身の退屈な男とのデートよりも、読書や執筆を通して、空想の世界のヒーローとたわむれる時間の方が有意義だったからだ。

「あなたがヘンリー・カットナー？」

「は……はい」

「お待ちしてましたわ。入って」

居間に通され、冷えたジュースを振舞われると、ヘンリーは少し落ち着きを取り戻した。だが、熱気は家の中にまで充満していた。扇風機は懸命に室内の空気をかき混ぜているが、あまり役に立っていない。キャサリンも遠くからの来客に対する礼儀を省略し、ラフな薄手のワンピースを着ていた。

二人はひとしきり、このいまいましい気候への悪口を言い合った。キャサリンの両親は夏休みを利用し、ミシガン湖へ避暑に出かけている。彼女はと言えば、避暑地の混雑ぶりは耳にしていたし、わざわざ疲れるために旅行に出かけるのも億劫なので、一人で家に残った。子供の頃から一人でぼんやり夢想したり、部屋に閉じこもって本を読みふけるのに慣れていたので、孤独はまったく辛くなかった。

ヘンリーは彼女の最新作について訊ねた。

「この前、『生命の樹』という作品を書き上げて、〈ウィアード〉に送ったわ。たぶん一〇月号に載るんじゃないかしら」

「楽しみです」

「でも、最近は同じようなパターンの話しか浮かんでこなくて、正直言って行き詰まってるわ。おまけに仕事も忙しくて、なかなか書く時間がないの」

「働いてらっしゃるんですか？」

ヘンリーは少し驚いた。そう言えば、これまでの手紙では作品の賞賛に終始していて、憧れの作家の日常生活について訊ねたことはない。彼のもう一人の偶像であるH・P・ラヴクラフト氏と同様、文章で生計を立てていると思いこんでいたのだ。

「ええ。この街の銀行で秘書をしてるの。もう六年になるわ。インディアナ大学に通ってたんだけど、例の大恐慌で家計が苦しくなって、しかたなく就職したの」

「じゃあ、銀行勤めの傍らに小説を？」

「そう――まさかパルプ雑誌に年に何本か小説を投稿するだけで、食べて行けると思ってた？」

「小説だけで食べている人もいますよ」

「まあ、月に何本というペースで書きちらす人なら可能でしょうね。でも、あいにくと私は量産できないタイプなの。それに〈ウィアード〉は原稿料の払いが悪いし……」

「あ、それは分かります」ヘンリーは笑って相槌を打った。「三月号に載った僕の小説の原稿料、小切手を送ってきたのは六月でしたし」

「『墓地の鼠』ね。読んだわよ。手紙でも書いたけど、処女作であれだけ力の入った作品を書けるなんて、たいしたものだわ」

念願のプロデビューを果たしたばかりのヘンリーは、憧れの美しい先輩作家に誉められ、すっかり有頂天になっていた。

「二作目は？」

「売れました。『クラリッツの秘密』というんです――ああ、もしかしたら、あなたの新作と同じ号に載るかも？」

「楽しみね」

「でも、あなたの才能にはとても太刀打ちできません。僕には『シャンブロウ』のような作品は逆立ちしたって書けませんからね」

『シャンブロウ』は〈ウィアード・テールズ〉一九三三年一一月号に掲載された短篇で、キャサリンの事実上の処女作である。インディアナポリス在住の無名のアマチュア作家から送られてきたこの原稿を読んだ編集長のファーンズワース・ライトは、感動のあまり「この日をC・L・ムーア記念日にしよう」と口走ったという。

ストーリーは単純である。宇宙の無法者ノースウェスト・スミスは、火星の街で暴徒に追われた奇妙な娘を助ける。「シャンブロウ」と呼ばれるその娘は、実は人間の生命力をむさぼる一種のヴァンパイアで、夜になるとターバンに隠された真紅の触手を現わして犠牲者を包みこみ、甘美な愛撫で快楽の虜（とりこ）にするのだ。スミスもその罠に落ちるが、相棒の金星人ヤロールの熱線銃に救われる。

この作品は掲載されるや読者の間で大反響を巻き起こした。美しい女性の姿をした怪物という発想もさることながら、多くのファンを魅了したのは、シャンブロウがその触手でスミスを襲う場面の、濃密で官能的な描写だった。〈ウィアード〉一の人気作家であるH・P・ラヴクラフトも、『シャンブロウ』を「大変な名作」「この作品には本当の意味での雰囲気と、緊迫感が満ちている」と絶賛した。

翌年の四月号に掲載された『黒い渇き』も、ファンの期待を裏切らない作品だった。金星を訪れたノースウェスト・スミスは、伝説の「ミンガの処女」の一人であるヴォディールに招かれ、男子禁制のミンガ城の奥に足を踏み入れる。城の支配者アレンダーは人間の姿をしているが、黒い粘液から生まれた邪悪な生命体であり、人間の美をむさぼる。彼は自分の食糧源とするため、究極の美を誇るミンガの処女たちを創造していたのだ。女の美に飽きたアレンダーは今度は男の美を求め、スミスを食おうとする。スミスがアレンダーを殺すと、ヴォディールの生命も尽きる。しかし、スミスを愛してしまった彼女は、最後の力を振り絞って彼を城の出口に案内し、そこで力尽きて黒い粘液に戻ってゆく……。

その後の三年間に、彼女は一〇本以上の作品を〈ウィアード〉に発表し、多くの魅惑的な存在を創造した。人間の感覚をむさぼる異次元の女王ジュリ。木星の衛星に棲み、人間を野獣に変える炎の美女イヴァラ。女戦士ジレルが地獄をさまよう途中で出会う、奇怪だが魅力に満ちた生きものの数々……。

当時一八歳で小説家志望のヘンリー・カットナー青年も、『シャンブロウ』や『黒い渇き』にノックアウトされた一人だった。彼はさっそく〈ウィアード・テールズ〉編集部気付で「ミスター・ムーア」宛てにファンレターを出した。戻ってきた返事を見た彼は、差出人の名が「キャサリン・L・ムーア」であることに仰天した。編集部は作者の性別を隠していたのだ。

「あなたやラヴクラフト氏の小説は〝本物〟です。僕のは偽物にすぎません」ヘンリーは自嘲して言った。「オリジナリティがないんです。本物の作家を超えることはとうていできない。『墓地の鼠』にしたって、しょせんラヴクラフト氏の物真似ですしね。今度は古代世界を舞台にした冒険活劇を書いてみたいと思っているんですが、どんなにストーリーをひねってみても、偉大なハワード氏の二番煎じにしかなりません」

「ロバート・E・ハワード……」キャサリンはしんみりとつぶやいた。「惜しいことをしたわね」

「ええ——本当に残念です。あの人にはもっともっと書き続けて欲しかったのに……」

超古代世界を舞台にしたヒロイック・ファンタジー『コナン』シリーズの作者として知られるロバート・E・ハワードの悲劇は、〈ウィアード・テールズ〉の愛読者や常連寄稿者の間に激しい衝撃をもたらした。二人も例外ではなく、二月以上過ぎた今もショックの余韻は続いている。とりわけヘンリーは、ハワードにも何回もファンレターを出していたので、その悲しみは人一倍大きかった。

筋肉隆々のヒーローが活躍する勇壮な物語を好んで書いたハワードだったが、母を溺愛する繊細な文学青年という側面もあった。今年の春頃からその母の病状が悪化しはじめ、昏睡状態が続いていた。六月一一日の朝、医者から母がまもなく死ぬことを聞かされたハワードは、外に出て三一年型シボレーに乗りこみ、小物入れに入っていたコルト三八口径を口にくわえ、引き金を引いたのだ。三〇歳の若さであった。母もその日の夜に亡くなり、二人の遺体はいっしょに埋葬された。

彼の仕事場のタイプライターにはさみこまれていた紙には、こんな謎めいた詩が残されていた。

すべては過ぎ去り、すべては完了し、我が身は薪の上にあり
饗宴は終わり、ランプは消える

「今でも信じられないわ」キャサリンはかぶりを振った。「あの男らしい物語を書いていた人が、いくら母親が危篤だからって、死を選ぶなんて……」

「そうなんです。僕も信じられない――きっと他の原因があると思うんです」

「他の原因？」

ヘンリーは少しためらってから、思いきって真意を打ち明けた。

「実は今日、こうしてうかがったのは、あなたに訊ねればハワード氏の自殺の真相がつかめるかもしれないと思ったからなんです」

3. ハワードの手紙

キャサリンは目を丸くした。「どうして？　彼の家はテキサスだし、一度も顔を合わせたことなんてないわ」

「それは知ってます。でも、彼の方ではあなたについて何か知っているような様子だった

んです――これを見てください」

そう言ってヘンリーは、鞄から一通の封筒を取り出し、彼女に見せた。差出人はハワードである。

「ハワード氏に出したファンレターの返事です」ヘンリーは真剣な顔つきで言った。「消印に注意してください。一九三六年六月一〇日――自殺の前日なんです」

キャサリンはいぶかしく思いながらも、手紙を広げて読みはじめた。その内容はひどく混乱しており、ハワードの文章とは思えなかった――まるで恐怖に急かされているようだ。

〈このような支離滅裂な文を書くことを許して欲しい。今の私は正常な精神状態ではないのだ。昨夜、昏睡状態にあった母がわずかに意識を取り戻し、枕元に私を呼んで、あることを打ち明けてくれた。できれば錯乱によるうわ言と思いたい。だが、それがまぎれもない真実であることを私は理解した。あらゆる証拠がそれを示しているのだ。

君はいつか、私の小説がどこから生まれてくるのか訊ねたことがあったね。私は分からないと答えた。小説のアイデア、小説を書きたいという衝動は、魂の奥、深海よりも深い闇の底から浮上してくる。その闇を見通すことは、本人にさえ困難なのだ。たとえ見通せたとしても、そこにあるものを言葉で表現することなど不可能だ。私たちは言うならば、言葉にできないものを言葉にしようと、必死にあがいているのだ。

私はなぜあんなにもたくさんの物語を書いたのだろう？　屈強なヒーローがおぞましい亜人間どもを殺戮する話を、なぜあんなにも懸命に、何かに急かされるように書きまくらなくてはならなかったのだろう？　今までは分からなかった。自分を突き動かす衝動の正体を理解しようと努めたことさえない。だが今は——そう、はっきりと理解できる。

私のような人間は他にもいるのだろうか？　ＨＰＬはどうなのだろう？　あるいは彼もそうなのかもしれない。ムーア嬢は間違いなくそうだと断言できる。彼女の作品は私のそれとは異質だが、奇妙な共感を覚える。彼女に会ったなら訊ねてみたまえ。あの邪悪な魅惑に満ちた作品群が、どのような闇の中から生まれてきたのかを。どのような衝動が『シャンブロウ』を書かせたのかを——〉

手紙はさらに続いていたが、記述は不可解になる一方だった。キャサリンは困惑の表情を浮かべ、手紙から顔を上げた。

「さっぱり分からない。母親の病気のせいで混乱していることは分かるけど——」

「僕も何度も読み返しましたが、かんじんのところは理解できませんでした。なぜ彼が一介のファンにすぎない僕にこんな手紙をよこしたのかも——ひとつだけ確かなのは、彼は母親から何か重大な事実を告げられ、そのためにひどい恐怖に襲われていた、ということです」

「それが自殺の原因？」

ヘンリーはうなずいた。「そう思います」

キャサリンは手紙に視線を戻した。現実離れした話ではあるが、この文面を見るかぎり、ヘンリーの説には説得力がある。まるで探偵小説かホラー小説の世界に迷いこんだ気分だった。

「僕はこの謎を解明したいんです。あの強い意志を持った作家が、なぜ死を選ばなければならなかったかを――」

「私がその手がかりを知ってると？」

「ええ。ハワード氏は僕に、あなたの作品がどこから生まれるのか訊ねてみろと言っています。そこに手がかりがあると思うんです」

「そんなことを言われても困るわ」キャサリンはとまどった。「アイデアがどこから生まれるかなんて、私にだって分かるわけがない。それこそ〝魂の奥、深海よりも深い闇の底から〟としか答えようがないわ」

「でも、きっかけというものがあるでしょう？　なぜあなたのような女性が怪奇ファンタジー小説など書きはじめたんですか？」

「きっかけねえ……」

キャサリンは床を眺めて考えこんだ。

「それまでも趣味で小説を書いてはいたけど、この道に入ろうと思ったのは、五年前の秋のことよ。ある雨の降る日、雨宿りをするために書店に入ったら、店先に置いてあった〈アメージング・ストーリーズ〉の表紙絵が目に飛びこんできたの。忘れもしない、六本の腕を持ってる男同士が光線を浴びせ合ってる、変な絵」くすっと笑って、「すごく下手くそな絵だったわ」

「覚えてますよ。S・P・ミークの『ウルムのオーロ』ですね。まあ確かにレオ・モーレイの絵は、パウルよりは落ちますね」

ヘンリーもハイスクール時代に〈アメージング〉を読みふけっていたくちなので、作家やイラストレーターの名前はすらすら出てくるのだった。

「じゃあ、その絵を見たのがきっかけで？」

「ええ。それまで、そんな小説になんか興味なかったのに、何だかすごく気になったの。それから〈アメージング〉を読むようになったわ。それから二か月後の一月号の表紙を見て、衝撃を覚えた。どこかの惑星の上で、熱線銃を持ったヒーローが、怪物の紫色の触手にからみつかれている絵だったわ」

ヘンリーは「ああ」と声を上げた。

「それが『シャンブロウ』のヒント？」

「直接のヒントというわけじゃないわ。ただ、初めて見た絵なのに、そのイメージにすごく惹かれたの。求めていたものはこれだと思ったわ。

でも、中の小説を読んで失望した。確かにデヴィッド・H・ケラーも、ジャック・ウィリアムスンも、レイモンド・Z・ガランも、E・E・スミスも、それなりに優れた作家だと思う。でも、私が求めているものとは違うのよ。怪物もヒーローも出てくるけど、決定的な何かが足りないの。それが悔しくてたまらない。それで自分で書いてみようと思ったの。〈アメージング〉に欠けているもの——私が求めているものを。

最初は〈アメージング〉に送ったわ。でも、ボツになった。〝あまりにも不道徳的〟とか何とか、ひどいコメントを食らって。確かに自分の衝動を生々しく出しすぎたと反省したわ。それで徹底的に書き直したのが『シャンブロウ』よ。今度は〈ワンダー・ストーリーズ〉に送ったけど、やっぱりガーンズバックに突っ返されたわ。〝ファンタジー色が強すぎて、うちの雑誌に合わない〟って。それで〈ウィアード〉に送ったら採用されたわけ」

「でもどうして、触手を持つ怪物の絵に、そんなに惹かれたんですか？」

「分からない——気味悪いんだけど、その反面、何だかとても懐かしいような感覚……」

彼女は顔をしかめた。「うまく説明できないわ」

ヘンリーは考えこんだ。「その感覚はあなたの小説にも当てはまりますね。シャンブロウにせよ、ジュリやイヴァラにせよ、残酷でおぞましい魔女のはずなのに、あなたはそれをとても美しく魅惑的な生き物として描いている——そこがラヴクラフト氏と決定的に違う点ですね。彼もたくさんの怪物を創造しましたが、怪物を美しく描いたことなんて一度もありませんしね」

「〝美しく〟だなんて！」キャサリンは思わず苦笑した。「はっきり言ったらいかが。〝エロチック〟だって」

ヘンリーはどぎまぎした。「いや、僕はそういう意味では——」

「いいのよ。自分の小説が不健全だってことは自覚してるわ。だいたい、若い娘があんないかがわしい表紙の雑誌に作品を載せるなんて、どうかしてる」

キャサリンが言うのは、ここ数年、〈ウィアード〉の表紙を飾っている女性画家マーガレット・ブランデージの絵のことだ。彼女の絵はひどく下手だったが、男性読者には人気があるらしい。必ず全裸か、全裸と大差ない女性が、毒蛇や魔女や邪悪な魔術師に脅かされている場面が描かれているからだ。おかげでキャサリンは、自分の作品が掲載された雑誌を、まともに両親に見せることができない。

キャサリンはしばしば疑問に思う。この画家は編集者の指示通りに描いているだけなのか、それとも内面に自分と同じような衝動を抱えているのだろうかと。

「でも、不健全だと分かっていても、書かずにはいられないのよ。魂の奥からの衝動がそうさせるの。不思議ね。私自身はそういう方面にはまったく奥手なのに、小説を書く時は別人のようになる——まるで私の中にもう一人の自分がいるみたい」

「子供の頃はどうだったんです？」

ヘンリーはそう訊ねたが、心の片隅では、精神分析医の真似事をして彼女のプライバシーに踏みこむことに罪悪感を覚えていた。

「あら、とってもいい子だったわよ！　喋ることを覚えると同時に、お話を作りはじめてたわ。誰彼かまわず捕まえては、自分の作ったお話をえんえんと語って聞かせていたものよ」

「好きな作家は？」

「やっぱり一番はルイス・キャロルね。『アリス』は好きで、何度も読んだわ」

「ほんとですか？」

ヘンリーは目を輝かせた。彼も『アリス』は大好きで、いつかそれを題材にした話を書きたいと思っていたのだ。

「ええ。〈ジャバーウォック〉の詩なんて暗唱できるほどよ。ブリリグともなればスライジィ・トーヴは——」

「ウェイブにジャイアし、ギンブルし——」とヘンリー。

「ボロゴーヴはまことミムジイとなりて——」

「モーム・ラースもアウトグレイヴす」

最後の一節は二人で唱和した。彼らは共通の趣味を発見して笑い合った。

「ああ、それで分かりました！」ヘンリーは大きくうなずいた。「『暗黒神のくちづけ』を読んだ時、何となく『アリス』みたいだと思ったんです。ほら、ジレルが穴に落ちてゆくシーン――」

「ああ、なるほど」キャサリンはうなずいた。「言われてみれば似てるわね」

『暗黒神のくちづけ』は〈ウィアード・テールズ〉三四年一〇月号に掲載された作品で、女戦士ジレルを主人公にしたシリーズの第一作である。それはキャサリンの作品が表紙になった唯一の号で、例によってブランデージは本文を無視し、肌もあらわなジレルが暗黒神の像にしなだれかかってキスしている絵を描いた。キャサリンは恥ずかしさで顔から火が出そうだった。

ジョイリー国の女領主ジレルは、征服者ギョームに捕らえられ、侮蔑のくちづけを受ける。監禁された部屋から脱出した彼女は、激しい怒りにかられ、城の地下にある秘密の穴に飛びこむ。超古代に作られたその深い穴は、らせんを描いて異次元世界に通じていた。危険と冒瀆に満ちた暗黒の世界に足を踏み入れたジレルは、たった一人、ギョームに復讐するための武器を求めてさまようのだ。

「でもね、本当はあの話、子供の頃の体験が基になってるの」

「え？」

「いいえ、別に異次元に行って黒い石像とキスしてきたわけじゃないのよ」キャサリンはくすくすと笑った。「あれは一〇歳の時だったかしら。近所のいじめっ子に無理やりキスされたの。悔しくてその晩は眠れなかった。そいつに復讐する方法を考えているうち、地下に降りていって悪魔に頼もうと思いついたのよ」

「じゃあ、この家の地下には異次元に通じる穴があるわけですか？」

「あったのよ、本当に」

「まさか」

「まあ、異次元に通じていたかどうかはともかく、当時、地下に秘密の部屋があって、金属の蓋でふさがれた縦穴があったのは事実なのよ」

キャサリンは秘密の部屋が発見されたいきさつと、そこにあった奇妙な金属円盤のことを説明した。子供時代の自分がその穴に不合理な恐怖を抱いていたことも。

ヘンリーは興味をそそられ、身を乗り出した。

「じゃあ、小さかったあなたは、その男の子に復讐するために地下に降りていったわけですか？　ジレルみたいに？」

「まさか」キャサリンは笑ってかぶりを振る。「そうしたらどうなるだろうかと空想しただけよ。いくら何でも真夜中に地下室に降りてゆく勇気なんて、私にはなかったわ」

ヘンリーは身を乗り出した。「見てみたいですね、その不思議な部屋を――小説のネタに使えるかもしれない」

「でも、とっくにふさいでしまったのよ」

「それでもかまいません。ふさいだ跡を見るだけでも、何か参考になるかもしれませんから」

初めて訪れた家で「地下室を見せてくれ」と頼むのは、考えてみれば失礼な行為である。だが、若い愛読者の熱心な願いに、キャサリンは折れた。地下室の壁を見せるぐらい、どのみち何の害もないのだから……。

だが、心の中のどこかでは、説明できない不安を覚えていた。

4．地下にひそむもの

いつの間にか陽は落ち、外は暗くなっていたが、昼間の熱気はまだ家の中にたちこめていた。だが地下室だけは別で、階段を降りてゆくと、ひんやりとした空気が頬を撫でた。厚い土の層と煉瓦の壁が、外からの熱気をさえぎっているうえ、適度な湿気が気温を下げているらしかった。

穴があったはずの場所には、今は大きな作業用机が置かれていた。ヘンリーはその背後を見てみたくて、キャサリンの許可を得て机を動かした。二人とも内心、ただの壁しか発見できなくてがっかりするだろうと思っていた。

　ところが、驚くべき発見があった。

「この煉瓦、動きますよ！」

　ヘンリーが叫んだ。壁を押すと煉瓦がずれるのだ。キャサリンは驚いた。彼女の父はセメントを使わず、単に穴に合わせて煉瓦を積み上げただけで、応急処置としたらしい。秘密の部屋への入口をふさいでしまうのが惜しく、いつでも掘り出せるようにしておいたのだろうか。

「どうします？」ヘンリーは振り返り、不敵に微笑んだ。「開けていいですか？」

　好奇心を刺激され、わくわくしているのは、キャサリンも同じだった。子供の頃に見たあの奇妙な部屋を、もう一度目にする機会があるとは！

「ええ――やってちょうだい」

　許可が出たので、ヘンリーは勇躍として作業に取りかかった。爪を煉瓦の縁にひっかけ、まず一個を引きずり出す。煉瓦が抜けた後には、ぽっかりと黒い長方形の穴が空いた。一個が抜けてしまうと、後は簡単な作業だった。

　ほどなく大人がしゃがんで通り抜けられるぐらいの穴ができた。二人は懐中電燈を片手に、穴をくぐり抜けた。ヘンリーには建築学や考古学の高度な知識はなかったが、通路の壁を少し調べただけで、これがかなり古いものであることは見当がついた。煉瓦やセメントは使われておらず、すべて石を組み合わせて作られているのだ。

「インディアンの遺跡じゃないでしょうか」彼は意見を述べた。「このあたりはインディアナポリスというぐらいだから、昔はインディアンが大勢住んでたんでしょう?」

「だったらコロンブス以前のものかしら?」

「あるいは人類以前かも……」

「素敵ね」

二人は高まる期待を胸に秘め、懐中電燈の明かりを頼りに、ゆるやかな下り坂をそろそろと歩いていった。通路の幅は大人二人が並んで歩くには狭く、何度も肩がぶつかった。美しい年上の女性と二人きりで、地下の秘密の通路を探索するという思いがけない体験に、若いヘンリーは心のときめきを抑えることができなかった。

キャサリンも別の意味で胸がときめくのを覚えた。これはまるで自分が小説で書いてきた場面のようではないか。ジョイリー城の地下に降りてゆくジレル、ミンガ城の地下を歩むスミス、火星の地下遺跡を探索するスミスとヤロール……。

何十フィートか進んだところで、部屋に突き当たった。天井の高さは一〇フィートほど。がらんとした室内を見回したキャサリンは、それが記憶にあるよりもずいぶん小さいことに気づいた——あるいは彼女の方が大きくなったせいか。

記憶の中の印象と変わらないのは、床の中央にある金属製の円盤だった。黒光りする奇妙な金属が、巨人の単眼のように、キャサリンを見上げている。彼女はそれを直視するのをためらい、顔をそむけた。うまく説明できないが、漠然とした不安感を覚えるのだ。

「いやあ、これは面白いぞ！」

彼女の困惑をよそに、ヘンリーはすっかり考古学者ごっこに夢中になっていた。円盤に歩み寄ると、その縁にかがみこんで、刻まれた古代の文様を眺め、あれこれ空想を膨らませている。やがて顔を上げ、子供のように無邪気な表情で言った。

「ねえ、こんな話はどうでしょう？　ある小説家の家の地下に、邪悪な魔女が秘密の儀式を行なっていた部屋が発見されるんです。その部屋の床には地下世界に通じる穴があり、金属の円盤で蓋がされている……」

「ひねりが効いてないわね」キャサリンは手きびしく批評した。「だいたい、魔女の本場はセイレムじゃなくて？」

「そうですね。舞台はセイレムにしましょう。タイトルは『セイレムの恐怖』……少しストレートすぎるかな？」

ヘンリーが有頂天になってつぶやき続けている間も、キャサリンはあの奇妙な感覚に悩まされていた。円盤に刻まれた奇怪な文様は、不安をかきたてると同時に、磁力のように彼女の心を惹きつけた。無生物であるにもかかわらず、そこにはある種の意志の存在が感じられた。そちらを見まいとしているのに、視線がねじ曲げられ、どうしても文様に目が行ってしまう。

突然、彼女は強烈な既視感に襲われた。父といっしょにこの円盤を眺めたことがあるのは確かだが、それ以外にも一度、たった一人でここに降りてきたことがある……。

「うん？　これは何だ？」

床の上に落ちていた小さなものが、ヘンリーの懐中電燈の光の輪に反射し、銀色にきらめいた。彼はそれを不思議そうに拾い上げ、キャサリンに向けてかざした。彼女はそれを一目見て、息を飲んだ。

見覚えがあった。細い鎖のついた小さな十字架――子供の頃にどこかでなくしたものだ。キャサリンは混乱し、頭を振った。現実と非現実が交錯している。デヴィッドに復讐するため、真夜中に一人でここに来たのは、確かに空想の中の出来事のはずだった。闇の中から伸びてきた無数の触手が彼女をからめ取り、さらっていったのは、悪夢の中の体験のはずだった――それならなぜ、こんなにも記憶が鮮明なのだろう？　なぜ十字架がここに落ちているのだろう？

「読めるわ……」

彼女はかがみこみ、円盤に顔を近づけ、つぶやいた。

「え？」

「読めるのよ、この文字が……」

彼女はそう言うと、円盤の表面を指でなぞりながら、記憶の中からよみがえった文章を発音しはじめた――人間の言語にはありえない単語、人間の声帯には発音困難な音を。

「すう……ふ……ああ……」

あの時と同じだ、とキャサリンは戦慄とともに思い出した。恐怖から逃れようと身悶えしたが、目に見えない力に抱きすくめられ、一歩も動くことができなかった。物語の登場人物がストーリーに逆らえないように、恐ろしい結末に向かって否応なしに進んでゆくのを感じる。咽喉が震え、舌が独立した生き物のようにうごめき、唇が奇妙な形に開いて、不可解な音をつむぎ出した。それがもたらす破滅的な結果を知っていたが、一五年前のあの夜と同様、身を焦がす衝動には抗しきれなかった。

文章が完成された。

次の瞬間、金属円盤が急速に上昇を開始し、ヘンリーは慌てて飛びのいた。円盤を下から押し上げていたものを目にした彼は、悲鳴を上げ、ぶざまに尻餅をついた。懐中電燈の光を浴びて伸び上がってゆくそれは、悪夢の中にしか存在しないはずの生き物だった。

それは今や天井に達し、巨木のように部屋の中央にそそり立っていた。人間の腸を思わせるぬめぬめした黒い触手が、何十本もからみ合い、のたうち、ねじれ、リズミカルに波打って、ひとつの統一された存在を構成していた。触手は絶えず長さと太さを変えており、糸のように細くなった触手が宙に消えたかと思うと、離れたところに別の黒い糸のようなものが出現し、触手に成長する。それらがどのようにもつれ合っているのかを把握するのは困難だった。

この次元の生物ではないのだ、と二人は戦慄の中で直感した。その本体は四次元か、もっと高度な次元にまで伸びているのだが、人間が目にできるのはその三次元的な投影だけなのだ。形が変化しているように見えるのは、この時空を横切るように生物がのたうち、断面を変化させているからだ。どれほど遠くからやってきたのか、どれほど深い闇にひそんでいたのか、想像することもできなかった。

黒い生物はなまめかしく触手をくねらせ、異様な踊りを踊っていた。人間と似ても似つかないにもかかわらず、その動きは苦悶する女性に気味悪いほど似ていた。それを目にすることは冒瀆であり、見ているだけで脳が悲鳴をあげ、全身が麻痺するほどのすさまじい嫌悪を催した。単に異様なだけの生き物であったなら、これほどの恐怖はもたらさなかっただろう。恐ろしいのは、その動きが信じられないほど魅惑的だという事実だった。

初めて目にするはずのものであるにもかかわらず、キャサリンはぞっとするほどの親しみを覚えていた。それは彼女がこれまでタイプライターでつむぎ出してきた生物にそっくりだった。その踊るような触手の動きは、シャンブロウや生命の樹サグ、ジレルの足にからみつく地獄の樹木のモチーフだった。その圧倒的な暗黒のイメージは、火星の暗黒神ブラック・ファロールや、ジレルを誘惑する暗黒の国ロムニの王パヴヴそのものだった。

しかし、二人を真に恐怖させたのは、からみ合う黒い触手の中心部に、花のような白いものが捕らえられているのを目にしたことだった。

それは一〇歳ぐらいの少女だった——蜘蛛の網にひっかかった蝶のように、多数の触手にからみつかれ、言語に絶するおぞましい愛撫を受けながら、無益な身悶えを繰り返している。陽に焼けていない肌は雪のように白く、髪は対照的に夜のように黒い。粘液質の触手の群れが何かを飲みこむようにうごめくたびに、妖精を思わせる可憐な裸身もゆらゆらと揺れた。その繊細な肌の上を触手が震えながら這い回ると、白くあどけない顔に、苦悶と歓喜が混ざり合った表情がよぎり、小さな唇からは美しくも悲痛なため息が洩れた。それは地獄に落ちた天使の歌声だった。

その少女の顔はキャサリンにそっくりだった。

5. 悪夢の終わり

言語を絶する冒瀆的な光景であったが、キャサリンは目を離せなかった。瞬時にその黒い生物の正体を理解した。推理したのではなく、魂の奥にある何かが正解をささやいたのだ。

それは永遠の闇に棲息する生物——生存のすべてを触覚に頼り、触覚を武器に、言語に、さらには芸術にまで進化させた生物だった。シャンブロウのように、アレンダーのように、あるいは異次元の女王ジュリのように、それは生命や意志や美といった高貴なものをむさぼる。触覚を通して人間を官能の地獄に陥れ、ちっぽけな生命が苦しみ悶える様を味わうのだ。

そいつは多くの次元、多くの星に触手を伸ばし、常に餌を求めていた。一五年前のあの夜、地下室に降りてきたキャサリンは、そいつにとって絶好の生贄であった。彼女の小さな肉体は、人間としての最高の美と、強い意志を秘めていた。穢れのない高貴な肉体と魂を、最もおぞましい手段でもてあそぶことこそ、そいつの最高の喜びなのだ。

穴の中では時間の流れが違っているのか、それとも生物が何らかの手段で彼女の成長を止めたのかは分からない。少女の姿は一五年前のあの夜、黒い生物の触手に捕らえられて以来、まったく変化していなかった。地上にはあり得ない地獄を体験しながらも、その姿は依然として天使のように気高く、美しさは微塵も損われていなかった。

「嘘よ……」キャサリンは恐怖のあまり麻痺した頭で、懸命に現実を否定していた。「私が……あの夜、捕まったのなら……ここにいる私は誰？」

その回答はじきにやってきた。

茫然と座りこんでいる彼女に、触手のひとつがうねりながら近づき、その足首にからみついたのだ。キャサリンは悲鳴を上げた。我に返ったヘンリーが駆け寄り、もぎ離そうとする。だが、それは不可能だった。

触手は彼女の足に食いこみ、溶けこんでいた。何の痛みもなく、血も出ない。それどころか不快なほどの親しさを——おぞましくも懐かしい感覚を覚えた。黒い細胞は肌と溶け合い、灰色となって、もはや境界線すら判然としない。その灰色は彼女の脚全体に広がりつつあった。そこから流れこんでくる感覚を通して、彼女は真相を知った。自分の正体を思い出したのだ。

黒い生物は狡猾だった。一五年前、幼いキャサリンを手に入れたそいつは、少女の失踪が知れれば捜索の手が伸び、自分の存在が公になるかもしれないと考えた。三次元平面に縛られたちっぽけな人類が、異次元の存在の脅威となるとは思えなかったが、心底まで卑劣なそいつは、どんな小さな希望も少女に与えることを好まなかった。そこで自分の肉体の一部を切り離し、少女に擬態させて地上に送り返したのだ。もちろん、決して正体を見破られないよう、肉体の構造はもちろん、記憶まで完璧にキャサリンのそれを模倣した……。

おそらくロバート・E・ハワード少年の身にも同じことが起きたのだ、と彼女は思い当たった。この生物か、あるいはこの生物の同類が、少年を奪い去り、分身を送り返したのだ。あるいは母親が息子を返して欲しいと懇願したのかもしれない。本人でさえ自分が偽物であると気づいていなかったが、母親だけは真相を知っていたのだ。潜在意識の底では、彼は自分の正体を知っていたはずである。だからこそ彼は、あれほどまでに強烈に、人間の姿を模倣した下等な生き物を嫌悪したのだ。いつか自分は本来の姿に戻ってしまうかもしれない。その恐怖に対する反動から、小説の中に健康で屈強なヒーローを登場させ、怪物たちを殺戮しなければならなかったのだ。

今こそキャサリンは、自分に『シャンブロウ』やその他の官能的な小説を書かせた衝動の正体を理解した。それはまさしく、魂の奥の闇からの声——自らが創り上げた仮面(ペルソナ)に抑圧され、本来の姿を取り戻そうとあがく、異次元の邪悪な獣の叫びだった。

気が狂いそうだった。本来の記憶と感覚がよみがえってくるにつれ、人間としての意識が薄れていった。自分を抱きかかえ、正気を取り戻させようと必死に呼び続けるヘンリーの声が、何光年も遠くから聞こえるように思われた。肉体より先に魂の変質がはじまっていた。この世界、この現実、この肉体に対する強烈な違和感が芽生えた。一五年の間、人の姿と人の思考に縛られてきた怪物は、今こそかりそめの姿を脱ぎ捨て、本来の世界に帰還しようとあがいていた。

もうすぐ肉体も変化するだろう——恐怖を超越した圧倒的な絶望の中で、彼女はその事実を受け入れた。自分の運命に疑問は抱かなかった。ミンガの処女ヴォディールのように、この体は黒いぬめぬめしたかたまりに還るのだ……。

だが、その変化を押しとどめようとするものがあった。底知れぬ深い絶望の淵で、自分のものではない意識が、黒い生物の侵蝕に抵抗していた。それはさながら嵐の海にまたたく小さな灯火だったが、彼女の意識が闇に転落するのをかろうじて食い止めていた。それは黒い生物に征服されることを嫌悪し、最後の最後まで戦いぬこうと呼びかけていた。キャサリンは目を開け、その声の主を見た。

ぼやけた彼女の視野に入ったのは、触手の群れに捕らえられて苦悶する少女の姿だった。その顔が彼女の方を向き、その黒い瞳が彼女を見た。

「だめよ……負けちゃいけない……」少女の唇が動き、おぞましい拷問に抵抗しながら、かろうじて言葉を絞り出した。「戦って……私たちには……その力がある……」

少女の黒い瞳は正気と狂気の谷間をさまよい、絶え間なく震えていたが、その奥に秘められたものは強烈だった。それは麻痺したキャサリンの心を矢のように射抜き、正気に還らせた。

怪物の触手を通して、少女の心も流れこんできた。信じられないことだった。地上のいかなる悪徳も比較にならない言語に絶した地獄の中にあって、なかば狂気に陥りながらも、少女はなお抵抗をやめていなかったのだ。肉体と魂は穢されたが、それでも人間らしさを主張し続け、自分の中の最も高貴な部分を守りぬくために戦い続けていた。

それこそ、この生物の弱点なのだ。こいつが人間の美や高貴な心に異常な執着を示すのは、それが自分にはないもの、学ぶことも操ることもできないものだからだ。その宇宙的で強大な力をもってしても、一人の少女の魂の核を破壊することはかなわなかった。地獄の責め苦を長引かせるために少女に不死の生命を与えたことが、逆に命取りとなった。あまりにも気高い心を食ったために、そいつは一種の消化不良を起こし、内部からの反抗に苦しんでいた。

少女の記憶が複写された際、魂の一部もこの肉体に宿ってしまったに違いない。時間と空間を超えて、二人の魂はずっと共振し合っていたのだ。キャサリンが触手を持つ怪物のイラストに恐怖と魅惑を覚えたのは、何百光年もの彼方で少女が感じていたものの反響だった。同様に少女もまた、キャサリンの存在を通じて、常に遠い地球の存在を感じ続けていた。それを唯一の希望にして戦い続けてきたのだ。怪物が一度は切り離したキャサリンを再び取りこもうとしているのも、地球との絆を断ち切ることで、少女の希望を奪い去るためであった。

その事実にキャサリンは勇気づけられた。この生物も無敵ではない。たった一人の少女に苦しめられているのだ。ならば少女と同様、自分もこの生物と戦うことは可能なはずだ。

彼女は意志の力を振り絞った。あえかな現実に踏みとどまり、闇の奥に押し流そうとする巨大な力に立ち向かった。自分の存在を否定しようとするものを否定した。魂の内部を食い荒す異質な意志に抵抗し、本当の自分を――キャサリン・L・ムーアとしてのアイデンティティを守りぬこうと戦った。

触手の動きが鈍ってきた。黒い生物は今や二つの心と戦わざるを得なくなり、明らかに呻吟しているのだ。ちっぽけな人間がこれほどの抵抗を示せるとは、そいつには予想外だっただろう。その心は人間とはあまりに異質であり、美や生命や意志を餌としながらも、その本質は決して理解できなかった。

黒い生物が苦しんでいることは、ヘンリーにも分かった。彼は地下室に取って返すと、薪の上に置かれていた斧をひっつかみ、大急ぎで戻ってきた。体力に自信はなく、喧嘩など苦手なタイプだったが、この瞬間、自分でもそんなことは忘れていた。キャサリンを助けたいという想いが、やけっぱちの勇気を生んだ。

彼は斧を大きく振りかぶり、もつれ合った触手めがけて振り下ろした。へっぴり腰で様になっていなかったが、そこそこのダメージを与えた。切断された触手の断面からは、気味悪いほど人間の血に似た赤い液体がほとばしった。触手に沿って震えが走り、黒い生物は苦痛に身をくねらせた。

この生物でも血を流し、苦痛を感じるのだという事実が、ヘンリーに希望を与えた。彼は何度も何度も斧を振り下ろし、目についた触手を片っぱしから切断していった。黒い生物は触手の何本かを振り回し、懸命に抵抗しようとした。しかし、自らの内部を焼き焦がす二つの小さな火との戦いに注意を削がれており、その動きは鈍かった。ヘンリーはぎこちなく振り下ろされる触手の攻撃をかわし、赤くいまわしい液体で手を汚しながらも、その恐ろしい作業を続けた。

今や黒い生物は内と外からの攻撃にさらされていた。異次元に撤退しなかったのは、自分がちっぽけな人間になど敗北するはずがないという傲慢さからだったが、傷が増えるにつれ、そのプライドも打ち砕かれていった。敗色が濃厚になった時にはもう手遅れで、もはや逃げることも不可能なまでに痛めつけられていた。

黒い生物の意志が弱ってゆくのがキャサリンにも感じられた。これまで守勢に立たされていた彼女は、耐えていた感情を一気に爆発させ、攻撃に転じた。魂を侵蝕していた黒い波に対し、むき出しの怒りと憎悪をぶつけた。敵はたじろぎ、後ずさった。恐怖から解放され、人間であることの誇りに支えられた彼女は、今や黒い生物の強大な力と互角に戦う存在だった。肉体の変化も停止し、灰色に染まっていた脚がゆっくりと本来の肌色に戻ってゆく。

遠くから声にならない悲鳴が聞こえた。それは音ではなく、触覚を通して伝わってきた。自分の敗北が信じられない生物の、驚きと苦痛の叫びだった。それはのたうち、もがき、しだいに弱まっていった。キャサリンの心を覆っていた黒い影が晴れ、正常な意識が戻ってきた。

黒い触手が彼女の脚から離れた。後には傷ひとつ残っていない。触手は火にあぶられたようにくるくると丸まり、本体に引き戻されながら急速に縮んでいった。

「もう……もう、いいわ」少女がつぶやいた。「こいつは……じきに死ぬ……」

狂気のように斧を振り回していたヘンリーは、その声で落ち着きを取り戻した。斧を取り落とし、膝をついて、ぜいぜいと息をする。慣れない重労働で疲れ果て、筋肉が悲鳴を上げていた。

もはや黒い生物はのたうつ力もなく、血を流し、断末魔の痙攣を繰り返していた。だが、触手の多くは依然として生きていて、少女の体に蔦のようにびっしりとからみついている。

ヘンリーは彼女を救い出そうと、よろよろと歩み寄った。

「だめ、早く逃げて……」少女は黒い瞳を震わせ、懇願した。「こいつは……自分の周囲の空間をねじ曲げているの……いくつもの宇宙をくぐり抜けるために……こいつが死ねば、曲がった空間が元に戻る……バネがはじけるみたいに、何もかも吹き飛ばされてしまう……だから……ここから離れて……」

「あなたは……」キャサリンは茫然となった。「あなたはどうなるの？」

「私は……こいつといっしょに……宇宙の果てまで吹き飛ばされてゆくわ……こいつを呼び出したのは私なんだから、私が責任を取る……」

「そんな……」

「心配しないで。私は死なない……こいつが永遠の命をくれたから……宇宙の果ての星にまで飛ばされても、そこで生きていってみせる」

そう言って少女は微笑んだ。

その苦しげだが幸福に満ちた笑顔に、キャサリンはショックを受けた。少女は長く続いた激しい戦いからようやく解放され、疲労の極にあるはずだった。それでも懸命に力を振り絞り、彼女に微笑みかけたのだ。それは単なる強がりではあり得ない。

何という激しさ、何という強い意志だろうか。それこそが少女に最終的な勝利をもたらしたものだった。その意志さえあれば、確かに宇宙の果てでも生きていけそうに思えた。

「でも――でも、あなたが本物の私なのよ!?」

少女はかぶりを振った。「いいえ、違う――今はもう、あなたが本物よ」

「だって……」

「私はね、こいつにいたぶられている間、ずっと夢を見ていたの……地球の上で、ごく普通に生きて、ごく普通の大人になって、幸福に暮らす夢……でも、もういいの。あなたが夢をかなえてくれたから……私の居場所はもう地球にはない……」

少女はもう一度、無限の優しさをたたえた微笑みをキャサリンに投げかけた。

「さあ、もう行って……早く……あと一〇秒ぐらいしか保たないわ」

その言葉を聞いて、ヘンリーが行動に移った。キャサリンの腕をつかみ、強引に通路の方に引きずってゆく。

「だめーっ！」

キャサリンは叫び、抵抗したが、ヘンリーは聞き入れなかった。彼女の手をしっかり握って斜路を駆け上がり、がむしゃらに出口へと突進する。振り返ったキャサリンの脳裏に、妖精のように微笑む少女の顔が永遠に焼きついた。

二人がムーア家の地下室にまろび出た瞬間、背後から衝撃波が襲ってきた。音も炎も伴わない奇妙な爆発——空間そのものがはじけ飛ぶ現象だった。

少し遅れて、古い地下道が衝撃に耐えきれずに崩壊を開始した。轟音が地下室に充満し、灰色の土埃がもうもうと壁の穴から吹き出す。ヘンリーはキャサリンに覆いかぶさり、降りかかってくる土埃から彼女を守った。

青年の腕に抱かれてすすり泣きながら、キャサリンが考えていたのは、あの少女が最後に残した言葉だった。あの子は私の夢の中の存在だった。そして、私はあの子の夢だった……。

いったい夢を見ていたのはどちらかしら？　赤の王様？　それとも私？

エピローグ

この事件にショックを受けたキャサリンは、約一年間、執筆活動から遠ざかる。作家としての復帰第一作は、〈ウィアード・テールズ〉一九三七年一一月号に掲載された『スターストーンを求めて』――スミスとジレルが時間を超えて共演する中篇で、ヘンリー・カットナーとの合作である。

一九四〇年六月七日、長い交際期間の末に二人は結婚し、以後、夫婦SF作家として多くの作品を合作する。彼らの代表作のひとつは一九四三年に発表された『ボロゴーヴはミムジイ』――『鏡の国のアリス』にヒントを得た物語である。

参考資料：
C・L・ムーア
『大宇宙の魔女』（ハヤカワ文庫SF）
『異次元の女王』（ハヤカワ文庫SF）
『暗黒界の妖精』（ハヤカワ文庫SF）
『暗黒神のくちづけ』（ハヤカワ文庫SF）
ヘンリー・カットナー

『ボロゴーヴはミムジイ』（ハヤカワSFシリーズ）
大瀧啓裕・編
『ウィアード　1』（青心社）
（カットナー「墓地の鼠」を収録）
『クトゥルー　7』（青心社）
（カットナー「セイレムの恐怖」を収録）
那智史郎・宮壁定雄・編著
『ウィアード・テールズ』（国書刊行会）
Lee Server
『DANGER IS MY BUSINESS』（CHRONICLE BOOKS）

あとがき

本書は二〇〇六年に出版された短篇集『まだ見ぬ冬の悲しみも』（早川書房）に短篇「七パーセントのテンムー」を加え、改題したものです。

以前、『トンデモ本？　違う、ＳＦだ！』（洋泉社）という本でも書きましたが、「ＳＦとは筋の通ったバカ話である」というのが僕の持論です。筋が通らないバカ話は、単なるバカ話。異星人の侵略だのタイムトラベルだの日本沈没だの、現実にありえない荒唐無稽な話、分別のある大人なら「そんなバカなことがあるか！」と一蹴するような話を、きちんと筋を通してリアルに描き切るのが、本物のＳＦだと思っています。

本当にそんなことが起きるかどうかは、ＳＦの本質ではありません。ありえないことをありそうに描くところに驚き（センス・オブ・ワンダー）があるのです。僕は若い頃からそんな話をたくさん読んできて、その魅力にとり憑かれました。そして、多くの人にその魅力を伝えたくて、SF作家を目指しました。

この短篇集の中には、僕のそうしたSFへの熱い想い――大バカな話を真剣に描ききってやる、という意気ごみがぎっしり詰まっています。


「シュレディンガーのチョコパフェ」

チャールズ・L・ハーネスの「現実創造」という中篇があります。マッドサイエンティストが作ったごく単純な仕掛けで宇宙が崩壊してしまうという、まさに荒唐無稽な話。高校時代、友人から借りた〈SFマガジン〉のバックナンバーでこれを読んだ僕は、作中で展開される奇想天外な（しかし妙に説得力のある）宇宙論に驚嘆し、ドアホウなオチに嬉しくなりました。「こんな小説、書いていいんだ！」と勇気づけられたものです。

この作品は僕なりの「現実創造」へのオマージュ。比較すると話の構造が同じであることが分かると思います。

原型は一九八五年に同人誌に発表した短篇ですが、ストーリーはほとんど変わっていません。主人公がオタクのカップルで、会話の中にアニメやマンガのネタが飛び交うのも、昔と同じです。ただ、さすがに当時は『マクロス』とかの時代だったので、今となっては通じないネタが多く、二〇年ぶりに書き直すにあたって、二〇〇五年のネタ（『カレイドスター』やら『リリカルなのは』やらピンキーストリートやら）に入れ替えました。もっとも、重要な鍵になる『ウルトラQ』ネタや、「いっしょに絵を描いてくれないか」「岸田森が出てた」なんてギャグは、昔のままなんですが。

また、同人誌版を書いた時にはまだ独身で、主人公とヒロインの関係も想像で書いたのですが、書き直す際に僕と妻の実体験をいろいろ反映させました。誕生日にバーサークフューラー（どうでもいいけど、すごいネーミング）を買ってもらったというのも実話です。


「奥歯のスイッチを入れろ」

H・G・ウェルズの時代以来、SFの世界でよく使われる「加速剤」「加速装置」というアイテム。その効果をきちんと合理的に描いたらどうなるか……という発想から生まれた作品です。

言うまでもなく、『サイボーグ009』『エイトマン』『600万ドルの男』などの設定がごっちゃになってますが、話自体はパロディではなくシリアス。報われない愛のために我が身を犠牲にして戦う主人公は、自分ではけっこうかっこいいと思っています。「誰がために」を口ずさみながらお読みください。


「バイオシップ・ハンター」

これもSFによく出てくる「生きた宇宙船」の話。もっとも、話の核になっているのは、トカゲ型異星人イ・ムロッフです。人間以外の知的生物の思想やライフスタイルを創造するのは、困難ではあるものの、SF作家としてはやりがいのある挑戦です。自分ではイ・ムロッフはけっこう魅力的な生物として描けたと思うのですが、いかがでしょう。

「メデューサの呪文」

たった八行の詩のせいで人類が滅びかけるという、これまた大バカなホラ話。進んだ文明は現実の体験よりもフィクションを重視する――というアイデアは、『アイの物語』（角川書店）とも共通しています。

初出は〈SFマガジン〉二〇〇五年五月号。二〇〇五年度の〈SFマガジン〉読者賞を受賞しました。投票していただいたみなさん、ありがとうございます。

「まだ見ぬ冬の悲しみも」

これまた結末で「んなアホな」と言いたくなる話。タイムトラベルについて考えているうちに、ふと浮かんだアイデアです。救いのない結末なだけに、登場人物全員、読者が感情移入できないような嫌なキャラクターにしてあります。

「七パーセントのテンムー」

『神は沈黙せず』（角川書店）に出てきた人工無脳「無敵くん」というアイデアを、別の形で使ってみました。作家であるヒロインの語る体験の一部は、やはり僕の実体験がヒントになっています（本当に「それは盲点だった」にチェックがついたことがあるんですから！）。

作中で紹介されている実験は、トール・ノーレットランダーシュ『ユーザーイリュージョン　意識という幻想』（紀伊國屋書店）を参考にしています。「一九・二秒」というのはもちろん僕の創作ですが、実際、タイムラグがあるらしいですよ。いやほんと。

「闇からの衝動」

最後に収録したのは、僕が最も敬愛する作家C・L・ムーアへのオマージュです。ムーア自身を主人公にして、代表作のモチーフを組み合わせ、例によって荒唐無稽な発想（読んだ人は全員、「そんなアホな！」とツッコむはず）でまとめ上げました。〈本の雑誌〉二〇〇六年四月号で、大森望氏が「人としてちょっとどうかと思う場面もあるが、話のネタとしては最強」と的確に評してくださったのが嬉しかったですね。

ハーネスやムーアだけでなく、僕は多くの偉大な先達の影響を受けています。SF作家になれたのも言ってみれば彼らのおかげですから、深く敬愛し、感謝しています。

しかし、ただ崇拝するだけでいいとは思いません。僕ら現代の作家が、先輩作家以下の作品しか書けないのでは、それはジャンルとしての退化です。彼らの業績を踏まえつつ、それを乗り越え、さらに素晴らしい作品を創ってゆく義務があると思っています。
それが今の僕を創ってくれた彼らへの恩返しだと信じています。

二〇〇七年十二月十一日

山本　弘

ＳＦとオタクに必要なものの半分くらいは、山本弘に教わった

ライター　前島　賢

大作『神は沈黙せず』が日本ＳＦ大賞の候補作になったのがきっかけだろう、山本弘に「日本ＳＦの新たな旗手として注目される」との枕言葉が付くようになった。それはもちろん正しい。けれどその説明だと、山本弘が新人のような、あるいは最近まで山本弘がＳＦを書いていなかったような印象を与えてしまわないだろうか。――本当はＳＦが書きたかったのに運悪く「ＳＦ冬の時代」だったので、長らくライトノベル書いてました、みたいな。もし読者諸氏がそう思っているとしたら、大いなる誤解だ。山本弘を読んでＳＦ者になった僕が言うんだから間違いない。

「私に教えてもらおうとするのは間違いだ。私には君たちの幸福を定義する権利などない。それは君たち自身が苦しみながら答えを出すべき問題だ」

少なくない読者諸氏が、これを「バイオシップ・ハンター」からの引用だと思ったのではないか？　ところがこれは、「バイオシップ・ハンター」から二年後の一九九二年に出版された山本弘の小説『サイバーナイト――漂流・銀河中心星域』に登場する台詞である（下巻・二二二頁）。地球を遙か離れた銀河中心星域へと漂流してしまった揚陸強襲艦「ソードフィッシュ」の傭兵たちが、様々な異種族と出会いながら地球への帰還を目指すという物語。本書で「我々はデータを与えるだけだ。それをどう利用するかはお前たちの問題だ」と告げたディスタント・ブルーに代わって前掲の引用部を語っているのは、銀河中心に位置する超巨大ブラックホール・射手座Aウエストに発生した意識（！）メンターナ。そして、彼に「では、あなたは幸福とは何か知っているのですか？」という問いを発したのは爬虫類型異星人・ゴーディク人の女性・ブルーキーパーだ。自ら宇宙船を造る技術を持たず、神を信じない彼女たちは、間違いなくイ・ムロッフの系譜だろう。本書は、ライトノベルレーベル・角川スニーカー文庫から出版された、紛れもないハードSFだ。あの『GOTH～リストカット事件』の乙一を始め、しばしばオタク第三世代とも呼ばれる一九八〇年前後生まれの人間には、本書が人生初めてのSF、という人間が多い。一九八二年生まれの僕もそのうちの一人だ。解説執筆のために再読したが、「バイオシップ・ハンター」の中で「アクティヴェーター種族」と呼ばれていた地球人が、こちらでは「ファイター種族」と呼ばれ（広大な銀河には我々ほど戦争好きな種族はいない、という強烈な皮肉だ）たりするのを始め、本短篇集との繋がりをいくつも発見することができた。たとえば『サイバーナイト』の世界では、クローン技術によって、記憶も含めた人間の完全なクローン再生が可能となっており、作中でも死んだ恋人同士がクローンになって再会したりする。けれども蘇った二人の間に再び愛が芽生えることはない。二人とも、死んだ人間と同じ記憶を持つというだけの別人だからだ。では、愛とはなんなのだろう？　「私」の愛する「あなた」の本質とは？　そんな問いは、本書所収の「シュレディンガーのチョコパフェ」や「七パーセントのテンムー」へとしっかりと受け継がれている。あるいは、傭兵部隊のリーダー・ブレイドと宇宙船に搭載された人工知能・ＭＩＣＡとの「恋愛」には、のちに発表された傑作ロボットＳＦ『アイの物語』の萌芽がある。

　おわかりいただけただろうか？　ライトノベルだろうとどこであろうと、山本弘はずっとＳＦを書き続けていたし、同じ問題を形を変えて問い続けてきた。人は異種族と共存できるのか。「この私」とは何か。真実の愛とは何か。もっと正確に言えば、山本弘はいつでもどこでも山本弘だった。自らの偏見に閉じこめられた人間の救いがたい愚かさを描き、にもかかわらず神という超越者に頼らず、自分の意志で決断する人間への賛歌を描き続け、異質な存在との共存を訴えてきた（そして、ついでに言えば、美少女も脱がし続けてきた――『時の果てのフェブラリー――赤方偏移世界』でフェブラリー・十一歳がレイプされかかったり、《妖魔夜行》のヒロイン・守崎摩耶の抑圧された性欲が妖怪を生み出すなんて展開に、眠れなくなった小中学生は多いはずだ）のだから。

山本弘はいつも山本弘だった。手加減のできぬ男である。空気を読めない男と言ってもいい。その視線（あるいはそれをSF的と呼んでもいいのかもしれないけど）はいつも変わらない。むしろ、だからこそ、異なるジャンルや環境——たとえばライトノベルやライト・ファンタジーというあまりに多くの制約や無意識の前提が含まれた場所——においてこそ、真に衝撃的なものになるのかもしれない。「人類は異質の知性を受け入れなければならない」という信念は、SFの外でも揺るがない。SFなら宇宙人と仲よくしないといけないけど、ファンタジーならモンスターを殺してもよし、なんて器用な使いわけはしない。できない。

たとえばファンタジー世界を舞台にしたテーブルトークRPGのリプレイ（コンピュータの代わりに、GMと呼ばれる人間が状況の説明や判定などを行うRPG。複数の人間が集まってサイコロを使いながら即興演劇のように行う。リプレイとは、その記録のこと）の中で、山本弘は風変わりな女性僧侶を登場させて、冒険者（プレイヤー）たちにこう問いかける。

ライヴェルは人間に親を殺されたゴブリンの子供たちを救い、森の中でひそかに育てていた。彼らも生まれつき凶暴なわけではない。悪い親に育てられるから悪くなるのだ。正しく育てれば、きっと優しい性格になるだろう……

（中略）

ＧＭ（山本弘：引用者註）「あなたがたはひょっとして、無抵抗の怪物を虐殺したというようなことはありませんか？」

山本弘／グループＳＮＥ『モンスターたちの交響曲（シンフォニー）　ソード・ワールドＲＰＧリプレイ集スチャラカ編②』

『スレイヤーズ！』のリナ・インバースが「悪人に人権はない！」と言いながら竜破斬（ドラグ・スレイブ）で盗賊砦をストレス解消のために壊滅させていた一方で、山本弘は「ゴブリンは悪の存在」という「設定」を免罪符に、我々は自らの欲望（経験値？）のために異質な他者を排除していたのではないか？　モンスターに人権はないのか、とマジメに問題提起していた。その主張は賛否両論をもって迎えられ、いまだに議論の種になっている。あるいは最近ようやく完結した（我々は九年待ったのだ！）ソードワールド世界を舞台にした少年の成長譚《サーラの冒険》でヒロインのデル・シータに邪神ファラリスの信者という属性を与えたのもまた、「ファラリス信者＝悪＝殺してもよし」という固定観念への山本弘なりの異議申し立てだったのかもしれない。

「バイオシップ・ハンター」でクリフ・ダイバーは「『しょせん異星人のことは理解できない』と考えることが、彼らを理解する第一歩なのだと思う」と語る。逆に言えば、ステロタイプな宇宙人を描くことは、他者との共存を阻害することに他ならない。だからこそ山本弘は、異質な他者を次々に創造し続けてきた。《サイバーナイト》に登場するゴーディク人やトレーダー種族といった「地球人には存在しない感情」を持つ異種族たち、『神は沈黙せず』の「神」、『アイの物語』の人には理解できない複素ファジイ自己評価を用いて会話するTAIたち、そして本書に登場するニューロノイドやイ・ムロッフや言語文明をきずきあげたインチワームのように。

けれど、そんな異種族たちの中で、地球人にとって一番共存するのが難しいのは、実は地球人同士、という皮肉もまた一貫している。「まだ見ぬ冬の悲しみも」を見ればいい。私たちは自分自身の考えていることさえ理解できない。あるいは「七パーセントのテンムー」。私たちは容易に偏見にとらわれ、些細な違いをもとに他人を迫害する。もう一つ《サイバーナイト》からの引用。「トレーダーに比べれば、ゴーディク人の考え方はずっと地球人に近い——地球人に近いからこそ信用できないんだ」。

本書収録の「シュレディンガーのチョコパフェ」は、『ガンパレ』『エアマスター』『カレイド』など多数のオタク系の固有名詞をちりばめた作品だ。近年では本作のように『げんしけん』や『NHKにようこそ』など、オタクそれ自身をモチーフにした作品はけして少なくない。最近ではアニメ『らき☆すた』のヒットが記憶に新しい。要はそれだけ、オタクという存在が市民権を獲得してきたということなのだろう。けれども本作の原型が同人誌『星群ノベルズ№10エデンの産声』に書かれたのは、一九八五年。なんと今から二十年以上も前である。山本弘は、一九五六年生まれ。オタキング・岡田斗司夫らと同世代であり、いわゆるオタク第一世代にあたる。本作の執筆当時は、オタクたちへの世間からの風当たりは、今とは比べものにならないほど強かった時代だと聞いている。さらに五年後には、宮崎勤による連続幼女誘拐殺人事件が起こり、オタクたちは犯罪者予備軍と認定されてしまう。当の山本自身が、異質な他者として「地球人」から排除される存在だったのだ。それが山本弘をして、「異質な存在との共存」と「理解しあえない地球人同士」というテーマに向かわせた、というのは、あまりに「文系的」すぎる読みだろうか。

しかし、少なくとも、山本弘がその初期から、日本に住む異種族であるオタクの実存を一貫して描き続けてきたのはたしかだろう。自らがメインとなって世界設定を行ったシェアード・ワールド《妖魔夜行》は、特にそれが顕著だ。某有名悪役俳優をモチーフにした特撮ファン感涙の「さようなら、地獄博士」（『深紅の闇』所収）、あるいはドール・オタクの実存を描く（これもまた『アイの物語』の原型だろう。山本弘は本当にいつでも山本弘である）「水色の髪のチャイカ」（《百鬼夜翔》同短篇集所収）などはもちろんのこと、本篇のメインヒロイン・守崎摩耶自身が、典型的なライトノベルの少女像とは異なる、内気なオタク少女である。

「『ラムネ&40』のポスターと、中学の修学旅行で買ってきたペナントが貼ってある」（『真夜中の翼』所収）のが彼女の部屋であり、机の奥にはやおい同人誌が隠されていることが後に判明する（もしかしたら史上初の腐女子ヒロインじゃないだろうか）。些細なことでクラスメートから孤立し、にもかかわらず親は「十六にもなってアニメやゲームにうつつ抜かしてるなんて！」とあまりに無理解。それどころか「悪魔がささやく」（同短篇集所収）では、「更正」のために、キリスト教原理主義者に捕らわれ、大事なマンガや本の価値を理解してもらえずに燃やされてしまう。美少女と見ればいじめたくなる（それは本書所収「闇からの衝動」でもいかんなく発揮されている）山本弘の癖を差し引いても、おそらく、彼自身がかつて味わった苦労が相当に投影されているのは間違いないと思う。そしてそれはまた、オタクとしてスクールカーストの最底辺で鬱屈した日々を過ごしていた中学生の僕の現実でもあった。摩耶の姿は、痛々しかったけれど、少なくとも、自分と同じような環境にある人間が（たとえフィクションの中の世界でも！）一人はいる。そんな認識は、ファンタジーの世界に耽溺するのとは少しだけ違った形で、僕に現実を生き抜く力を与えてくれた。そういう意味で、山本弘は僕にとって恩人でもある。

個人的な話はともかく、山本弘の長篇小説は、いつも人間賛歌であふれている。人間一人一人の小さな努力を肯定する前向きなビジョンで終わる。神を信じるな、自分の意志で決断しろ。人類は一歩一歩前に進んでいる。有無を言わさずそう告げる（共存と対話を言いながら、本人の小説には読者との対話性が少ない……簡単に言えば少し説教くさいのが、山本作品の玉に瑕なところだと思うがそれはさておき)。

「人間は少しずつだけど賢くなっている。自らの愚行に気づき、それを改めようとしている。世界を破滅させまいと努力する一方、今より少しでも幸せな社会を築こうと悪戦苦闘している」(『妖魔夜行　戦慄のミレニアム』)

「そう、一人の子供を正しく導くこと、それが最初の一歩だ。ひどく小さな一歩だが、それでも世界に平和をもたらす最初の一歩だ」(『神は沈黙せず』)

「多くのヒトが夢を語るのをやめなかった。自分たちのスペックの限界を超えた高みを目指した。その夢がついには月にヒトを送り、マシンたちを生み出した」(『アイの物語』)

人によっては、それをあまりに楽観的だと思うかもしれない。僕も時々そう思う。山本弘が作中で行う人間性への考察がきわめて深く、時にその本質を揺さぶるものであり、あるいは短篇においては、この世界は、簡単に崩壊してしまうほど不安定なものだということを描くのだからなおさらだ。

けれども「シュレディンガーのチョコパフェ」の初稿から二十年が過ぎた今を、見渡してみればどうだろう。『デビルマン』が「まともに映画化されて」いないとか些細な(ちっとも些細じゃないが!)問題をのぞけば、山本が二十年前に描いたオタクの楽園は、秋葉原にある程度実現している気がする。実際、山本弘自身が「考えてみりゃ、小説の中で描いたような恋人と本当に結婚できたわけだから、むちゃくちゃ幸せじゃないのか、自分?」と語るように(http://homepage3.nifty.com/hirorin/chocoparfait.htm)、オタクの山本弘だって「大阪府で三番目ぐらいに幸せな」(『宇宙はくりまんじゅうで滅びるか』)家庭を築ける。その間に山本弘らに教育をうけてオタクになった第三世代の僕は、かつての宮崎事件に起因するオタク・バッシングなど、ほとんど情報として知るのみだし、今現在、「ニコニコ動画」で大暴れしている僕より下の世代などは、知る必要さえないのかもしれない。最近のオタクはクラスでいじめられないそうだ。うらやましい限りである。そりゃ、例の「フィギュア萌え族発言」やら最近の「アッコにおまかせ!」の初音ミク偏向放送問題やら、腹の立つ話題は枚挙に暇がないとはいえ、さすがにもう秋葉原やコミケ会場で「ここに十万人の犯罪者予備軍がいます!」とは言えないご時世だろう。万歳! 本当に? 正直なところを言えば、僕には「シュレディンガーのチョコパフェ」の世界の「俺たちは幸福だった」を、どう受け取ればいいのかわからないのと同じくらい、今現在のオタクの楽園についても、よくわからない。ネットを漁れば自ら進んでオタクになりたがる若い世代の「ヌルさ」への年長世代の嘆きであふれているし、それに同調する気は全くないにしても（その半分くらいは、『エヴァ』の時にさんざん上から『イデオン』も見てないクセにと罵られたはずの僕の同年代なのだ！）、少なくとも創作への大きな原動力であったはずのオタクへの抑圧が消えたあとで、どのような作品が創られ、どういった形で消費されていくのかと思うと、僕は少し不安になる。けれども、それはまた次の問題なのだろう。少なくとも、オタクという「異質な知性」は人類との共存を果たしつつある。そこにはきっと「山本弘が創作する」という「小さな一歩」が何らかの役割を果たしていたに違いない（あるいは、僕たちがそれを「読んだ」ということも……？）。

まずは、それをもって、山本弘が語る希望を少しだけ信じてみてもいい気もするのだ。

星雲賞受賞作

グッドラック 戦闘妖精・雪風
神林長平
生還を果たした深井零と新型機〈雪風〉は、さらに苛酷な戦闘領域へ――シリーズ第二作

永遠の森 博物館惑星
菅 浩江
地球衛星軌道上に浮ぶ博物館。学芸員たちが鑑定するのは、美術品に残された人々の想い

太陽の簒奪者（さんだつしゃ）
野尻抱介
太陽をとりまくリングは人類滅亡の予兆か？ 星雲賞を受賞した新世紀ハードSFの金字塔

サマー／タイム／トラベラー1
新城カズマ
あの夏、彼女は未来を待っていた――時間改変も並行宇宙もない、ありきたりの青春小説

サマー／タイム／トラベラー2
新城カズマ
夏の終わり、未来は彼女を見つけた――宇宙戦争も銀河帝国もない、完璧な空想科学小説

傑作ハードSF

アフナスの貴石
野尻抱介
ロイドが失踪した！ 途方に暮れるマージとメイに残された手がかりは〝生きた宝石〟？

ベクフットの虜
野尻抱介
危険な業務が続くメイを両親が訪ねてくる⁉しかも次の目的地は戒厳令下の惑星だった‼

終わりなき索敵 上下
谷 甲州
第一次外惑星動乱終結から十一年後の異変を描く、航空宇宙軍史を集大成する一大巨篇！

パンドラ〔全四巻〕
谷 甲州
動物の異常行動は地球の命運を左右する凶変の前兆だった。人間の存在を問うハードSF

記憶汚染
林 譲治
携帯端末とAIの進歩が人類社会から客観性を消し去った時……衝撃の近未来ハードSF

小川一水作品

老ヴォールの惑星
SFマガジン読者賞受賞の表題作、星雲賞受賞の「漂った男」など、全四篇収録の作品集

時砂の王
時間線を遡行し人類の殲滅を狙う謎の存在。撤退戦の末、男は三世紀の倭国に辿りつく。

フリーランチの時代
あっけなさすぎるファーストコンタクトから宇宙開発時代ニートの日常まで、全五篇収録

天涯の砦
大事故により真空を漂流するステーション。気密区画の生存者を待つ苛酷な運命とは？

青い星まで飛んでいけ
閉塞感を抱く少年少女の冒険から、人類の希望を受け継ぐ宇宙船の旅路まで、全六篇収録

神林長平作品

敵は海賊・A級の敵

宇宙キャラバン消滅事件を追うラテルチームの前に、野生化したコンピュータが現われる

敵は海賊・正義の眼

純粋観念としての正義により海賊を抹殺する男が、海賊課の存在意義を揺るがせていく。

敵は海賊・短篇版

海賊版でない本家「敵は海賊」から、雪風との競演「被書空間」まで、4篇収録の短篇集。

永久帰還装置

火星で目覚めた永久追跡刑事は、世界の破壊と創造をくり返す犯罪者を追っていたが……

ライトジーンの遺産

巨大人工臓器メーカーが残した人造人間、菊月虹が臓器犯罪に挑む、ハードボイルドSF

ハヤカワ文庫

神林長平作品

狐と踊れ〔新版〕

未来社会の奇妙な人間模様を描いたSFコンテスト入選作ほか九篇を収録する第一作品集

言葉使い師

言語活動が禁止された無言世界を描く表題作ほか、神林SFの原点ともいえる六篇を収録

七胴落とし

大人になることはテレパシーの喪失を意味した――子供たちの焦燥と不安を描く青春SF

プリズム

社会のすべてを管理する浮遊都市制御体に認識されない少年が一人だけいた。連作短篇集

完璧な涙

感情のない少年と非情なる殺戮機械との時空を超えた戦い。その果てに待ち受けるのは？

ハヤカワ文庫

神林長平作品

太陽の汗
熱帯ペルーのジャングルの中で、現実と非現実のはざまに落ちこむ男が見たものは……。

今宵、銀河を杯にして
飲み助コンビが展開する抱腹絶倒の戦闘回避作戦を描く、ユニークきわまりない戦争SF

機械たちの時間
本当のおれは未来の火星で無機生命体と戦う兵士のはずだったが……異色ハードボイルド

我語りて世界あり
すべてが無個性化された世界で、正体不明の「わたし」は三人の少年少女に接触する——

過負荷都市（カフカ）
過負荷状態に陥った都市中枢体が少年に与えた指令は、現実を〝創壊〟することだった⁉

ハヤカワ文庫

神林長平作品

宇宙探査機 迷惑一番

地球連邦宇宙軍・雷獣小隊が遭遇した謎の物体は、次元を超えた大騒動の始まりだった。

蒼いくちづけ

卑劣な計略で命を絶たれたテレパスの少女。その残存思念が、月面都市にもたらした災厄

ルナティカン

アンドロイドに育てられた少年の出生には、月面都市の構造に関わる秘密があった――。

親切がいっぱい

ボランティア斡旋業の良子、突然降ってきた宇宙人〝マロくん〟たちの不思議な〝日常〟

天国にそっくりな星

惑星ヴァルボスに移住した私立探偵のおれは宗教団体がらみの事件で世界の真実を知る⁉

著者略歴　1956年京都生まれ。SF作家。著書『時の果てのフェブラリー　赤方偏移世界』『アイの物語』『闇が落ちる前に，もう一度』『MM９』など多数。「と学会」会長としての共著など，活動は多岐にわたる。

HM=Hayakawa Mystery
SF=Science Fiction
JA=Japanese Author
NV=Novel
NF=Nonfiction
FT=Fantasy

シュレディンガーのチョコパフェ

〈JA914〉

二〇〇八年一月十五日　発行
二〇一二年六月十五日　三刷

（定価はカバーに表示してあります）

著者　山本弘（やまもと ひろし）
発行者　早川浩
印刷者　大柴正明
発行所　株式会社早川書房
郵便番号　一〇一 - 〇〇四六
東京都千代田区神田多町二ノ二
電話　〇三 - 三二五二 - 三一一一（大代表）
振替　〇〇一六〇 - 三 - 四七七九九
http://www.hayakawa-online.co.jp

乱丁・落丁本は小社制作部宛お送り下さい。
送料小社負担にてお取りかえいたします。

印刷・株式会社亨有堂印刷所　製本・株式会社川島製本所

ISBN978-4-15-030914-5 C0193

本書は活字が大きく読みやすい〈トールサイズ〉です。